À PROPOS DE L'AUTEUR

Dès sa scolarité dans un pensionnat religieux du Yorkshire, Carol Townend développe une passion pour l'histoire médiévale, qui la mènera au Royal Holloway College de Londres. Primée à la parution de son premier roman, elle poursuit l'écriture en prenant un plaisir tout particulier à voyager dans les lieux romantiques qu'elle choisit pour ses histoires.

L V

La comtesse sans nom

CAROL TOWNEND

La comtesse sans nom

Traduction française de
MARIE-FRANCE BALAZS-KNOPP

Les Historiques

HARLEQUIN

Collection : LES HISTORIQUES

Titre original :
MISTAKEN FOR A LADY

Ce roman a déjà été publié en 2017

HARPERCOLLINS FRANCE
83-85, boulevard Vincent-Auriol, 75646 PARIS CEDEX 13
Service Lectrices — Tél. : 01 45 82 47 47 - www.harlequin.fr
ISBN 978-2-2804-4350-0 — ISSN 1159-5981

Composé et édité par HarperCollins France. Achevé d'imprimer en avril 2021.
par CPI Black Print - Barcelone - Espagne
Dépôt légal : mai 2021.

FSC
www.fsc.org
MIXTE
Papier issu de sources responsables
FSC® C159065

Pour limiter l'empreinte environnementale de ses livres, HarperCollins France s'engage à n'utiliser que du papier fabriqué à partir de bois provenant de forêts gérées durablement et de manière responsable.

A Kathy et Chris, avec amour

Prologue

Octobre 1175,
manoir de Paimpont,
comté de Champagne

Francesca reposa sa plume avec un soupir. Sa chambrière, Marie, arrangeait des bûches sur le feu en maugréant entre ses dents. Marie la servait depuis des années et les rides commençaient à plisser son visage familier. Malgré leur différence d'âge, Francesca la considérait comme une amie, pas seulement comme une servante.

— Marie ?

— Madame ?

— Voulez-vous entendre ce que j'ai écrit ?

Marie tapa sur une bûche avec le tisonnier.

— S'il le faut…

— J'aimerais connaître votre opinion.

Marie se renfrogna et laissa tomber bruyamment le tisonnier dans le foyer.

— Je ne sais pas pourquoi vous voulez me lire cette lettre, puisque vous l'enverrez en Bretagne, quoi que je dise.

— Peut-être, mais votre avis m'importe.

Le regard de Francesca s'attarda sur sa chevalière, cette bague que Tristan lui avait offerte le jour de leurs épousailles. Sa gorge se noua. Les traits de Tristan demeuraient très nets dans sa mémoire — les yeux d'un bleu étonnant, la chevelure épaisse d'un noir de jais, les contours fermes des mâchoires. Tristan était le plus séduisant des hommes, au point qu'on le nommait souvent Tristan le Beau. Malheureusement pour Francesca, son image ne s'était pas effacée avec le temps et il lui fallait reconnaître qu'elle était incapable de l'oublier.

Les rides autour de la bouche de Marie s'accentuèrent, tandis qu'elle s'approchait de la table et jetait au vélin un regard peu amène.

— Madame, si mon avis vous importait, vous n'auriez pas écrit cette lettre, pour commencer. Cela est juste bon pour gaspiller de l'encre, cet homme n'en vaut pas la peine.

Francesca prit une lente inspiration.

— Cet homme, ainsi que vous l'appelez, est le comte Tristan des Iles. Il se trouve qu'il est aussi mon mari. Je vous prie de vous en souvenir.

Marie marmonna quelque chose qui pouvait passer ou non pour une excuse et Francesca poursuivit :

— Je ne vous demande pas d'exprimer votre opinion sur le seigneur Tristan, Marie, vous avez déjà été très claire à ce sujet. Je voudrais avoir votre avis sur la lettre, pas sur mon époux.

— Vous voulez qu'il revienne. Mais, madame, il n'a jamais répondu à vos autres missives, qu'est-ce qui vous fait penser qu'il répondra à celle-ci ?

Un espoir insensé, songea Francesca.

Elle promena son doigt sur les trois potentilles gravées sur le devant de sa bague, consciente de l'élancement aigu qui lui cisaillait la poitrine. Il était désolant de constater à quel point la douleur restait vive, même après presque deux ans. Pendant la journée, elle s'efforçait d'oublier Tristan, mais chaque soir, il était de retour. Il revenait dans ses rêves nuit après nuit, lui ôtant le repos. Ses yeux bleus frangés de cils noirs lui souriaient, plongés dans les siens, il tendait vers elle ses bras musclés et ses doigts habiles s'activaient sur ses lacets, faisant glisser sa robe…

En espérant qu'elle n'était pas en train de piquer un fard, elle regarda à nouveau Marie.

— Et s'il n'avait jamais reçu mes plis ? C'est possible, non ?

Marie fit la moue.

— Une lettre peut se perdre, à la rigueur. Mais vous en avez écrit plusieurs. Elles ne peuvent pas s'être *toutes* égarées.

Francesca se mordit la lèvre. Elle savait que Marie était persuadée que tout ce qu'elle obtiendrait jamais de son époux, c'était le silence. Pourtant, il lui fallait effectuer une dernière tentative pour le joindre. Certes, son mariage avec Tristan avait été une union arrangée, mais... Elle n'était sûrement pas la seule à avoir éprouvé un choc ! Le choc du ravissement le jour de ses noces, voilà ce que Marie n'avait jamais compris.

Tristan et moi, nous nous sommes plu, nous nous sommes vraiment plu.

Malheureusement, cette attirance mutuelle n'avait pas eu l'occasion de se transformer en amour durable, du moins en ce qui concernait Tristan. En premier lieu, il avait été appelé au loin afin de sauvegarder l'unité de la Bretagne pour la petite duchesse. Puis dame Claire était arrivée à Fontaine et Francesca, qui s'était crue jusque-là l'héritière du domaine, avait été évincée. Elle avait été élevée dans la conviction qu'elle était la fille du comte Myrrdin, tout cela pour découvrir qu'elle ne lui était pas apparentée, même de loin. Elle n'était personne. Cela était indépendant de sa volonté, mais elle avait donc épousé Tristan sous des dehors trompeurs.

A une époque, Francesca avait été certaine que les sentiments qu'elle éprouvait pour Tristan étaient sincères. Elle était sûre aussi que Tristan l'avait appréciée, car après leur mariage il s'était montré le plus attentionné des amants. Elle avait présumé qu'un jour il lui rendrait son amour. C'est pourquoi elle était bien décidée à lui envoyer cette ultime lettre. Ils n'avaient jamais eu l'opportunité d'apprendre à se connaître.

— Marie, si le comte Tristan ne répond pas à cette missive,

je saurai sans nul doute possible que c'en est fini de notre mariage.

— C'est ce que vous avez déclaré la dernière fois que vous lui avez écrit. Et il n'a pas donné signe de vie.

Francesca s'enfonça les ongles dans les paumes, tandis qu'une angoisse plus profonde se faisait jour en elle.

Je ne lui ai pas donné d'enfant. Il lui faut un héritier et j'ai failli à mon devoir envers lui.

Etait-ce pour cela qu'il n'était jamais revenu vers elle ? Craignait-il qu'elle ne soit stérile ?

— J'ai besoin d'entendre mon seigneur me faire part lui-même de ses intentions.

Marie laissa échapper un son exaspéré.

— Cela fait près de deux ans que vous n'avez pas vu cet homme. Vos lettres précédentes sont restées sans réponse. Que vous faut-il de plus ? Rien ne vous empêche de prendre un nouveau départ. Cela a d'ailleurs toujours été possible, dès que vous avez quitté la Bretagne.

Francesca respira à fond.

— Quand le comte Tristan et moi avons été séparés, c'était le chaos en Bretagne. Le duché avait besoin de lui…

Elle fixa le bâton de cire à cacheter sur la table — couleur argent, pour représenter le champ d'argent décorant l'écu de son mari.

— Il en a encore besoin.

— Madame, c'est votre époux. Il aurait pu prendre deux semaines pour venir s'assurer que vous alliez bien, non ?

Francesca se retrouva en train de défendre son mari, même si elle savait qu'il n'en sortirait rien de bon. Marie et elle s'étaient souvent querellées à ce sujet. Marie ne changerait pas d'avis. Dans son esprit, Tristan l'avait tout simplement négligée.

— Vous oubliez la politique, Marie. Mon seigneur possède de vastes étendues de terre en Bretagne et son devoir l'oblige à soutenir la duchesse. Celle-ci est mineure, elle dépend du comte Tristan et des autres seigneurs loyaux à la Bretagne.

Trop de nobles ne se soucient guère de leurs responsabilités. Tristan n'est pas ainsi. La duchesse et le duché comptent sur lui.

Marie secoua la tête et fit la moue.

— C'est sans espoir, vous êtes entichée de lui. Vous étiez éprise quand vous avez quitté Fontaine et vous l'êtes encore. Il ne le mérite pas.

Francesca se leva et s'approcha du feu. Ce n'était pas facile de parler calmement, mais elle y parvint.

— Jusqu'à ce que notre mariage soit effectivement dissous, le comte Tristan reste mon époux.

Ouvrant et resserrant les poings, elle se dirigea vers la table.

— Madame, il aurait dû revenir vous voir l'année dernière.

— Pour l'amour du ciel, ce n'était pas possible ! Le roi d'Angleterre avait ravagé plusieurs comtés bretons et le Conseil avait besoin de mon mari pour défendre la population locale.

Francesca marcha à nouveau jusqu'au foyer. Les flammes prenaient, léchant les contours des bûches, qu'elles ourlaient d'or. Irritée, Francesca fit virevolter ses jupes en se retournant pour regagner la table.

— Le comte Tristan a quitté le duché, observa Marie. C'est du moins ce que j'ai entendu dire.

— Mon seigneur est allé en Angleterre pour le compte du duché. Il doit protéger les intérêts de la duchesse Constance.

— Et les siens, je parie. Cet homme ne songe qu'à la politique.

La servante avait mis le doigt sur le point sensible, Francesca en était douloureusement consciente. Tristan faisait bel et bien passer la politique avant tout le reste. La politique et le devoir. Et en tant qu'épouse, elle avait failli à son principal devoir — elle ne lui avait pas donné d'héritier.

Tristement, elle prit le parchemin et le roula.

— Vous ne voulez pas m'aider, je le vois.

Marie tendit la main.

— Je suis désolée, madame. Lisez-moi votre lettre, je vous en prie.

— Merci, Marie. Et retenez bien que c'est la dernière fois que je lui écris.

Déroulant la missive, Francesca commença :

Mon très vénéré mari,

Je vous écris depuis votre manoir de Provins.

J'espère que vous êtes en bonne santé et que rien de fâcheux ne vous est arrivé depuis ma dernière lettre. Nous avons entendu dire que les escarmouches qui avaient éclaté entre le roi Henry d'Angleterre et les seigneurs rebelles avaient trouvé une conclusion satisfaisante. Je suis sûre que les négociations entre le roi, son fils le prince Geoffrey et les rebelles aboutiront à une paix durable et je vis dans l'espoir que vous serez peut-être bientôt déchargé d'une partie de vos devoirs.

Je voudrais vous questionner à propos de notre mariage. Vous devez avoir l'impression d'avoir épousé une usurpatrice, et de cela, je ne puis que m'excuser. Sur mon honneur, je n'avais pas l'intention de vous tromper. Par tout ce qui est saint, je vous jure que je croyais sincèrement être la fille du comte Myrrdin. Je pensais être l'héritière des terres de Fontaine, comme vous-même en étiez persuadé.

Notez donc, je vous prie, que je suis anxieuse de savoir ce que vous comptez faire concernant notre mariage. Doit-il continuer ? Mon très cher seigneur, pendant longtemps, mon vœu le plus ardent a été que notre mariage puisse tenir, mais comme je n'ai reçu aucune nouvelle de vous, je ne peux que conclure que vous désirez son annulation. Si c'est le cas, sachez que je n'y ferai pas obstacle. Vous avez épousé l'héritière du comté de Fontaine, tout cela pour découvrir que loin d'être une héritière je n'étais même pas de noble extraction.

Mon très vénéré mari, vous comprenez, je l'espère, que j'ignorais mon véritable statut jusqu'à ce que dame Claire arrive à Fontaine et prouve qu'elle était la véritable fille du comte Myrrdin.

Je ne suis pas une dame. Je ne vous apporte ni terres ni

revenus, sauf ceux d'un insignifiant manoir à Saint-Méen. Ainsi que je vous l'ai dit dans ma précédente lettre, le comte Myrrdin et sa vraie fille, dame Claire, m'ont gracieusement permis de le conserver.

J'éprouverai une profonde tristesse si vous vous prononcez pour l'annulation de nos vœux, mais je comprendrai. Les nobles seigneurs ont besoin d'épouser des dames qui leur soient assorties par leur titre et leurs domaines. Néanmoins, si vous décidez de me garder pour femme, laissez-moi vous assurer que même si je viens vers vous les mains presque vides je vous apporterai un cœur chaleureux. Je vous tiens dans la plus haute estime.

J'aimerais que vous donniez à notre mariage — que vous nous donniez une nouvelle chance.

Mon seigneur, je vous supplie de me faire part de vos intentions. Vous êtes toujours dans mes pensées.

Votre épouse respectueuse et aimante,

Francesca.

Francesca rencontra le regard de Marie.

— Est-ce clair ?

— Dans cette lettre, vous ne vous présentez pas comme une dame.

Francesca fixa le vélin sans le voir.

— Je ne puis me le permettre, je ne possède aucun titre de plein droit. Je ne suis une dame que par le mariage, et si le seigneur Tristan fait dissoudre nos vœux, je n'en serai vraiment plus une.

— Vous serez toujours une dame à mes yeux, rétorqua Marie d'un ton ferme.

Francesca esquissa un faible sourire.

— Merci, Marie. Eh bien, cette lettre a-t-elle eu l'heur de vous satisfaire ?

Marie secoua la tête.

— Que je sois d'accord ou pas, vous l'enverrez tout de

même. Le comte Tristan vous a trop longtemps négligée, madame. A mon avis, vous valez bien mieux que lui.

L'expression de Francesca se figea.

— Marie, essayez de comprendre, je vous prie. Le seigneur Tristan ne peut pas agir par caprice. Les intérêts de la Bretagne lui tiennent à cœur.

Marie grimaça.

— Le seigneur Tristan est un homme, non ? Pour moi, c'est une honte criante quand un homme ne peut pas faire passer sa femme avant tout le reste.

Francesca jeta à sa servante un regard empreint de tristesse.

— Mon seigneur est plus qu'un homme, c'est un comte. Je savais qui j'épousais.

Et, saisissant la lettre :

— Tout ce que je souhaite, c'est qu'il puisse en dire autant de moi.

— Envoyez la lettre, madame, ce sera une bonne chose de connaître ses intentions. Savez-vous où l'adresser, où se trouve le comte Tristan en ce moment ?

La poitrine de Francesca se souleva.

— Pas précisément. Mais si je l'envoie au château des Iles, elle l'atteindra tôt ou tard.

— Cela peut prendre des semaines.

— Merci, Marie. J'en suis bien consciente.

La gorge serrée, Francesca prit la cire à cacheter argentée. Etait-ce la dernière fois qu'elle utilisait le sceau de son mari ? Si Tristan souhaitait que leur mariage soit dissous, elle devrait l'accepter. Elle repoussa le souvenir de son regard bleu souriant. Oh ! Seigneur, même à présent elle sentait encore la consistance de ses cheveux sombres, quand elle y promenait ses doigts ! Le désir l'étreignait douloureusement, tel un élancement dans ses entrailles.

Tristan, revenez, s'il vous plaît.

Penchée sur la table, elle scella la lettre. Cillant contre ses larmes, elle saisit la plume et l'encrier et alla les ranger dans le placard mural.

Tristan ferait comme bon lui semblait, et s'il ne voulait plus d'elle, elle devrait faire face à son destin. Au moins, elle saurait. Elle se construirait une nouvelle vie. Dans un premier temps, elle se rendrait au manoir de Montfort. Promue gouvernante du lieu, son amie Helvise lui avait demandé conseil et elle avait accepté de l'aider. En effet, elle n'était peut-être pas issue d'une lignée légitime, mais elle avait été éduquée pour tenir un château, et la gestion d'un petit manoir entrait bien dans ses compétences. Et ensuite ?

Elle se remarierait peut-être, car elle avait toujours désiré des enfants. Peut-être aurait-elle plus de chance avec un autre homme. Elle frissonna. La pensée de coucher avec quelqu'un d'autre que Tristan ne lui plaisait guère.

Chassant ces sombres idées, Francesca revint à l'instant présent. Il fallait donner à son mariage une dernière chance. Cette lettre devait être expédiée. Le jour même. Et dans le pire des cas, si Tristan ne répondait pas, elle se forcerait à l'oublier. Elle avait trop longtemps vécu dans le flou.

— Marie ?

— Oui, madame ?

— S'il vous plaît, demandez à un garçon d'écurie de seller Princesse. J'ai besoin de prendre l'air.

Chapitre 1

1er mai 1176,
bourg de Provins,
comté de Champagne

Tristan traversa la basse ville en éperonnant sa monture, son page Bastian à son côté. Il leur avait fallu de nombreuses journées pour atteindre son manoir de Champagne et il avait espéré trouver Francesca à la maison.

Mais il n'en avait pas été ainsi. A son arrivée à Paimpont, son régisseur, messire Ernis, lui avait appris que Francesca assistait à des réjouissances au palais du comte Henri. Une fête *masquée*, qui plus était. Le jour du mai. Cela n'aurait pu être pire.

Se doutait-elle à quel point les festivités pouvaient tourner au chahut et à la paillardise ? Tristan l'avait crue candide. Surprotégée. Elle avait peut-être changé. Il était possible qu'elle eût désormais l'habitude de participer à de tels événements.

Avec un soupir, il avait réclamé de l'eau chaude et demandé qu'on change leurs montures. Puis Bastian et lui s'étaient hissés de nouveau en selle malgré leur lassitude.

Tristan avait des nouvelles urgentes pour Francesca, des nouvelles terribles qui allaient la bouleverser. Le comte Myrrdin de Fontaine — l'homme qu'elle avait longtemps tenu pour son père — se trouvait sur son lit de mort. Il voulait voir

Francesca avant de trépasser et Tristan avait été chargé de la ramener à Fontaine.

Une migraine lui martelait la tête après tout ce temps passé sur la route. Ses yeux picotaient et il sentait ses nerfs tendus à se rompre. Informer Francesca de la maladie du comte Myrrdin allait être une épreuve et il lui tardait d'en avoir terminé. La nouvelle la plongerait dans la détresse. Mais plus vite elle saurait que l'homme qu'elle considérait comme son père était mourant, mieux cela vaudrait. Il fallait qu'elle se prépare pour la longue chevauchée de retour vers la Bretagne.

Cela ajouterait-il à son désarroi lorsqu'elle apprendrait qu'elle devait accomplir le voyage avec un époux qu'elle n'avait pas revu depuis deux ans ? Agacé contre lui-même, Tristan refréna ses pensées. Depuis qu'il s'était séparé de Francesca, il avait appris à ses dépens que songer à elle suscitait en lui des réactions incontrôlées. Elle affectait son jugement et c'était quelque chose qu'il ne pouvait tolérer. Il était comte, que diable ! Un comte avec des responsabilités. Les émotions étaient dangereuses, elles pouvaient détruire des vies. Laissez une émotion puissante s'emparer de vous, et votre discernement s'évanouit comme neige au soleil !

Il était ici pour ramener Francesca auprès du comte Myrrdin.

Il était également ici pour solliciter l'annulation de son mariage. Une épouse qui n'avait pas pris la peine de répondre à une seule de ses lettres, une épouse qui n'avait même pas réagi lorsqu'il l'avait invitée à visiter les Iles, n'était pas la femme qu'il lui fallait.

Il jeta un coup d'œil à son page. Le jeune Bastian était éreinté, de toute évidence. Les terres de Tristan dans le duché de Bretagne se trouvaient à de nombreuses lieues derrière eux et ils avaient traversé plusieurs comtés avant d'atteindre la Champagne.

— Tu tiens bon, mon garçon ?

— Oui, mon seigneur.

— Tu n'avais pas besoin de m'accompagner ce soir, tu

aurais pu rester au manoir. L'un des valets d'écurie pouvait tout aussi bien venir avec moi.

Bastian se raidit.

— Je suis votre page, seigneur Tristan. C'est mon devoir de vous escorter.

Dans la basse ville, la place du marché était vide d'éventaires, malgré une certaine ambiance de fête qui laissait présumer que les tavernes faisaient de bonnes affaires. En vérité, toute la population semblait avoir quitté les étroites maisons de bois pour se déverser dans les rues. Les hommes déambulaient çà et là, des coupes de bière à la main. Les filles avaient entrelacé des fleurs dans leurs cheveux. Il régnait une atmosphère détendue. Joyeuse. Tout cela en l'honneur des antiques festivités de Beltaine. Tristan savait ce que cela signifiait. A Provins, chaque mâle vigoureux ne devait avoir qu'une chose en tête.

Tristan serra les lèvres. On lui avait précisé que Francesca était partie à la fête avec un valet d'écurie et sa servante pour toute escorte. Si les choses dégénéraient, serait-elle en sécurité ? Il fronça les sourcils, tandis que Bastian et lui trottaient dans la lumière crépusculaire et gravissaient la colline en direction du palais. Des martinets poussaient leurs cris dans le ciel au-dessus d'eux, un signe bienvenu montrant que l'été approchait, ce qui aurait dû alléger son humeur.

Tristan étouffa un bâillement. Dieu, qu'il était las ! Son estomac grondait et sa peau le démangeait — le débarbouillage hâtif à Paimpont n'avait guère ôté la poussière de la route, il la sentait collée dans tous ses pores et il se languissait d'un vrai bain.

Que ferait Francesca en le voyant ? Elle ne devait pas l'attendre. Bon sang ! Il l'avait laissée à Fontaine en pensant que son service auprès de la duchesse Constance durerait deux mois, et leur séparation, en fin de compte, s'était prolongée pendant deux ans. Deux ans. Francesca avait forcément changé. Dommage. La jouvencelle qu'il avait épousée était adorable. Il crispa les mains sur ses rênes tandis que sa mémoire, contre son gré, ressuscitait l'image de la jeune fille. Un amour de fille, avec des yeux gris candides et une longue chevelure sombre au toucher soyeux.

Comment est-elle à présent ?

Il ne savait trop à quoi s'attendre ni ce qu'il ressentirait en se trouvant face à elle après si longtemps. Au nom du ciel, quelle importance ? Lorsqu'elle avait fui la Bretagne sans même faire halte à son château des Iles, elle avait clairement montré qu'elle ne se considérait pas comme son épouse.

Le problème, c'était qu'à présent qu'il était sur le point de la revoir il lui était impossible de ne pas penser à elle. Impossible et douloureux. En refusant de mettre les pieds dans son comté, Francesca l'avait abandonné de fait. Mais il avait eu beau lutter contre cette obsession, sa jolie jeune femme était parvenue à occuper le plus clair de ses pensées durant ces derniers mois. En vérité, depuis qu'il avait appris que Francesca avait été déchue de sa position de fille du comte Myrrdin, il n'avait pas connu la paix.

Francesca avait quitté la Bretagne au pire moment. Avec les rebelles qui infestaient le duché, chaque comté était en effervescence. Le Conseil avait appelé Tristan à l'aide et il n'avait pu rejoindre Francesca. Il avait vécu cela douloureusement. Et comme elle n'avait fait de son côté aucune tentative pour le contacter, il l'avait pris bien plus mal qu'il ne l'aurait dû.

Au début, il ne souhaitait pas l'annulation de leur mariage. Un élancement lui étreignit le cœur à cette perspective et il se maudit pour sa sottise. Il avait été captivé par l'innocence de Francesca, par l'apparente inclination qu'elle éprouvait pour lui. Il avait été transporté par l'incroyable attirance physique qui avait jailli entre eux dès le premier instant où ils s'étaient vus et s'était raccroché à l'espoir qu'une fois les retombées de la rébellion apaisées ils pourraient faire de leur mariage une réussite. Il s'était langui de la revoir. Il se languissait encore.

On lui avait dit que Francesca s'était réfugiée dans le manoir qu'il possédait en Champagne, dès qu'elle avait appris qu'elle n'était pas la fille du comte Myrrdin — il avait été informé de son arrivée par ses domestiques.

Ce qu'il ne comprenait pas, c'était pourquoi elle avait choisi de quitter la Bretagne. Francesca adorait cette région, qui avait été son foyer. Elle aimait le vieux comte Myrrdin et cela n'avait sûrement pas changé, même s'il avait été prouvé qu'elle n'était pas sa fille.

S'était-elle enfuie parce que dame Claire — la vraie fille du comte Myrrdin — lui avait causé des difficultés ?

Ou était-elle partie parce qu'elle ne pouvait supporter de continuer à vivre dans son cher Fontaine, en sachant qu'il ne lui appartiendrait jamais ?

Cela l'avait blessé qu'elle ait quitté le duché plutôt que d'attendre qu'il en ait terminé avec son devoir. Tant de mois s'étaient écoulés et elle n'avait pas répondu à une seule de ses lettres. Cela aussi l'avait touché au vif. Leur mariage ayant été une union arrangée, n'était-il pas incongru qu'il ressente cela ?

A présent, puisque Francesca s'obstinait à ignorer ses missives, il refusait de perdre davantage son temps. Il devait demander l'annulation. Il lui fallait un solide mariage politique. Des héritiers.

Il tâcha à nouveau de s'endurcir le cœur. Autant regarder la vérité en face ! Francesca n'avait pas cherché refuge dans son château des Iles ainsi qu'il l'en avait priée. Elle s'était enfuie du duché. Son silence constituait une preuve de plus qu'elle ne voulait rien avoir à faire avec lui. Le silence était une forme de désertion. Et la désertion justifiait pleinement une annulation.

Quelque part dans les profondeurs de sa mémoire, une paire d'yeux gris innocents — les yeux de Francesca — lui sourirent. Le sourire de Francesca avait été chaleureux et sincère. C'était du moins ce qu'il avait cru. Un élancement le cisailla au tréfonds de lui-même.

Il contracta les mâchoires. Allons, il était temps de faire

dissoudre leur mariage. Francesca n'était pas une héritière. Leur union ne lui avait apporté que du chagrin — le malaise qu'il avait ressenti lorsqu'ils s'étaient séparés refusait de se dissiper. A certains moments, cela ressemblait beaucoup à de la souffrance. Peut-être cela n'avait-il rien d'étonnant. Francesca lui avait énormément plu. Son silence avait été difficile à supporter.

Bastian contemplait le corps de garde à l'extérieur de la demeure du comte Henri.

— Est-ce là le palais, messire ?

— En effet.

Bastian lui jeta un regard perplexe.

— Qu'allez-vous faire pour le masque, messire ? Messire Ernis n'a-t-il pas précisé qu'un masque était obligatoire ?

— Ne vous inquiétez pas, Bastian, j'ai ce qu'il faut.

Le loup de Francesca était vert, assorti à sa robe. Debout dans l'escalier, à l'extérieur de la grande salle du palais, elle écarta son voile tandis que Marie lui attachait le masque.

— Merci. Etes-vous prête, Marie ?

— Oui, madame.

Pinçant son voile pour s'assurer qu'il retombait convenablement sur les liens du masque, Francesca pénétra dans la salle. Une vague de bruit et de chaleur déferla vers elle. La jeune femme ne s'attendait pas à une telle presse. Elle recula si brusquement que Marie, qui la suivait de près, se heurta contre elle.

— Je vous demande pardon, madame.

Francesca arqua les sourcils.

— Par tous les saints, la moitié de la Champagne doit se trouver ici. On imagine difficilement qu'il reste de la place pour qui que ce soit d'autre.

Un serviteur portant un plateau de gobelets franchit la porte plus prestement qu'elle ne l'aurait cru possible, contournant avec habileté un petit enfant occupé à jouer avec un chien-loup, et évitant de peu un banc retourné.

Les yeux de Marie pétillèrent derrière son masque.

— Oh ! madame, c'est excitant, n'est-ce pas ? Le jour du mai est toujours la meilleure des fêtes.

— C'est une célébration païenne, objecta Francesca. Ce n'est pas une fête officielle, elle n'est pas reconnue par l'Eglise.

— Tant mieux, nous pouvons vraiment nous amuser. Eh bien, que diriez-vous d'un gobelet de vin ? ajouta la servante en lui assenant un petit coup dans les reins.

Redressant le dos, Francesca se poussa dans la foule. Le son d'un luth flottait depuis la galerie des ménestrels. Un tambourin battait doucement, en fond sonore.

Pour être franche, Francesca n'éprouvait pas la moindre envie de participer à la fête, elle ne se sentait pas d'humeur à cela. Elle n'était venue que pour complaire à Marie, qui ne parlait que de cela depuis que messire Ernis avait si imprudemment mentionné qu'une fête masquée allait avoir lieu au palais.

Marie était davantage une compagne qu'une servante pour elle et, en dépit de ses façons directes, elle représentait un loyal soutien. Il eût été peu aimable de lui opposer un refus et Francesca savait que Marie n'aurait jamais songé à assister à la fête sans elle. Aussi, bien qu'elle n'eût pas le cœur à cela, s'était-elle laissé persuader de venir.

Le masque de Marie l'amusait. C'était un extraordinaire et complexe arrangement de plumes de paon, de fils d'or et de rubans. Les plumes dansaient et ondulaient autour du visage de Marie tandis qu'elle se frayait un chemin dans la cohue, chatouillant les gens au passage.

Son propre masque était bien plus modeste. Ignorant les cajoleries de Marie, qui affirmait qu'une jeune dame comme elle, que son époux avait clairement abandonnée, devait songer à susciter l'intérêt d'autres hommes, Francesca avait taillé un simple masque dans un support quelconque, l'avait recouvert d'un morceau de tissu vert qui lui restait de sa robe, et l'avait bordé de quelques perles de verre trouvées au fond de sa boîte à couture.

— Il faut vraiment que vous tiriez le meilleur parti de cette fête, madame, chuchota Marie derrière elle. Vous devez penser à votre avenir. Votre mariage est terminé, et si vous voulez des enfants, il faudra vous remarier.

Et, jetant un coup d'œil éloquent vers le plafond, où des rangées et des rangées d'étendards pendaient des poutres, elle ajouta :

— Regardez ces fanions. Il y a des quantités de chevaliers ce soir, vous pourriez faire votre choix. Et trouver un nouvel époux, ajouta-t-elle en baissant la voix.

— Marie, je vous en prie !

Francesca frissonna à ces mots, saisie d'un affreux soupçon. Etait-ce pour cela que Marie avait tant insisté pour venir à la fête — non pour son propre amusement, mais parce qu'elle voulait que sa maîtresse se choisisse un nouveau mari ?

Eh bien, ce jour n'allait peut-être pas tarder. Sa séparation d'avec Tristan allait sans doute être bientôt officialisée. Et pourtant, elle ne se sentait pas prête à entamer une chasse au mari. Pas avant qu'elle n'ait entendu la nouvelle de la propre bouche de Tristan.

Son long silence ne pouvait signifier qu'une chose. Sans doute apprendrait-elle un jour ou l'autre qu'il avait demandé au pape d'annuler leur mariage. Tristan avait de bonnes raisons d'agir ainsi. Elle avait failli envers lui de la pire des façons. Elle était une femme de rien, une rien du tout qui de surcroît ne lui avait pas donné d'héritier.

Décidée à ne pas accorder un autre regard aux oriflammes des chevaliers, Francesca examina les tables à tréteaux dressées le long des murs. Elle était venue ici pour que Marie puisse se divertir. Quant à son propre avenir, elle avait déjà discuté avec son amie Helvise de l'éventualité de partir à Montfort, et elle y réfléchirait sérieusement un jour prochain.

Francesca continua d'avancer, se dirigeant vers un plateau

de gobelets placé près des claies à vin. Grand Dieu, elle n'avait jamais vu des tables aussi bien garnies — grands plats de venaison, montagnes de pâtisseries, amandes au miel... Malheureusement, son estomac semblait noué et elle doutait de pouvoir avaler une seule bouchée.

Si seulement elle pouvait oublier à quel point elle avait apprécié la compagnie de Tristan ! Hélas... Chaque fois que Marie lui parlait de projets, Francesca se surprenait à songer de nouveau à cette brève période vécue avec Tristan. Jusqu'au moment où elle avait découvert qu'elle n'était pas apparentée au comte Myrrdin, elle s'était crue si heureuse...

Ma vie a été un mensonge. Rien n'était réel.

Les larmes jaillirent de ses yeux et le plateau de gobelets parut se diluer dans un brouillard. Elle se hâta de cligner des paupières et redressa le dos. Elle savait ce qu'elle avait à faire. Elle devait s'effacer et laisser Tristan conclure un mariage plus avantageux. Avec une aristocrate. Une héritière, qui lui donnerait elle-même des héritiers.

Elle prit un gobelet, arrachant Tristan de ses pensées.

— Le comte Henri est généreux, observa-t-elle avec enjouement.

Les yeux écarquillés, Marie contemplait un étal qui ployait sous le poids d'innombrables barriques. Ses plumes de paon frémirent.

— Dieu du ciel, le régisseur du comte Henri a dû dévaliser tous les marchands de vin de Champagne ! Cette claie va se rompre.

— Oh ! Les tonneaux ne vont sûrement pas tarder à se vider, observa Francesca.

Elle tendit la timbale à Marie, au moment où l'une des plumes de paon de la servante effleurait le visage d'un gros monsieur à crinière blanche. L'homme éternua.

Francesca s'empara d'un autre gobelet. Lorsqu'elle se retourna, son verre de vin à la main, Marie avait disparu.

— Marie ?

Mais elle ne vit pas trace de la chambrière. Ah, si, là-bas, vers le milieu de la salle ! Un espace avait été dégagé au centre et les danses allaient commencer. L'homme à la crinière blanche avait saisi le bras de Marie et l'entraînait dans la foule. Marie jeta un coup d'œil par-dessus son épaule. Francesca vit scintiller ses yeux derrière le masque. Marie semblait radieuse. Francesca lui retourna son sourire, en lui faisant signe de se joindre aux danseurs. Avec un peu de chance, Marie serait bientôt si absorbée que Francesca pourrait s'éclipser vers le boudoir réservé aux dames, et s'y retirer. Elle n'était pas de l'humeur qu'il fallait pour un bal masqué. Et certainement pas pour une chasse au mari.

Pensive, elle aspira une gorgée de vin et se mit à déambuler au bord de la salle. Mais elle n'avait pas fait deux pas qu'un homme de haute taille, aux cheveux jaunes emmêlés, se dressa devant elle.

Il la salua d'une courbette.

— M'accorderez-vous une danse, belle dame ? interrogea-t-il en lui tendant la main.

Il portait un masque noir et Francesca aperçut l'éclair d'un regard bleu. Elle songea tout de suite à Tristan et son cœur manqua un battement. Au nom du ciel, il fallait que cela cesse ! Elle voyait Tristan dans tous les hommes qu'elle croisait. C'était absurde, cet homme n'avait pas sa couleur de cheveux.

Etait-ce un chevalier ? Francesca n'avait pas la moindre envie de danser, mais si l'inconnu était un noble, elle risquait de l'insulter en refusant. Il avait les façons d'un homme qui ne manque pas d'assurance.

Elle plongea dans une révérence.

— Je suis désolée, messire, mais je ne danse pas.

— Dommage…

Une femme passa tout près de Francesca, lui enfonçant son coude dans les côtes.

— Pardon, madame, s'excusa-t-elle en désignant du menton un tonneau de vin. Je n'arrive pas à atteindre le robinet.

L'homme blond prit Francesca par le bras.

— Venez. Nous sommes dans le passage ici.

Il la guida à l'écart des tables et il ne fallut pas longtemps à Francesca pour se rendre compte qu'il se dirigeait tout droit vers l'un des corridors — un couloir plongé dans la pénombre à cette heure, éclairé seulement par une rangée de lanternes. Elle résista à la main qui la tirait par le bras.

— S'il vous plaît, messire, je dois retrouver une amie dans le solarium des dames.

Derrière le masque, les yeux bleus — qui n'étaient pas les bons — se mirent à luire.

— Chaque chose en son temps. D'abord, nous allons nous rendre dans un endroit calme et nous présenter dûment l'un à l'autre.

L'inconnu resserra son étreinte, et Francesca se retrouva dans le corridor avant d'avoir eu le temps de protester.

La galerie des ménestrels offrait une vue plongeante sur ce qui se passait dans la grande salle. Tristan s'en réjouit, car il portait son heaume au lieu d'un masque. Il avait dû l'enfiler pour que les pages le laissent entrer. La vue à travers les fentes réservées aux yeux était un peu limitée, mais d'ici, en hauteur, il n'aurait tout de même pas de mal à repérer Francesca. Il la reconnaîtrait, il en était sûr, même si elle portait un masque.

Après avoir salué d'un bref signe de tête un joueur de luth, il se retourna vers la balustrade. Son regard fut attiré par une jeune femme brune et mince qui se tenait au milieu d'un groupe, debout près du foyer. Mais un bref examen lui apprit qu'il ne s'agissait pas de Francesca. Les mains de la dame ne correspondaient pas — trop de bagues. Il parcourut d'un coup d'œil rapide le troupeau des danseurs qui se mettaient en place au milieu de la salle. Là encore, une ou deux des femmes avaient la stature de Francesca, mais aucune ne possédait sa grâce. Il scruta ensuite les fêtards qui se pressaient autour des tables, se bousculant pour atteindre les viandes et les tonneaux de vin. Une dame en robe écarlate et masque assorti lui parut trop jeune. Une autre, en toilette bleue avec un lourd voile de soie, trop petite. Une troisième… Non, aucune ne ressemblait à Francesca.

Il continua à promener son regard, le laissant glisser d'un invité à l'autre jusqu'à ce qu'enfin, près de la porte qui menait à un corridor, il aperçoive un homme blond et massif entraînant vers la sortie une grande jeune femme mince vêtue d'une robe verte. Tristan sentit ses cheveux se hérisser sur sa nuque. Francesca !

Avant même d'en avoir conscience, il dévalait l'escalier à vis.

Il n'avait pas vu son visage, elle avait minci et sa chevelure d'ébène était dissimulée sous son voile, mais il n'avait pas besoin de plus de détails pour savoir qu'il s'agissait bien là de son épouse. Jurant entre ses dents, il se fraya brutalement un chemin parmi les noceurs.

Son esprit travaillait à toute allure. Que diable fabriquait-elle, à partir ainsi de la grande salle en compagnie d'un étranger ?

Un nom jaillit inopinément de sa mémoire. Joakim Kerjean ! Son pouls s'emballa, tandis que les questions affluaient à son esprit.

Avant de quitter le château des Iles, il avait appris qu'un chevalier aux cheveux jaunes nommé Joakim Kerjean s'était enquis de Francesca dans le village. N'ayant jamais rencontré l'homme, Tristan avait mené une enquête de son côté. Cela ne l'avait pas avancé beaucoup. Tout ce qu'il avait recueilli comme information, c'était que messire Joakim Kerjean possédait une terre non loin du manoir de Francesca, à Saint-Méen. Voilà qui semblait inoffensif à première vue. Ce qui lui avait paru plus inquiétant, c'était que, sachant que Francesca vivait dans le manoir champenois de Tristan, l'homme avait demandé des précisions pour qu'on lui explique comment s'y rendre. Ce Kerjean semblait décidé à la retrouver. Pour quelles raisons ?

Si le manoir de messire Joakim jouxtait celui de Francesca,

il pouvait fort bien convoiter les terres de sa voisine. Peut-être songeait-il à l'épouser.

S'agissait-il d'un coureur de dot ? Même si Tristan envisageait l'annulation de leur mariage, il n'avait aucune envie de voir Francesca tomber entre les mains d'un tel personnage. Si elle devait se remarier, il était de son devoir de s'assurer qu'elle épouserait un homme qui la traiterait avec le respect qu'elle méritait. Messire Joakim devrait prouver qu'il était une personne convenable avant qu'il ne le laisse approcher d'elle.

Il s'avança dans la foule, se frayant un passage à coups d'épaule. Cet individu blond n'était peut-être pas Kerjean, mais ce qui lui importait en cet instant, c'était de savoir si Francesca le suivait de son plein gré.

Et s'il était son amant ? Tristan serra les poings, submergé par une émotion si primitive qu'il ne parvint pas à l'analyser. Après tout, il s'apprêtait à demander une annulation, et ce que pouvait faire Francesca ne le concernait plus. Alors pourquoi diable la vue de sa femme pénétrant dans un corridor sombre avec un autre homme le mettait-elle dans tous ses états ?

Pressé de rejoindre le couple, il écarta plusieurs chevaliers avec une impatience à peine dissimulée.

— Pardon, messires.

La présence même de Francesca ici, à cette fête, le déconcertait. Et lui qui s'imaginait qu'elle menait une vie tranquille au manoir de Paimpont !

Avant de la quitter pour rejoindre le Conseil de Bretagne à Rennes, il avait tenu à lui expliquer combien il était important pour lui de prouver qu'il était un loyal sujet du duché. Il devait accomplir son devoir et il était certain qu'elle l'avait compris.

Il avait toujours été conscient que parmi tous les vassaux de la duchesse il était celui dont les droits sur son comté demeuraient les plus fragiles. On les lui tolérait, sans plus. L'ennui, c'était qu'un faux pas lui coûterait bien plus que son comté. Tristan n'avait pas précisé à sa femme qu'il voulait effacer la honte que son père lui avait léguée en héritage. Un tel aveu aurait par trop ressemblé à une trahison.

Avant de quitter Francesca, il l'avait prévenue qu'il ne pourrait lui écrire qu'en de rares occasions. Elle lui avait adressé l'un de ses dociles sourires en affirmant qu'elle comprenait. Il avait été si sûr qu'elle l'attendrait ! Pourtant, elle n'avait répondu à aucune de ses missives, et voilà qu'il la retrouvait à une fête, en train de se glisser dans un corridor avec un inconnu. Ce n'était guère le comportement d'une oie blanche et il ne se serait jamais imaginé cela de la part de la jeune femme qu'il avait épousée.

Je pensais que vous étiez la fille du comte de Fontaine. Je vous croyais candide.

Le diable l'emporte, cela n'avait rien de plaisant de perdre ainsi ses illusions. Lorsqu'ils s'étaient mariés, tous les deux, il avait été charmé par l'innocence de Francesca. Innocente jusqu'à quel point ? Il n'était plus sûr de rien. Qui était-elle, en fin de compte ? Et qu'est-ce qui la motivait ? Il n'en avait pas la moindre idée.

Cet homme serait-il en train de la forcer ? Est-ce celui qui fouinait du côté des Iles ? Est-ce Joakim Kerjean ?

Les ongles enfoncés dans ses paumes, serrant les mâchoires, Tristan frôla au passage un couple qui s'embrassait et pénétra dans le corridor.

Une rangée de chandelles brûlaient, fichées dans des torchères, et le reste du couloir demeurait sombre. Il aperçut l'éclat d'une jupe verte à l'autre extrémité.

— Laissez-moi !

La voix de Francesca. Dure. Anxieuse.

— Lâchez-moi, messire !

— Allons, madame…

Tristan s'élança, réduisant promptement la distance qui le séparait d'elle.

Une ombre massive remua. La lueur d'une bougie éclaira un

instant la chevelure jaune de l'inconnu, qui jeta un coup d'œil vers Tristan avant de se pencher délibérément sur Francesca.

Tristan perçut un bruit sec au moment où elle frappait l'homme au visage. Le soulagement de constater qu'il ne s'agissait pas là d'un rendez-vous galant luttait en lui avec la colère. Comment ce chien osait-il la molester ? Il se rua vers le couple avec une seule pensée en tête — voler au secours de Francesca. Le masque vert de la jeune femme s'était fripé, sa poitrine se soulevait, haletante.

Se jetant entre eux, Tristan arracha son heaume, qui tomba sur le sol dans un fracas de métal. La pensée l'effleura qu'on ne maltraitait pas ainsi un heaume de Poitiers qui avait coûté une fortune, mais c'était le cadet de ses soucis en cet instant. Ignorant l'exclamation de surprise que Francesca laissa échapper en le reconnaissant, il foudroya son agresseur du regard.

— Essayez un peu de toucher mon épouse une seconde fois, et vous êtes un homme mort !

L'étranger en demeura pantois quelques secondes. Son regard tomba sur Francesca.

— Vous ne m'avez pas dit que vous aviez un protecteur ! grimaça-t-il.

Francesca releva le menton et les perles luisirent sur son masque.

— Vous n'avez pas pris la peine de vous en enquérir, messire. Et même si je vous l'avais dit, je doute que vous m'auriez écoutée. Vous pouvez disposer à présent.

L'homme pinça les lèvres.

— Il y a un mot pour désigner les femmes comme vous, fit-il d'un ton hargneux.

Tristan sentit la colère monter en lui, sombre et primitive. Il réprima l'envie de se servir de ses poings pour jeter l'individu à terre.

— Surveillez vos paroles !

Marmonnant des obscénités, l'homme passa près de lui en le bousculant de l'épaule. Son pas lourd s'éloigna dans le corridor. Tristan ne savait toujours pas s'il s'agissait ou non de Kerjean et s'en moquait bien en cet instant.

Francesca était-elle indemne ?

Une chandelle flamboya, crachotant et sifflant avant de vaciller et de s'éteindre. Tristan n'y prêta pas attention. Il n'était conscient que de Francesca debout devant lui, le dos contre une porte. Son visage était plongé dans l'ombre et son masque scintillait. Elle l'ôta brusquement et plongea dans une révérence. Son regard gris étincelait d'une émotion qui ressemblait fort à de la joie.

— Tristan ! C'est merveilleux de vous revoir.

Il lui retourna son sourire avant d'avoir eu le temps de se rappeler pourquoi il était là — le comte Myrrdin, l'homme qu'elle considérait comme son père, se mourait, et il avait promis de lui amener Francesca.

Elle lui toucha la main et chacun de ses nerfs réagit à son contact.

— Vous êtes arrivé juste à temps. Merci !

Tristan joignit ses doigts aux siens.

— Allons parler à côté, voulez-vous ?

Poussant la porte, il l'entraîna dans la pièce voisine. Il se souvenait vaguement que ce lieu servait de bureau à l'intendant du palais, messire Gervase de Provins. L'endroit était sombre et exigu. Pas de chandelles, mais tant pis.

Refermant la porte d'un coup de talon, il tâtonna pour trouver le verrou et le tira. Il ne pouvait penser qu'à une seule chose — ils étaient ensemble à nouveau.

Enfin !

Attirant Francesca vers lui, il glissa un bras autour de sa taille. Il fallait qu'il l'embrasse. Un dernier baiser. Dieu lui pardonne, après leur mariage, elle lui avait semblé si délectable ! Il voulait savoir si elle avait changé. Un seul baiser. Il effleura son visage, laissant ses doigts s'attarder sur ses joues. Si douces. Si chaudes. Un léger parfum féminin monta à ses narines — jasmin et rose. Elle avait toujours aimé le jasmin.

Francesca.

— Tristan…

Sa voix tremblait autant que son corps.

Inclinant la tête vers elle, il trouva ses lèvres. Il voulait que ce soit tendre et bref. Il devait lui parler du comte Myrrdin et il allait le faire, oui… Dès qu'ils se seraient embrassés. Le baiser qu'il allait lui donner — leur premier depuis près de deux ans — représentait *tout* au monde pour le moment.

L'émotion le submergea. Oh ! Seigneur, c'était presque trop bon ! Enfin, il la tenait à nouveau dans ses bras et ses lèvres étaient aussi douces que dans son souvenir. Elle restait là, tremblante, tandis qu'il l'embrassait encore et encore, mordillant sa lèvre dans l'attente — fiévreuse — de sa réponse. Doucement, si doucement. Sa bouche avait un goût de cannelle et de miel, sans doute avait-elle bu du vin aux épices.

Pourquoi ne réagissait-elle pas ? Elle devait bien ressentir quelque chose, non ? Il fallait qu'elle réponde, il le fallait…

Son sang commençait à bouillonner, mais il se contint. Ils parleraient… Dans un instant. D'abord, il voulait satisfaire cet absurde désir de la voir réagir comme autrefois.

Ce ne fut pas long. Un dernier frisson la parcourut. Elle se tenait là, dans ses bras, apparemment rien d'autre qu'un paquet de nerfs tendus à se rompre, puis soudain, elle exhala un petit soupir et son corps s'abandonna contre le sien ainsi qu'aux tout premiers jours de leur mariage. Le désir en lui s'intensifia au point de se transformer en souffrance. Dieu, comme cela lui avait manqué ! Elle lui mettait le feu au sang par ce seul contact. Il n'avait jamais rien connu de tel avec personne.

Quelques battements de cœur plus tard, deux petites mains lui agrippaient fermement les épaules. Elle l'attira vers elle et un doux murmure lui parvint dans l'obscurité.

— Tristan…

Enfin ! Un sentiment de triomphe déferla en lui. Seuls de minces rais de lumière filtraient par la porte et l'obscurité était presque totale. Si Francesca n'était guère plus qu'une ombre, il devait en être une lui-même.

— Mon cœur…

L'ancien mot tendre lui avait échappé avant même qu'il n'y eût songé. Incapable de résister à la tentation, il glissa une main derrière sa nuque. Oh ! Chercher à nouveau sa bouche… Ils s'enlacèrent comme autrefois, sans cesser de s'embrasser. Le baiser s'approfondit, plus farouche. Tristan avait l'impression d'être tiré en arrière dans le temps, comme s'ils venaient juste de se marier. Pendant qu'ils s'abandonnaient ainsi, il pouvait presque croire qu'il ne s'était jamais senti coupable d'avoir eu des secrets pour elle. Il pouvait presque s'imaginer qu'ils n'avaient jamais été séparés, qu'il n'y avait jamais eu entre eux ce long silence. Son sang cognait dans ses oreilles. Il n'arrivait plus à respirer. Il restait tant de problèmes à résoudre, mais tout cela était englouti par le besoin effréné de l'embrasser, de la toucher.

A grand-peine, il se redressa. Il fallait qu'il lui parle du comte Myrrdin. Parler était bien la dernière chose qu'il eût envie de faire, tant il se sentait roide. Il voulait continuer à la caresser, à la tenir contre lui. Il voulait l'embrasser jusqu'à ce qu'ils en perdent tous deux la raison. Déjà, il n'en était pas loin. Oh ! Dieu, jamais il ne pourrait se résoudre à la lâcher !

Ses pensées se brouillèrent à nouveau, et en dépit de sa résolution — *Je dois lui dire que le comte Myrrdin la réclame à Fontaine* — il oublia tout, sauf son désir pour elle. Il luttait contre l'impulsion de se presser contre elle et se surprit à se demander si une annulation ne serait pas une erreur, après tout. Puis la vieille amertume resurgit.

Elle n'est jamais venue aux Iles. Elle n'a jamais répondu à mes lettres.

Il entendit Francesca déglutir, la respiration inégale.

— Tristan, c'est merveilleux de vous revoir. Mais devrions-nous nous embrasser, avec tant de choses irrésolues entre nous ?

Il faillit lui rétorquer qu'elle était sa femme et qu'il avait tous les droits de l'embrasser. Mais il se reprit. Il ne devait pas oublier qu'elle avait fui la Bretagne sans jeter un seul regard en arrière.

— Non, sans doute. Francesca, je vous apporte des nouvelles de Fontaine.

Au diable la pénombre, qui l'empêchait de lire l'expression de son visage. Tout ce qu'il distinguait, c'était sa silhouette. Une silhouette très féminine, que la lumière filtrant par la porte soulignait d'une façon si tentante. Le désir monta en lui, sombre et farouche. Francesca n'était pas la femme qu'il avait cru épouser et leur vie ensemble avait tourné au désastre. Il lui fallait une dame titrée, avec une réputation sans tache. Et pourtant, jamais il n'avait désiré une femme autant que celle-ci et il ne disposait d'aucun mot pour le lui dire.

A l'aveuglette, il voulut l'étreindre, mais ses bras se refermèrent sur le vide.

Chapitre 2

Francesca respira à fond pour se calmer, les yeux fixés sur la silhouette sombre de Tristan, en essayant de comprendre cette chaleur qui avait afflué dans toutes ses veines. C'était le paradis d'être à nouveau avec lui, vraiment le paradis, au point qu'il lui était presque impossible de se concentrer sur ce qu'il venait de dire. Des nouvelles de Fontaine, semblait-il.

Elle se sentait très bizarre. La tête lui tournait. De bonheur. Tristan était revenu pour elle ! Il avait reçu sa lettre et il était accouru… Son cœur battait la chamade. Avait-il décidé que leur mariage devait continuer ? Il l'avait revendiquée comme épouse devant ce goujat de chevalier — ce devait être bon signe.

A moins que…

Francesca sentit son estomac se nouer. Tristan était extrêmement possessif. Peut-être était-il venu l'informer que leur union devait être annulée, et l'avait-il revendiquée pour la seule raison que leur mariage n'étant pas encore dissous elle demeurait sienne jusque-là. C'était triste à dire, mais la décision appartenait à Tristan, et elle n'y pouvait pas grand-chose. Tristan le Beau était comte des Iles et elle n'était personne.

Repoussant les nouvelles de Fontaine à l'arrière-plan dans son esprit, elle s'éclaircit la gorge.

— Avez-vous réclamé une annulation, messire ?

— Pas encore.

— Pour quelle raison ?

— Pourquoi se presser ?

Elle émit un petit rire. Le bonheur refluait lentement en elle, laissant place à l'incertitude habituelle. Quelles étaient les intentions de Tristan ?

— Pourquoi se presser ? répéta-t-elle. Tristan, cela fait deux ans que nous ne sommes plus ensemble, on ne peut guère parler de précipitation.

Des coups sonores la firent soudain tressaillir. Quelqu'un secouait la porte.

— Bon sang ! grogna Tristan.

Un autre coup fit tressauter le panneau de bois sur ses charnières.

— Qui est là-dedans ? cria une voix d'homme teintée d'impatience. Ouvrez !

Tristan s'approcha de la porte.

— Attendez un instant, voulez-vous ?

Les joues brûlantes, Francesca arrangea sa robe. Dieu lui vienne en aide, elle avait perdu son voile et laissé tomber son masque. Comment les retrouver dans l'obscurité ?

— Ouvrez cette porte !

— Gervase, est-ce vous ? s'enquit Tristan.

— Oui. Veuillez ouvrir sur-le-champ !

Un nouveau coup de poing ébranla la porte.

— Dépêchez-vous, ou je fais défoncer la porte par les gardes.

— Du calme, mon vieux. C'est Tristan.

— Qui ?

— Tristan des Iles.

— Que diable faites-vous ici ? Je vous croyais en Bretagne.

Tristan ricana.

— Attendez, je sors. Vous allez comprendre.

Francesca s'agenouilla sur le sol, tâtonnant désespérément autour d'elle à la recherche de son masque et de son voile. Rien. Les dalles froides, la plinthe, le pied du bureau en bois. C'était sans espoir. Avec un soupir, elle se releva, lissant ses cheveux. Elle entendit d'autres petits froissements. Tristan devait se rajuster aussi. Avec un sentiment de malaise, elle se souvint d'avoir tiré sa tunique hors de sa ceinture pour passer les mains sur sa poitrine.

Pourquoi l'avait-il embrassée ? Il n'avait pas nié, lorsqu'elle avait évoqué une éventuelle annulation. Il avait besoin de contracter un mariage plus avantageux. Non, il n'aurait pas dû l'embrasser !

Et elle n'aurait pas dû répondre à son baiser…

— Prête, Francesca ?

— Oui.

Le verrou émit un grincement et le loquet cliqueta. De la lumière emplit la pièce, tandis que messire Gervase franchissait le seuil, une lanterne à la main. Jetant un regard par-dessus son épaule — la moitié du palais semblait s'être agglutinée dans le corridor — messire Gervase referma la porte sur lui d'un geste ferme. Un sourire de connivence retroussa ses lèvres.

Francesca sentit ses joues s'empourprer, tandis que son cœur cognait dans sa poitrine. Ce que Tristan et elle venaient de faire n'était que trop évident. On pouvait même penser qu'ils étaient allés bien plus loin qu'un simple baiser — son voile et son masque gisaient dans un coin, tandis que Tristan achevait de rentrer sa tunique sous sa ceinture.

Le regard de messire Gervase pétilla.

— Tristan, quel démon vous faites !

Et tournant vers Francesca un regard intrigué :

— Qui est donc cette dame ?

— Cette dame, Gervase, est mon épouse, la comtesse Francesca des Iles.

Lorsqu'ils quittèrent la pièce, Francesca avait remis son voile et rattaché son loup. La réapparition de Tristan l'avait abasourdie, semant le trouble dans ses pensées. En outre, elle se sentait mortifiée. Visiblement, le régisseur du comte Henri croyait avoir interrompu un intermède passionné. Heureuse que le masque dissimulât en grande partie son trouble, elle laissa Tristan lui saisir fermement la main et l'entraîner en se frayant à grands pas un chemin dans la foule bruyante et curieuse des fêtards. Des badauds goguenards s'écartèrent pour les laisser passer.

Tristan n'avait pas pris la peine de remettre son heaume — tout le monde savait exactement qui il était. Quelques ricanements fusèrent, et Francesca, du coin de l'œil, surprit un geste obscène.

— Tristan le Beau ! chuchota quelqu'un d'une voix sifflante.

— Oui, mais qui est la femme ?

— Aucune idée.

Francesca préférait ne pas entendre le reste. De toute évidence, tout le palais croyait qu'ils avaient fait l'amour dans le bureau de Gervase. C'était affreusement gênant. Bien décidée à ne croiser le regard de personne, elle gardait les yeux baissés vers le sol, tandis que Tristan et elle avançaient dans le couloir. Elle ne releva la tête que lorsqu'ils atteignirent l'entrée de la grande salle. Là, appuyé au chambranle, se tenait le chevalier blond qui avait tenté de l'embrasser. Il avait retiré son masque et dévisageait Tristan, la bouche pincée et le regard glacial.

A ce moment, Tristan lui serra plus fort la main. L'homme blond décroisa les bras et les devança dans la salle. Un cercle de danseurs l'entoura aussitôt, le dérobant à leur vue.

Messire Gervase se tourna vers Tristan.

— Comment allez-vous, seigneur Tristan ? Où en sont les choses en Bretagne ?

— Tout va bien, messire, à part quelques petits problèmes, répondit distraitement Tristan.

Le front creusé d'une ride, il regardait du côté des danseurs.

— Messire Gervase, qui est l'homme aux cheveux jaunes ?

— Il s'appelle Kerjean, je crois. Messire Joakim Kerjean.

Les deux hommes bavardaient, tout en se frayant un chemin dans la salle en direction de l'escalier. Francesca ne pouvait détacher son regard de Tristan. Il y avait si longtemps qu'elle ne l'avait vu, et dans le bureau il faisait trop sombre pour qu'elle ait pu se rendre compte s'il avait changé.

Changé ? Oh ! Dieu, il était toujours aussi plaisant à regarder ! Ici, dans la salle brillamment éclairée, elle retrouvait le visage familier. Si séduisant. La chevelure d'un noir de jais était aussi épaisse que dans son souvenir, les épaules aussi divinement larges, et à travers la tunique elle devinait les muscles bien galbés dont elle avait senti la puissance, dans la pénombre du bureau de Gervase. Quant aux yeux, leur magnifique teinte d'un bleu de saphir n'appartenait qu'à lui. Comment avait-elle pu s'imaginer un seul instant les avoir vus sur quelqu'un ? Les prunelles de l'autre chevalier ne ressemblaient en rien à celles de Tristan.

— Quels problèmes ? s'enquit Gervase, les sourcils froncés.

Son visage s'éclaircit.

— Ah, les troubles en Bretagne ! Il y a toujours des problèmes, je pense.

— C'est exact. Cela dure depuis des décennies. Dieu merci, la loi a prévalu.

Gervase émit un grognement.

— Cela fait plaisir à entendre. Et le prince Geoffrey ? Croyez-vous qu'il va épouser la duchesse Constance ?

— Je le pense. Le prince semble avoir les intérêts de la Bretagne à cœur et il est sincèrement épris de notre petite duchesse. Je ne vois pas pourquoi ils ne se marieraient pas lorsqu'elle sera en âge.

— Alors tout va bien.

— Mais oui.

Gervase prit Tristan par le bras et sourit.

— Le comte Henri sera ravi d'apprendre que vous avez assisté à la fête.

— Je ne l'ai pas vu. Il est donc absent ?

— Le comte dîne avec une députation de marchands d'Apulie.

Une torche palpitait au pied de l'escalier. Messire Gervase leur fit signe de monter.

— C'est tout en haut, je le crains. La toute dernière chambre. Elle n'est pas grande, précisa-t-il avec un sourire. Si vous m'aviez informé de votre venue, je vous aurais trouvé quelque chose de plus spacieux. Le palais est plein à craquer, ce soir.

— Je n'en doute pas.

— Vous venez juste d'arriver ? Je vais vous faire monter de la nourriture et du vin, si vous le souhaitez.

— Merci, j'apprécierais. Francesca, avez-vous faim ?

— Non, merci.

Messire Gervase se tourna vers Tristan.

— Voulez-vous que j'envoie chercher votre page ?

— Inutile, le pauvre garçon est épuisé. Nous nous débrouillerons très bien, merci.

Francesca s'avança d'un pas.

— Messire Gervase ?

— Oui, madame ?

— Marie, ma chambrière, se trouve dans la grande salle, où elle prend part à la fête. Elle s'inquiétera si elle ne me trouve pas en bas. Je vous serais reconnaissante si vous pouviez charger quelqu'un de lui dire que je suis en compagnie du seigneur Tristan et que je la retrouverai demain au petit déjeuner.

— Comment saurai-je que c'est elle ?

Francesca sourit.

— Vous ne pourrez pas vous tromper. Son masque est orné des plus longues plumes de paon de toute la chrétienté. La dernière fois que je l'ai vue, elle était en train de danser.

— Marie, vous dites ?

— Oui, Marie de Fontaine.

Messire Gervase inclina la tête.

— C'est comme si c'était fait, madame.

— Merci.

Avec un sourire, Gervase les quitta pour retourner dans la grande salle. Resté seul avec elle, Tristan jeta un coup d'œil songeur à leurs deux mains liées. Puis il la lâcha et recula d'un pas.

— Après vous, madame.

Le ton était sec et le regard fuyant.

— Tristan, qu'avez-vous ?

Il tourna enfin les yeux vers elle et un rictus étira ses lèvres. Francesca sentit son cœur se serrer. Le sourire de Tristan était contraint et n'atteignait pas ses yeux, ses superbes yeux bleus.

— Tristan ?

— Après vous, répéta-t-il.

Francesca déglutit convulsivement avant de retrousser sa jupe et de s'engager dans l'escalier. Que se passait-il ? Elle ne savait plus que penser. Le baiser de Tristan lui avait semblé pourtant un chaud baiser de retrouvailles. Et sa voix, cette voix cordiale avec laquelle il s'était adressé à Gervase, avait changé du tout au tout. Francesca se remémora la scène. Qu'avait-elle fait ? Elle ne voyait vraiment pas. Messire Gervase avait-il transmis de mauvaises nouvelles à Tristan ? Certes, elle avait assisté à leur conversation, mais il était possible que quelque chose lui ait échappé, tant elle était occupée à contempler son mari.

Elle s'arrêta au milieu de l'escalier et se retourna.

— Tristan, ai-je fait quelque chose de mal ?

Il lui jeta un regard inexpressif.

— Je ne sais pas. Est-ce le cas ?

Quelle étrange réponse ! Et ce ton maussade… Comme s'il éprouvait de l'aversion pour elle.

Elle le dévisagea, espérant retrouver un peu de cette chaleur qu'elle avait cru sentir en lui dans le bureau de Gervase. La lueur de la torche éclairait en plein son visage, mais elle ne révélait rien pour autant, il aurait aussi bien pu porter un masque. Le regard bleu semblait glacial. Lointain. Avait-elle donc imaginé cette chaleur et pris son désir pour la réalité ?

Avec un soupir, Francesca se remit à gravir les marches.

La Bretagne se trouvait bien loin, Tristan devait être épuisé, voilà tout.

— Combien de temps vous a pris le voyage ?

— Un peu plus d'une semaine.

— Grand Dieu, vous avez dû galoper à bride abattue pendant tout le trajet ! Avez-vous seulement dormi ? Lorsque je suis allée à Troyes avec dame Claire, cela nous a pris une éternité.

Tristan ne répondit pas et ils continuèrent à monter l'escalier.

Francesca esquissa un sourire mélancolique. Tristan, elle s'en souvenait, ne savait pas s'arrêter, il avait dû aller au-delà de ses forces. Souvent, elle l'avait observé dans la cour d'entraînement, à Fontaine, se mesurant avec messire Brian et les autres chevaliers de la maison. Il dansait autour de son adversaire, son épée étincelante à la main, bondissant ici et là comme si son armure ne pesait pas plus qu'une plume.

Sauf que… Francesca fronça les sourcils. Elle avait vu plusieurs fois Tristan exténué, mais elle ne se souvenait pas de l'avoir jamais vu renfrogné. Et encore moins de l'avoir entendu utiliser ce ton froid avec elle. Qu'avait-elle bien pu faire ?

Elle n'aurait jamais dû l'embrasser. C'était là le problème, indubitablement. Il lui avait donné un baiser, mais elle n'aurait pas dû y répondre. Avant leur mariage, Marie lui avait recommandé de ne jamais oublier qu'elle était une dame. Les dames étaient censées se montrer calmes et modestes, avait déclaré Marie. Elles devaient toujours rester imperturbables. Détachées. Même si elle tombait amoureuse de son mari, une dame ne devait jamais le lui dire. Et elle ne devait surtout pas prendre l'initiative de leurs ébats dans le lit conjugal.

Tout cela lui avait semblé très facile avant qu'elle ne rencontre Tristan le Beau. L'attirance entre eux s'était révélée foudroyante. Elle avait ressenti un tel bonheur ! Et elle aurait juré que c'était réciproque. En tout cas, il aurait été impossible pour elle de feindre la froideur envers son robuste et viril époux. Elle avait adoré faire l'amour avec lui dans leur lit nuptial. Elle avait adoré bavarder avec lui longtemps dans le noir. Bref, son imprudente petite personne de seize printemps était tombée follement amoureuse de lui.

Pas étonnant que Tristan n'eût jamais répondu à ses lettres ! A peine étaient-ils mariés qu'elle avait oublié toutes les recommandations de Marie. Et en agissant ainsi, elle avait baissé dans l'estime de Tristan. Elle s'était montrée trop passionnée. Elle ne s'était pas comportée en dame digne de ce nom. Et quand dame Claire avait pris sa place à Fontaine, sa vraie nature avait été révélée aux yeux de tous.

Je ne suis pas une dame, notre mariage est fini. Je ne dois pas laisser quelques baisers me tromper en me faisant espérer autre chose.

Et comme si découvrir qu'elle n'était pas une dame ne suffisait pas, voilà qu'aujourd'hui elle s'était comportée comme une femme perdue ! Le comte des Iles avait besoin d'une vraie dame, avec une généalogie impeccable et des terres pour agrandir ses propres domaines et gonfler ses revenus.

Les baisers de Tristan ne signifiaient rien — il était ambitieux, il lui fallait un mariage dynastique.

Comme elle s'était montrée stupide en bas, dans le bureau de messire Gervase ! Elle s'était perdue dans ce baiser. Un baiser qui lui avait fait désirer des choses qu'elle ne possédait pas et ne posséderait jamais…

Oui, Tristan voulait une vraie dame. Elle ne pouvait alléguer l'excuse de s'être laissé entraîner par la passion, elle aurait dû résister. Elle ne pouvait même pas prétendre que la vue de son beau visage ou de son corps puissant lui avait ôté toute force. Il faisait bien trop sombre pour qu'elle voie quoi que ce soit. Se retrouver dans ses bras l'avait tout simplement bouleversée.

La faute qu'elle avait commise était de le lui avoir montré. Marie aurait eu tous les droits de la traiter de nigaude. Francesca avait oublié tout ce qu'on lui avait appris et, en réagissant avec une telle ardeur, elle n'avait fait que confirmer ses basses origines. Elle avait empiré les choses.

Une fois qu'ils furent parvenus au dernier tournant de

l'escalier à vis, ils se retrouvèrent devant une porte de chêne cloutée. Tristan se pencha pour l'ouvrir.

Des bougies brûlaient, fichées sur des appliques murales. La chambre, aussi exiguë que messire Gervase l'avait craint, était pourvue d'un lit qui semblait décent, d'une fenêtre close, et c'était à peu près tout.

La confirmation de l'identité de Joakim Kerjean avait porté un coup à Tristan. En proie à un déconcertant mélange de colère et d'inquiétude, il avait à peine prêté l'oreille aux autres propos de messire Gervase.

Il avait bien eu à faire avec Joakim Kerjean, l'homme qui s'était enquis de Francesca aux Iles. Que mijotait-il en entraînant Francesca dans le corridor du palais ? S'étaient-ils parlé auparavant ? Etait-elle sa maîtresse ?

Tristan se remémora en détail le moment où il les avait découverts devant le bureau de Gervase. Il voulait croire que ce Kerjean avait piégé une Francesca innocente en la poussant dans ce couloir. Il préférait penser qu'elle avait été acculée à suivre un admirateur intempestif. De fait, elle avait bel et bien giflé l'homme. Malheureusement, ce n'était peut-être pas aussi simple que cela. Il lui fallait rester ouvert à toutes les hypothèses, aussi déplaisantes qu'elles pussent être.

Réfléchis, Tristan, réfléchis.

Francesca était encore son épouse. Leur mariage était en ruine, et pourtant, il ne pouvait s'empêcher d'éprouver de la tendresse pour elle. Ce baiser avait bien prouvé que leur mutuelle passion, ainsi qu'il l'avait craint, n'était pas complètement éteinte. Et ce qu'il ressentait à présent, cette colère, cette hostilité envers Kerjean et cette affreuse incertitude qui semait le trouble dans ses pensées ressemblaient fort à de la jalousie. Et la jalousie ne ferait rien pour arranger les choses.

Réfléchis !

Lorsqu'il les avait suivis dans le corridor, Kerjean et

Francesca portaient tous deux un masque. La supposition la plus inoffensive, c'était que chacun d'eux ignorait l'identité de l'autre et qu'ils s'étaient rencontrés par hasard. Hélas, étant donné l'enquête à laquelle s'était livré messire Joakim aux Iles, il était peu probable que Tristan eût ainsi interrompu une innocente tentative de séduction. Il lui fallait donc écarter l'idée qu'ils aient pu se croiser fortuitement.

Tristan détourna les yeux de Francesca, occupée à examiner la chambre, et se força à se rappeler exactement ce qu'il avait vu du haut de la galerie. Kerjean l'avait prise par la main et l'avait entraînée vers le corridor. L'avait-elle suivi de son plein gré ? Ce n'était peut-être pas un rendez-vous clandestin.

Il commençait à se sentir vraiment mal à l'aise. Francesca s'était montrée bien peu avisée en se laissant entraîner par Kerjean loin de la sécurité de la grande salle où évoluait la foule. Ce que Tristan avait pu observer pouvait n'être, de la part de la jeune femme, qu'un badinage sans conséquence qui avait échappé à son contrôle.

Une possibilité bien plus dérangeante, c'était que ce Kerjean avait voulu piéger Francesca pour en faire sa maîtresse. Quelles étaient les intentions de cet homme, à long terme ? Le mariage ? S'il croyait Francesca seule au monde, il pouvait la considérer comme une proie facile.

Réfléchis, Tristan, réfléchis.

Francesca avait giflé Kerjean. Elle tournait le dos à la salle et ne pouvait savoir qu'il allait faire irruption pour les interrompre, mais elle avait tout de même frappé l'homme. Tristan aurait tant aimé y voir une preuve de son innocence. Mais de son côté Kerjean lui faisait face et l'avait vu approcher.

Suppose qu'il ait ordonné à Francesca de le gifler, afin que leur rencontre paraisse innocente ?

Troublé, Tristan se passa une main dans les cheveux. Qu'est-ce qui n'allait pas avec lui, bonté divine ? Il avait l'impression de perdre le fil de ses pensées. Cela ne lui était jamais arrivé avec une autre femme que Francesca. Elle lui embrouillait les idées comme personne. Pour être franc, après leur mariage, il avait craint d'être en voie de se laisser dominer par ses émotions. Il avait redouté de perdre toute jugeote, et lorsque le Conseil l'avait appelé à Rennes pour aider à réprimer la rébellion, il s'était presque senti soulagé. Il avait espéré que cette séparation d'avec Francesca lui éclaircirait l'esprit.

Et voilà qu'après quelques moments à peine en sa compagnie il se trouvait plus troublé que jamais. Tout cela était profondément déstabilisant.

Se pouvait-il qu'il fût jaloux ? Si c'était le cas, il était en train de se laisser emporter par ce sentiment, voilà tout. C'était Francesca, voyons ! Jamais elle ne prendrait un amant alors qu'elle était encore mariée. Elle ne le trahirait pas de cette façon, ce n'était pas dans sa nature.

Jurant entre ses dents, Tristan repoussa l'image de Joakim Kerjean à l'arrière-plan de son esprit.

Je dois informer Francesca au sujet du comte Myrrdin, et cela sans délai.

Il voulait lui apprendre en douceur la maladie de Myrrdin. Cet homme avait été un père pour elle et elle l'aimait — apprendre qu'il se trouvait sur son lit de mort allait la bouleverser.

— Francesca ? Préparez-vous à être courageuse. J'apporte de mauvaises nouvelles de Fontaine.

Les yeux gris rencontrèrent les siens. Des yeux candides. Des prunelles inquiètes, pailletées d'or et d'argent. Dès le premier instant, il avait été attiré par ces yeux. Sûrement, elle ne le regarderait pas ainsi si elle lui cachait quelque manigance ?

Il la vit pâlir.

— De Fontaine ? Qu'est-il arrivé ?

Tristan prit une profonde inspiration.

— Avec votre permission, je vais me montrer direct. Inutile d'enjoliver les choses.

Elle déglutit et serra ses mains l'une contre l'autre.

— Je vous en prie, faites.

— C'est le comte Myrrdin. Il est malade, Francesca, très gravement malade. Il nous réclame tous deux à son chevet.

Une petite main se tendit vers lui, puis retomba. Jurant à mi-voix, Tristan la saisit au vol et l'emprisonna dans la sienne. Les doigts de Francesca étaient glacés, elle était sous le choc. Il lui saisit l'autre main.

— Papa… Le comte… est mourant ?

Sa voix était si faible, un chuchotement douloureux.

Tristan lui caressa doucement la main.

— Je le crains.

— Comment l'avez-vous su ? Par dame Claire ?

— Oui. Elle a envoyé un message à mon régisseur, messire Roparz. La missive m'attendait au château des Iles. Francesca, le comte s'affaiblit très vite et veut vous voir, c'est son dernier souhait.

Il vit Francesca se mordre la lèvre, puis elle retira sa main et se mit à arpenter la chambre.

— Il faut que j'y aille. Dès demain.

Un regard gris empli de détresse plongea dans le sien.

— Il veut vous voir aussi ?

— En effet.

— Vous projetez donc de m'escorter jusqu'à Fontaine ?

— Bien entendu. Nous irons ensemble.

— Merci.

Elle marcha jusqu'au lit, qu'elle considéra un instant avant d'exhaler un lourd soupir.

— Ainsi, c'est pour cela que vous êtes venu à Provins. Pour m'informer que le comte Myrrdin était mourant.

— C'est l'une des raisons, oui.

Elle hocha la tête sans rien dire, et il s'interrogea ainsi sur ce qu'elle pouvait penser.

— Francesca, dès que j'ai appris la nouvelle, j'ai chevauché aussi vite que j'ai pu. Mais vous devez savoir que même en partant demain, avec le minimum de bagages et en voyageant aussi vite que le vent, nous ne sommes pas certains d'arriver à Fontaine à temps.

Elle le regarda, le visage pâle et tiré.

— Il faudra nous mettre en route à l'aube.

— J'ai besoin de dormir, Francesca. Et Bastian aussi.

— Bastian ?

— Mon page. Mais nous partirons demain matin, ne vous inquiétez pas.

— Merci.

— Nous voyagerons peu chargés. Et vite.

— Je comprends.

Assise sur le bord du lit, Francesca regardait Tristan dévorer le pain et la viande qu'une servante venait de monter. Avec curiosité, elle cherchait les différences entre l'homme qu'elle avait épousé et celui qu'elle voyait devant elle.

Indéniablement, il avait changé, même si elle n'aurait encore su dire en quoi. Cela faisait deux ans. Il avait connu la guerre, affronté la mort. Il avait vu des amis se faire tuer. Et il était devenu aussi un vrai courtisan, à ce qu'elle avait entendu dire.

Elle percevait en lui une nervosité dérangeante, une dureté qu'elle n'avait pas remarquée autrefois, et elle n'était pas sûre d'aimer cela. Avait-il toujours été ainsi ? L'amour — non, corrigea-t-elle pour elle-même, ce qui avait flambé entre eux, c'était sûrement le désir, pas l'amour — le désir l'avait-il rendue aveugle face à la véritable nature de Tristan ? Elle ne l'aimait pas, ne pouvait pas l'aimer. Pour aimer quelqu'un, il fallait le connaître et il lui devenait douloureusement évident qu'elle ne connaissait pas du tout Tristan.

Cela n'allait pas être facile de dormir avec lui. S'attendait-il à ce qu'elle le rejoigne au lit ?

— Tristan ?

Il leva les yeux de son repas — un bel étranger, avec un regard bleu à la dureté de saphir.

— Oui ?

— Nous ne sommes pas obligés de partager cette chambre. Je peux aller dormir en bas dans le solarium avec les autres dames.

Il rompit un morceau de pain et fit la moue devant le fromage disposé dans un plat.

— Non. Nous restons ensemble.

— Pourquoi ? Parce que je ne suis pas une dame ?

Il la regarda, les sourcils froncés, et l'espace d'un instant elle eut l'impression de l'avoir déconcerté. Puis elle comprit que ce n'était pas cela. Simplement, il ne s'attendait pas à être questionné. Ses hommes lui obéissaient certainement au doigt et à l'œil. Personne ne devait oser discuter un ordre du seigneur Tristan le Beau, comte des Iles.

— Ne soyez pas ridicule !

— Tristan, nous allons demander une annulation, je présume. S'il est inconvenant qu'un homme et une femme dorment ensemble quand ils ne sont pas mariés, cela est sans nul doute tout aussi inconvenant pour un mari et une femme qui s'apprêtent à faire annuler leur mariage, non ?

L'expression de Tristan se durcit.

— Nous restons ensemble, répéta-t-il.

— Mais pourquoi ?

— Je veux savoir où vous êtes et ce que vous faites.

Francesca se renfrogna.

— Même la nuit, quand je dors ?

— Même alors.

— Vous ne me faites pas confiance, c'est cela ? S'il vous plaît, Tristan, dites-moi ce qui ne va pas.

Elle vit un muscle palpiter dans sa joue. Sans répondre, il tourna de nouveau son attention vers la nourriture, la laissant à ses pensées. De toute évidence, le baiser dont il l'avait gratifiée était une erreur. Ce qu'il désirait visiblement, c'était une annulation. Elle devait lui rendre sa liberté afin qu'il puisse contracter une union assortie. Quel dommage qu'il l'ait serrée contre lui avant de lui expliquer la raison pour laquelle il était là ! Son stupide cœur s'était emballé et, pendant quelques instants insensés, elle s'était imaginé qu'il était revenu pour elle.

Quelle nigaude elle faisait, de s'être laissé bouleverser ainsi par un baiser, elle aurait dû se montrer plus avisée. Elle secoua la tête. Elle ne devait pas se laisser troubler ainsi par lui. Surtout quand elle projetait de recommencer sa vie. C'était regrettable qu'il l'ait embrassée, bien sûr. Mais ce baiser lui prouvait quand même qu'elle aurait été bien naïve de croire qu'il lui serait facile d'épouser un autre homme.

Tristan était venu pour l'escorter jusqu'à Fontaine, parce que le comte Myrrdin était mourant. Voilà tout ce qui comptait. Il la ramènerait en Bretagne, et ensuite, ils se sépareraient.

Dieu, tant de choses avaient changé depuis une heure ! Elle avait appris que le comte Myrrdin gisait sur son lit de mort et, s'il fallait en croire Tristan, il se pourrait qu'il ne soit plus en vie lorsqu'ils arriveraient près de lui. Francesca sentit sa gorge se nouer. Elle aimait le comte Myrrdin, elle avait toujours espéré retourner en Bretagne, en songeant qu'il serait là pour l'accueillir. A en juger par ce que lui avait dit Tristan, elle ferait mieux de prier pour un miracle.

En silence, Francesca se leva du lit, tournant le dos à son mari qui achevait son repas. Elle posa son masque sur une table de chevet, à côté d'une cruche d'eau et d'une cuvette. Puis elle dégrafa son voile et commença à se dévêtir.

Après leur mariage, Tristan et elle avaient dormi nus, mais il n'en était pas question ce soir. Francesca poussa ses chaussures sous le lit et retira sa robe en gardant sa chemise sur elle, consciente que Tristan ne la quittait pas des yeux.

Elle se lava hâtivement, repoussa les couvertures et se glissa dans le lit. Couchée sur le flanc, elle attendit, tournant le dos à Tristan.

Elle perçut le cliquetis d'un couteau qu'on jetait dans le plat, puis un bruit d'éclaboussure. Avait-il renversé du vin ? Non, il utilisait l'eau de la cruche. Elle continua à prêter l'oreille.

Un bruissement d'étoffe. Le matelas s'incurva.

— Bonne nuit, Francesca.

— Bonne nuit, messire.

Tristan bâilla, remua dans le lit, puis le silence régna dans la pièce.

Les heures s'écoulaient lentement.

Francesca pouvait à peine croire qu'elle était allongée près de cet époux qu'elle avait cru ne jamais revoir. Un homme qui lui faisait si peu confiance, semblait-il, qu'il n'était même pas prêt à la laisser dormir dans le solarium.

Le regard fixé sur une chandelle, elle la regarda brûler lentement jusqu'à ce qu'elle se réduise à un moignon avant de vaciller et de s'éteindre. L'ombre envahit la chambre. Tristan devait dormir, sa respiration était lente et régulière et il n'avait pas bougé depuis une éternité.

Avec un soupir, Francesca se laissa rouler précautionneusement sur le dos, les yeux ouverts dans l'obscurité. Craignant de toucher Tristan, elle tâcha désespérément de ne plus bouger. Il lui avait semblé épuisé et avait grand besoin de repos, de toute évidence. Son visage était plus maigre qu'autrefois, avec des traits tirés qu'elle ne lui avait jamais vus.

Le sommeil la prit enfin, par intermittence. A un moment, elle contemplait la pénombre, écoutant la respiration de son compagnon, quand un poids se posa soudain sur son épaule — la tête de Tristan. Ils avaient tous deux changé de position en dormant. Le pied de Tristan reposait sur sa cheville à elle et sa main chaude lui enserrait la taille. Il était nu, du moins le croyait-elle. Elle n'en était pas sûre et toute vérification était hors de question.

Doucement, elle se dégagea. Une autre partie de la nuit s'écoula, que Francesca passa à écouter respirer Tristan.

La deuxième fois qu'elle se réveilla, elle était couchée sur le flanc face à lui et sentait son souffle chaud sur ses joues.

Cette fois, il avait la main placée sur la sienne, presque comme s'il la tenait.

Avec un léger soupir, Francesca se libéra et s'écarta de lui.

La lumière filtrait par les interstices des volets, et l'ombre se dissolvait dans la pièce quand elle sortit à nouveau de ses rêves. Elle était couchée sur le côté, le corps de Tristan étroitement enlacé au sien, comme s'il voulait la protéger jusqu'à la fin des temps. Il était bien nu, sans nul doute possible.

A demi réveillée, elle resta là sans bouger. Sa chemise s'était relevée et elle sentait les jambes de Tristan contre les siennes. Elle respirait son odeur, une odeur masculine et musquée qui fit resurgir en elle des souvenirs doux-amers de membres enlacés entre des draps froissés, de baisers sans fin, de brûlantes caresses qui lui incendiaient les veines.

Au nom du ciel, que lui prenait-il ? Leur mariage était terminé.

Elle le savait, et lui aussi.

Chapitre 3

Laissant Tristan se reposer des fatigues de son voyage en Champagne, Francesca s'habilla, le cœur lourd, et descendit dans la grande salle pour retrouver Marie. Les tables étaient dressées pour le petit déjeuner et Marie était assise sur l'un des longs bancs, au milieu d'un groupe de femmes. Le masque à plumes de paon, un peu endommagé, était posé sur la table à côté d'une panière.

— Bonjour, Marie.

La servante se leva d'un bond avec l'énergie d'une femme deux fois moins âgée.

— Bonjour, madame. Je vais chercher du pain frais.

— Ce n'est pas la peine, Marie. Il faut que je vous parle. Je suppose qu'on vous a transmis mon message ? Messire Tristan est ici.

Marie reprit son masque et suivit Francesca à l'autre bout de la salle.

— Oui, c'est ce que messire Gervase m'a annoncé.

Puis sa femme de chambre coula vers elle un regard scrutateur :

— Vous ne semblez pas heureuse. Que s'est-il passé ?

Francesca prit une longue inspiration. Marie avait passé la plus grande partie de sa vie à Fontaine. Elle n'allait pas manquer d'être bouleversée en apprenant la maladie du comte Myrrdin.

— Le seigneur Tristan a ramené de Bretagne des nouvelles préoccupantes.

Un tremblement agita les plumes de paon.

— Quoi donc, madame ?

Francesca posa une main sur le bras de Marie.

— Le comte Myrrdin est très malade. C'est si grave qu'il ne s'en remettra sans doute pas. Il m'a réclamée auprès de lui et désire voir également le seigneur Tristan. Aussi allons-nous retourner en Bretagne ensemble.

— Le comte Myrrdin est mourant ? Oh ! madame, quelle terrible nouvelle !

Francesca cilla pour refouler ses larmes.

— Mon seigneur et moi allons nous mettre en route avant midi. Souhaitez-vous nous accompagner ?

Marie lui pressa la main en hochant vigoureusement la tête.

— Bien entendu ! De toute façon, vous aurez besoin d'une chambrière.

Francesca parvint à sourire.

— Je dois vous prévenir, ce sera un voyage précipité et sans doute épuisant. Malheureusement, il semble que nous n'ayons pas beaucoup de temps devant nous.

Marie lui jeta un regard dolent et une larme descendit lentement sur sa joue.

— Le comte Myrrdin..., murmura-t-elle d'une voix étouffée. L'un des meilleurs hommes que je connaisse.

Francesca cligna des paupières.

— Oui, chuchota-t-elle.

Carrant les épaules, elle ajouta :

— Marie, il faut que nous retournions au manoir pour faire nos paquets. Nous prendrons chacune un sac de selle.

— Un seul, madame ?

— Nous arriverons plus vite à Fontaine si nous voyageons avec des bagages légers. Venez. Si vous avez encore faim, vous pourrez vous restaurer au manoir.

— Oui, madame.

Marie leva les yeux vers l'escalier.

— Et le seigneur Tristan ?

— Il est épuisé. Nous allons informer son page que nous partons et ils pourront tous deux nous rejoindre au manoir quand Tristan sera prêt.

— Très bien, madame.

Voyant le régisseur pénétrer dans la salle, Francesca se dirigea vers lui.

— Je vais faire mes adieux à messire Gervase, dit-elle à Marie. Puis je vous retrouve aux écuries.

Une heure plus tard, Francesca était de retour dans sa chambre à Paimpont, agenouillée devant l'un des trois coffres de voyage alignés contre le mur. Elle se sentait écartelée.

Le comte Myrrdin était moribond. Voilà qui était dur à accepter. Le comte était d'un âge relativement avancé et cela n'aurait pas dû être un tel choc pour elle. Pourtant, c'en était un. Pendant tout ce temps, elle avait imaginé non sans tendresse qu'elle retournerait un jour en Bretagne et le reverrait. Jamais elle n'aurait pensé que ces retrouvailles se feraient au chevet d'un mourant — en supposant qu'ils arrivent là-bas à temps. C'était affreux, elle avait toujours cru que la présence du comte Myrrdin allait de soi, qu'il serait éternellement à ses côtés.

Et puis il y avait Tristan, ici, en Champagne. Elle commençait tout juste à prendre conscience de cette réalité.

L'un dans l'autre, elle se sentait totalement désorientée. C'était la deuxième fois dans sa vie qu'elle éprouvait un tel désarroi. Elle avait ressenti le premier quand dame Claire et messire Arthur Ferrer étaient arrivés à Fontaine, apportant la nouvelle que Francesca n'était pas la fille du comte Myrrdin. Après cela, Francesca avait eu l'impression de flotter dans un songe, doutant de tout et de tout le monde.

La véritable fille du comte Myrrdin, c'était dame Claire.

En dépit de l'éducation qu'elle avait reçue, Francesca n'était personne.

Paralysée par l'incertitude, elle n'avait plus su comment se comporter. Qui était-elle ? Quel était son statut ? Elle avait été élevée comme une dame, mais elle n'en était pas une.

Une enquête avait été menée pour découvrir ses ascendants, mais toutes les traces avaient disparu depuis longtemps. A la fin, elle avait dû se résigner — ses origines resteraient toujours obscures. Elle n'était personne. En un sens, c'eût été mieux si on avait découvert avec certitude qu'elle était une paysanne, peu importait, au moins aurait-elle eu des parents vers lesquels se tourner.

Je ne suis personne, se répéta-t-elle.

A un moment, il lui avait même été difficile d'aligner deux phrases. Ne sachant ce que l'on attendait d'elle et sans nouvelles de son fuyant époux, elle était partie se réfugier dans son manoir de Saint-Méen, avec Marie pour seule compagnie. Il avait fallu une visite de dame Claire pour l'arracher à sa retraite.

Claire avait été merveilleuse. Si compréhensive. La nouvelle dame de Fontaine avait connu une vie compliquée et avait promptement montré qu'elle n'avait pas la moindre intention de créer des problèmes. Elle avait demandé à Francesca de la considérer comme une sœur. Et c'était Claire qui avait pressé le comte Myrrdin de lui octroyer Saint-Méen, alors que le manoir aurait dû lui revenir de droit, comme tout le reste, en tant que fille légitime du comte.

Malgré la gentillesse de Claire, Francesca avait eu du mal à s'adapter à son changement de statut. Elle s'était sentie blessée et son esprit était à cette période en pleine confusion. Elle avait éprouvé le besoin de recouvrer son calme en un lieu où rien ne lui rappellerait sa vie passée, et elle était alors venue s'installer en Champagne.

Le cœur lourd, Francesca passa un doigt sur le métal froid qui bordait le coffre de voyage. Ce n'était pas le moment de se laisser aller au désarroi, même si c'était bien là ce qu'elle ressentait en réalité.

D'un regard absent, elle contempla les malles. Elles contenaient tout ce qu'elle possédait au monde et, avant la fête, elle avait passé des journées à emballer ses affaires en prévision de son départ de Paimpont. N'ayant pas reçu de réponse de Tristan, elle en avait conclu que sa présence ici n'était plus désirable et s'était préparée à quitter le manoir. S'il s'était manifesté deux jours plus tard, Tristan n'aurait plus trouvé de trace d'elle sur place.

Quelques semaines plus tôt, après bien des interrogations et des angoisses, Francesca avait compris qu'il s'écoulerait une éternité avant que Tristan ne daigne répondre à sa lettre, s'il le faisait jamais. Elle avait alors contacté Helvise, qui était une amie rencontrée au marché de Provins, et lui avait écrit qu'elle était prête à se rendre à Montfort.

Helvise était d'humble extraction tout comme elle, et lorsqu'elle avait avoué à Francesca tout le souci que lui causait la gestion d'un logis sis à l'extérieur de la ville, Francesca avait pensé qu'elle pouvait l'aider. Grâce à l'éducation qu'elle avait reçue, il lui avait été aisé de répondre aux questions d'Helvise. Et lorsqu'elle avait offert à cette dernière de se rendre dans son petit manoir pour lui enseigner tout ce qu'elle savait, Helvise avait sauté sur cette proposition.

Francesca s'était rendu compte que si elle continuait à vivre dans l'habitation appartenant à Tristan elle ne pourrait jamais se délivrer de lui. Elle continuerait à attendre qu'il pénètre un jour à cheval dans la cour. Dieu savait combien de fois elle s'était surprise à désirer qu'il la hisse en selle devant lui et la ramène au château des Iles !

Les écailles avaient fini par lui tomber des yeux — elle s'était languie trop longtemps. Ce qu'elle appelait de ses vœux, c'était un vrai mariage. Et des enfants, si Dieu le voulait. Il était possible que Tristan et elle n'aient pas eu de chance, voilà tout. Bien entendu, ce qu'elle aurait vraiment désiré, c'était porter les enfants de Tristan, mais si elle ne pouvait en avoir avec lui, aussi douloureux que ce fût, elle trouverait quelqu'un d'autre. Il ne servait à rien d'être mariée à un homme qu'on ne voyait jamais. Commencer une nouvelle vie auprès d'Helvise lui avait semblé la solution idéale. Cela était si réconfortant de savoir que l'on avait besoin de vous !

Helvise devait être informée de son changement de projet.

Je vais refaire mes bagages, et vite. Le comte Myrrdin se meurt et je dois me hâter vers lui.

Le cœur lourd, Francesca plongea les mains dans le coffre, repoussant dans un coin sa robe cramoisie, pliée avec soin. L'étoffe rouge, fort coûteuse, ne pouvait être portée que par des nobles. Tout d'abord cette tenue ne convenait pas pour le voyage à cheval jusqu'en Bretagne, mais même pour une autre occasion, elle n'osait plus s'en parer désormais.

Elle fouilla dans la malle. Quoi qu'il arrive, elle devait se rappeler une chose — Tristan n'était venu la chercher que pour une seule raison, exaucer le dernier souhait du comte Myrrdin, qui voulait la revoir. Serait-il venu en Champagne sans l'ultime requête du comte ? Elle en doutait.

Tristan avait parlé de voyager léger. Elle allait avoir besoin de deux de ses robes les plus pratiques. Deux manteaux. Un autre voile. Une paire de chaussures en plus de ses bottes de cavalière. Une robe habillée. Une chemise de rechange…

Marie pénétra dans la chambre d'un pas lourd, un sac de selle sur chaque épaule.

— Voici ce que Ned nous a trouvé, annonça-t-elle, en laissant tomber l'un des sacs sur le sol. Il vous conseille d'utiliser celui-ci, qui a l'air tout neuf.

— Merci, Marie.

Francesca attira l'objet vers elle et l'examina d'un regard dubitatif. Il ne semblait pas assez grand pour contenir tout ce dont elle avait besoin, mais il ferait tout de même l'affaire.

— Le second vous suffira, Marie ?

— Oui, madame. Laissez-moi vous aider.

Mais Francesca renvoya la servante d'un geste.

— Vous avez vos propres bagages à faire. Je me débrouillerai.

Marie hocha la tête. Parvenue à mi-chemin de la porte, elle lui adressa un sourire ambigu.

— Reviendrons-nous en Champagne, madame ?

Francesca se rassit sur les talons.

— Mais bien sûr. Nous ne pouvons pas décevoir Helvise.

Elle vit Marie jeter un coup d'œil vers la petite pile de vêtements qu'elle avait mis de côté pour le voyage.

— Ne prendrez-vous pas quelques-unes de vos bonnes robes ? Vous en aurez besoin à Fontaine, non ?

— Marie, je ne suis plus l'héritière de Fontaine, et ce ne serait pas judicieux. Du reste, le seigneur Tristan insiste pour que nous prenions peu de bagages. Messire Ernis veillera sur nos affaires, j'en suis sûre.

D'un geste pensif, elle passa l'index sur la couture du sac de selle.

— Marie, il faut envoyer un message à Helvise, pour l'informer que nos plans ont changé et que notre visite à Montfort en sera retardée. Rappelez-le-moi si j'oublie, voulez-vous ?

— Bien, madame.

Dans la loge du portier, Tristan dispensait à messire Ernis ses dernières instructions avant le départ.

— Ernis, comme nous serons peu nombreux, tout ce dont nous aurons besoin en fait de nourriture, ce sera une petite provision de pain et de fromage. Puis de la bière et deux outres de vin, par exemple, vous verrez vous-même. Nous ne pouvons pas porter grand-chose, il nous faut seulement de quoi nous dépanner au cas où nous serions affamés et ne trouverions pas d'auberge.

— Bien sûr, mon seigneur. Nous avions du poulet hier soir. Je peux demander à la cuisinière d'en envelopper quelques morceaux dans une mousseline pour votre repas de midi.

— Merci. Faites porter tout cela à Bastian, c'est lui qui se chargera des provisions.

Un claquement de sabots attira Tristan sur le seuil. Monté sur un cheval, Ned franchissait le portail. Il n'était guère habituel qu'un garçon d'écurie sorte seul à cette heure et Tristan l'arrêta d'un geste. Le garçon tira sur ses rênes.

— Seigneur Tristan ?

— Vous avez une course à faire à Provins ?

— Non, mon seigneur. Je me rends au manoir de Montfort, expliqua Ned, qui tapota son sac de selle. Dame Francesca m'a demandé d'y délivrer une lettre.

— Elle a un correspondant à Montfort ?

— Oui, seigneur Tristan.

Tristan lui fit signe de reprendre sa route et lança un regard pensif à son régisseur. A quoi s'attendait-il d'autre ? Il était naturel que Francesca se soit fait des amis durant son séjour en Champagne. Concernant Montfort, il savait juste que le domaine était situé à une ou deux lieues de Provins, mais il ne connaissait même pas le nom des propriétaires.

— Ernis, à qui appartient Montfort ?

— A messire Eric, mon seigneur.

Tristan s'appuya contre le chambranle de la porte et croisa les bras.

— Jamais entendu parler.

— Messire Eric a fait son éducation à Jutigny chez le comte Faramus de Sainte-Colombe. Il a épousé la fille du comte, dame Rowena.

Tristan plissa le front.

— Et pourquoi ma femme lui écrit-elle ?

Messire Ernis s'éclaircit la gorge et parut s'intéresser intensément au bout de ses chaussures.

— Je… Je ne pense pas que dame Francesca soit en correspondance avec messire Eric ou dame Rowena. Je crois qu'elle écrit à l'une de leurs servantes.

Tristan arqua les sourcils.

— Elle écrit à une servante ?

Ernis leva les yeux et Tristan s'aperçut soudain que l'homme était profondément embarrassé.

— Cette servante sait-elle lire, au moins ?

— Je ne sais pas, mon seigneur. Elle s'appelle Helvise et je crois qu'elle est la gouvernante de messire Eric. Elle et votre épouse se sont rencontrées au marché et elles ont lié amitié. Je n'en sais guère plus, excepté qu'Helvise a un enfant. Et vous savez à quel point dame Francesca adore les enfants.

Tristan, qui l'ignorait, se sentit vaguement coupable.

— Et ?

— Dame Francesca projetait une visite à Montfort.

— Pour aider à s'occuper de l'enfant ?

— C'est possible. Helvise n'est pas mariée. J'ai aussi entendu dire qu'elle voulait opérer des changements domestiques à Montfort et avait demandé des conseils à madame, qui avait offert de lui donner un coup de main.

— Voilà qui semble assez étrange.

— Je ne crois pas qu'il y ait matière à s'inquiéter, mon seigneur. J'ai rencontré Helvise et j'ai trouvé que c'était une femme intelligente et honnête.

— C'est déjà cela.

— Si cela vous trouble, seigneur Tristan, vous feriez peut-être mieux d'en parler à dame Francesca. Tout ce que je sais, c'est qu'une semaine avant la fête elle a demandé qu'on apporte ses malles dans sa chambre. Marie et elle ont empaqueté des affaires pendant plusieurs jours. Je l'aurais mentionné dans mon prochain rapport à messire Roparz, mais comme dame Francesca n'était pas encore partie et pouvait changer d'avis, je n'ai vu aucune raison d'en rendre compte jusqu'à présent.

Tristan passa son pouce dans sa ceinture. Francesca n'avait pas fait allusion à son projet de visite à Montfort. Il est vrai qu'ils n'étaient pas depuis longtemps à nouveau ensemble, et une fois informée de la maladie du comte Myrrdin, Francesca n'avait sans doute pu penser à rien d'autre. Que mijotait-elle ?

Est-ce qu'elle projetait de refaire sa vie à Montfort ou — et le visage de messire Joakim Kerjean lui revint à l'esprit — envisageait-elle de se remarier ?

Dieu merci, le voyage à Fontaine aurait au moins l'avantage de l'éloigner de ce Kerjean.

— Merci, Ernis, je ne manquerai pas de la questionner à ce sujet. En ce qui concerne vos rapports, vous pouvez me les envoyer directement à présent. Nous partons pour Fontaine, où nous séjournerons sans doute quelques jours. Ensuite, vous pourrez me joindre au château des Iles.

Messire Ernis sourit.

— Ce sera sans doute un plaisir pour vous de vous poser dans un lieu après avoir suivi si longtemps le prince dans ses déplacements.

Tristan acquiesça.

— Je ne saurais le nier. J'ai mené la vie d'un chevalier errant et j'en suis vraiment las. Ce sera divin d'avoir le même toit au-dessus de ma tête durant plus d'une semaine d'affilée.

Son sourire s'évanouit. Que diable allait-il faire avec Francesca ? Avec un peu de chance, il obtiendrait bientôt la preuve que sa rencontre avec messire Joakim n'était que le fruit du hasard.

Et ensuite ? Hier soir, au palais, Francesca avait laissé entendre qu'elle espérait une annulation. Que ferait-elle après cela ? Si elle voulait des enfants, il lui faudrait se remarier.

Il grimaça, un goût amer dans la bouche. L'idée de Francesca contractant un nouveau mariage ne lui plaisait guère. Pourquoi ? Il n'aurait su le dire. Elle était sortie de sa vie et ne se trouvait plus sous sa responsabilité. Il était depuis longtemps parvenu à la conclusion que les sentiments qu'elle éveillait en lui — si omniprésents qu'ils en frôlaient l'obsession — l'amoindrissaient. Ils obscurcissaient son jugement et le rendaient plus faible.

Oui, mais à présent qu'il l'avait revue, il se rendait compte qu'il ne pouvait pas s'en laver simplement les mains. C'était sa

Francesca, pour l'amour du ciel ! Qu'allait-il faire ? Obtenir la dissolution de leur mariage et l'oublier, elle ?

Ce n'était pas possible. Il avait cru qu'il pourrait le faire et que ce serait relativement aisé, mais c'était avant de la voir avec Kerjean, avant cet accès de jalousie qui s'était emparé de lui. Il était incapable de l'oublier. Pas Francesca. Il la désirerait toujours. Les émotions qu'elle suscitait en lui, bien qu'intempestives, le stimulaient. Près d'elle, il se sentait vraiment vivant.

Avec impatience, il refoula ces pensées au tréfonds de son esprit pour se concentrer sur ce qui lui semblait le plus important. Le jour de leurs noces, il avait accepté de la prendre sous sa responsabilité et il n'était pas homme à esquiver ses devoirs. C'était ce qu'il ressentait déjà avant d'apprendre la maladie du comte Myrrdin. Et à présent, sachant que Francesca serait bientôt seule au monde, sa résolution s'en trouvait renforcée.

Si elle veut se remarier, je devrai m'assurer qu'elle fait un bon mariage.

Sinon, qu'adviendrait-il d'elle ? Elle n'avait personne d'autre que lui pour veiller sur elle et de toute évidence, en dépit du temps qui avait passé, elle était restée innocente. La douceur de ses lèvres sous les siennes, la façon dont elle s'était laissée aller contre lui… Oh ! Seigneur, il avait commis une grave erreur en l'embrassant. A présent, il allait devoir s'assurer qu'elle contracte un bon mariage. Avec un homme honorable et sensé. Puis, une fois qu'elle serait dûment remariée, il pourrait songer à ses propres noces.

Il ne devrait pas être difficile de trouver un mari à Francesca, cela ne prendrait pas longtemps. Après tout, elle était d'une beauté hors du commun, elle avait bon cœur et était particulièrement douée pour les jeux de l'amour. Sauf que…

Bon sang, voilà que cette rencontre avec messire Joakim lui revenait encore à l'esprit. Il semblait incapable de l'oublier.

— Messire Ernis ?

— Oui, mon seigneur ?

— Avez-vous entendu parler d'un chevalier breton nommé Joakim Kerjean ?

— Non, je ne crois pas. Pourquoi ?

— Messire Joakim assistait à la fête hier soir et je me demandais s'il venait régulièrement à Provins.

— Je n'en ai pas la moindre idée, seigneur Tristan. Mais si vous le souhaitez, je peux m'en informer.

— Je vous en serais reconnaissant. Si vous apprenez quoi que ce soit sur lui, n'oubliez pas de me transmettre les renseignements aux Iles.

— Certainement, mon seigneur.

Tristan avait fait le serment de protéger Francesca, et si ce Kerjean songeait à se mettre sur les rangs après l'annulation de leur mariage, il lui incombait de s'assurer qu'il s'agissait d'un homme honorable.

En un sens, c'était vraiment dommage qu'il ne puisse rester lui-même l'époux de Francesca, car il aurait pu alors veiller efficacement sur elle.

Pour cela, il lui faudrait passer sur le fait que Francesca avait pris la fuite après avoir appris que dame Claire était la fille légitime du comte Myrrdin. Voilà qui ne serait pas trop difficile à excuser. Francesca était alors si jeune et les circonstances particulièrement éprouvantes.

Ce qui le tracassait davantage, c'était qu'elle n'eût pas répondu à ses lettres. Il s'était rongé les sangs à ce sujet, supposant qu'elle devait avoir honte, après les révélations concernant sa naissance, de lui avoir apporté une dot aussi maigre. Mais tout de même, s'obstiner ainsi dans le silence…

Il grimaça, sentant que la balance commençait à pencher en défaveur de Francesca. Etait-ce la première fois, hier soir, que messire Joakim la rencontrait ? Le contraire était difficile à croire, mais Tristan ne pouvait s'empêcher de se poser la question.

Jusqu'à quel point la connais-tu ? La jeune fille charmante d'autrefois serait-elle devenue calculatrice ?

Il saisit son régisseur par l'épaule.

— Merci pour votre indéfectible loyauté, Ernis.

— C'est bien normal, mon seigneur. Je vais faire emballer les provisions et les confier à Bastian.

Laissant Ernis à ses tâches, Tristan traversa la cour à grands pas. Il voulait visiter la chambre des maîtres avant de se mettre en route. Cela faisait des années qu'il n'avait pas revu cette pièce et ce qu'Ernis lui avait confié à propos des projets de départ de Francesca pour Montfort avait éveillé sa curiosité.

En traversant la grande salle, il remarqua la desserte luisante, qui embaumait la cire d'abeilles. Il s'arrêta pour scruter les détails. Il y avait eu des changements depuis sa dernière visite céans. Situé à plus de cent lieues de son comté de Bretagne, Paimpont était son manoir le plus éloigné. Le logis avait toujours semblé plutôt délabré. Inhabité. Son père avait négligé ce domaine et Tristan avait toujours eu l'intention d'y remédier. Mais les événements avaient conspiré contre lui et il n'avait jamais pu accorder à Paimpont l'attention que cet endroit méritait. Et voilà que tout à coup… Une jonchée fraîche parsemait le sol, la nappe blanche sur la table à tréteaux avait été récemment amidonnée et un pichet plein de fleurs sauvages était disposé au centre, près d'un bougeoir en argent soigneusement poli. Jamais la salle n'avait semblé si accueillante.

Un sourire lui étira les lèvres. Cela, ce n'était pas le travail de messire Ernis. De toute évidence, Francesca n'était pas demeurée oisive.

Au premier étage, Tristan poussa la porte de la chambre à coucher et cilla à la vue des coffres de voyage alignés contre le mur. Ils n'étaient pas fermés à clé. Les sourcils froncés, il souleva l'un des couvercles et jeta un regard à l'intérieur. Ce devait être ses meilleures robes, supposa-t-il. Il s'agenouilla pour les examiner. Il y avait là la robe lavande qu'elle avait portée pour leurs noces. Et cela, n'était-ce pas la cape de brocart qu'il lui avait offerte ? Détachant le lien d'une aumônière de cuir crème, il tira de celle-ci un diadème d'argent serti d'améthystes — celui-là même dont il lui avait fait présent pour leur mariage.

Replaçant le bijou dans son écrin souple, il souleva un autre couvercle. La bible de Francesca se trouvait là, entre deux robes. Un collier de corail était enveloppé dans un châle de laine. Il se souvint d'avoir entendu Francesca raconter que le comte Myrrdin le lui avait donné lorsqu'elle était enfant. Tristan ouvrit le dernier coffre et y découvrit encore d'autres trésors de Francesca. Un couteau à manche gravé, un collier de perles, un morceau d'étoffe finement brodée. Tous les biens de Francesca, contenus dans trois malles. Tristan se rembrunit un peu plus.

De toute évidence, le voyage qu'elle avait projeté était bien plus qu'une simple visite. Elle avait l'intention de partir pour de bon.

Pas s'il pouvait l'en empêcher, songea-t-il. Il restait encore trop de choses à régler entre eux !

Il se frotta le menton, frappé par une étrange pensée. Si Francesca avait quitté la Bretagne, peut-être était-ce en partie sa faute à lui, après tout. Il ne lui avait jamais dit à quel point il tenait à elle. Ne voulant pas l'effrayer avec les dangers auxquels l'exposait le conflit entre le roi Henry et ses fils, il ne lui avait jamais expliqué en quoi il était vital qu'il apporte son soutien au duché.

Il lui avait caché d'autres choses aussi, des choses personnelles d'une égale importance. Jamais il ne lui avait parlé d'Esmerée, qui avait été sa maîtresse avant son mariage.

Bien sûr, il avait mis fin à sa relation avec elle avant de rencontrer Francesca, et Esmerée était aujourd'hui l'heureuse épouse de son meilleur ami, messire Roparz de Fougères. Malgré tout, peut-être aurait-il dû en toucher un mot à Francesca. Sa seule excuse, c'était qu'elle était si jeune lorsqu'il l'avait épousée. Si innocente. Et si aimante, comme en adoration devant lui. Il n'avait jamais vu personne le regarder ainsi et il avait eu peur de détruire cela.

Aurait-il dû la mettre au courant ? Sa relation avec Esmerée avait été purement physique, jamais il n'avait ressenti avec elle ce troublant sentiment d'appartenance et de recognition qu'il avait auprès de Francesca. Il ne voyait pas pourquoi il aurait informé sa candide épouse de ses liaisons passées.

Tristan grimaça. En réalité, il avait cherché à se leurrer lui-même, car sa relation avec Esmerée n'avait pas été sans conséquences. Esmerée avait donné naissance à Kristina — la fille unique de Tristan — et rien que pour cela, il aurait dû tout dire à Francesca.

Oui, j'aurais dû lui parler d'Esmerée et lui avouer que j'avais une fille.

Pourtant, ce n'était pas aussi simple. Il avait bien eu l'intention de reconnaître Kristina, mais les troubles incessants qui agitaient la Bretagne l'avaient contraint à garder le silence. Si l'alliance des rebelles avait eu vent que le comte des Iles était le père d'une fille illégitime, la vie de Kristina aurait pu être en danger. Jusqu'ici, seules trois personnes connaissaient la vérité — lui-même, Esmerée et Roparz.

Mais à présent que l'alliance était dissoute et la paix à peu près restaurée, la nécessité de la discrétion ne revêtait plus la même urgence. Il était libre de confier son secret à Francesca.

Mais à quoi bon lui parler de Kristina, désormais ? Puisqu'ils envisageaient tous deux le divorce, cela avait-il encore de l'importance ?

Tristan referma le coffre d'un geste sec, jurant entre ses dents. Oui, c'était important. Pour quelque insondable raison, il voulait que Francesca ait connaissance de l'existence de Kristina.

Evidemment, il ne pouvait lui en parler tout de suite, elle avait déjà son lot de préoccupations avec la maladie du comte Myrrdin. Mais bientôt.

Oui, il lui parlerait de sa fille après qu'elle aurait fait ses adieux au comte Myrrdin — papa, comme elle l'appelait.

Serrant les lèvres, Tristan se releva et alla se poster sur le palier.

— Ernis, êtes-vous toujours dans la salle ? Ernis !

Un lourd bruit de bottes résonna en bas sur le plancher.

— Mon seigneur ?

— Fermez les coffres de dame Francesca et faites-les expédier, voulez-vous ? Inutile de les faire transiter par Fontaine, ils peuvent être envoyés directement aux Iles avec votre prochain rapport.

Chapitre 4

Par ce glorieux jour de printemps, Francesca et Tristan trottaient sur la grand-route, suivis de Bastian et Marie. Quelques nuages flottaient dans le ciel, les buissons d'aubépines étaient déjà couverts de feuilles et des moineaux pépiaient partout dans les haies.

— Vous montez toujours Flint, observa Francesca, jetant un coup d'œil au robuste destrier gris de son compagnon.

— Il me convient.

L'expression de Tristan s'adoucit, tandis qu'il désignait sa propre jument d'un geste.

— Je vois que vous avez gardé Princesse. Je m'étais posé la question. Je pensais que vous l'aviez peut-être laissée en Bretagne.

— C'est une monture parfaite, j'aurais été bien sotte de m'en priver, expliqua Francesca, laconique.

Princesse était un cadeau que lui avait offert Tristan au temps de leurs fiançailles. La jument avait une robe d'un noir luisant et Francesca l'adorait. Mais elle n'avait pas envie de révéler à Tristan tout ce que cet animal signifiait pour elle. Chaque fois qu'elle montait Princesse, ce qui était fréquent, elle pensait à lui.

Tristan hocha la tête d'un geste sec et Francesca se demanda si elle avait imaginé cette fugitive douceur sur son visage.

— Il faudrait profiter le plus possible de ce beau temps, déclara-t-il en éperonnant Flint. Il ne fera pas beau indéfiniment et mieux vaut une route sèche que de voir les chevaux patauger dans une mare de boue.

Francesca pressa l'allure de Princesse. Elle avait le cœur lourd. Le comte Myrrdin avait joué un si grand rôle dans sa vie ! Elle ne l'avait pas revu depuis deux ans et pourtant il continuait d'être présent dans son esprit comme si elle lui avait parlé la veille. Pendant dix-huit ans, elle l'avait adoré comme un père aimant et généreux.

Oh ! Le comte ne manquait pas d'excentricités — son caractère d'éternel distrait, qui détonnait avec la vénération dont il entourait la mémoire de la comtesse Mathilde, son épouse bien-aimée, le désordre de sa chevelure et de sa barbe neigeuses, ses yeux à la couleur étrangement discordante — l'un gris et l'autre vert. Mais chacune de ces bizarreries ne faisait que souligner quel homme intéressant et aimable il était en réalité. Le jour où elle avait découvert qu'il n'était pas son père avait été vraiment marqué d'une pierre noire.

La vie de Francesca s'était tout simplement effondrée. D'un seul coup, elle avait été privée d'un père bien-aimé et de sa propre place dans le monde. Il lui avait été presque impossible d'accepter l'idée qu'elle ne possédait aucun lien de parenté avec les Fontaine. Elle était une enfant substituée et son statut de fille de haute lignée n'était rien d'autre qu'un mensonge. L'abaissement de son état lui avait aussi coûté le respect de son époux, songea-t-elle en jetant un regard oblique à Tristan. Pas une goutte de sang noble ne coulant dans ses veines, elle avait perdu jusqu'au sens de sa vie.

Mais ce n'était pas le moment de s'appesantir sur ce mariage si désastreusement mal assorti. Celui qu'elle considérerait toujours comme son père était mourant !

— Le comte Myrrdin est le meilleur homme que je connaisse, murmura-t-elle, les larmes aux yeux. Je prie pour qu'il ne souffre pas.

Tristan n'avait pas dû l'entendre, car il regardait par-dessus son épaule en direction de Bastian et Marie. Bastian tirait un cheval de bât au bout d'une longe. En dehors de cela, ils voyageaient avec très peu de bagages, ainsi que l'avait suggéré Tristan.

Francesca suivit le regard de son mari. Elle comprenait à présent pourquoi il avait tant insisté pour qu'ils endossent des vêtements simples et pratiques. Ainsi, personne ne les prendrait pour les châtelains des Iles. Un comte et une comtesse auraient chevauché vêtus de soie luisante et de linge fin. Ils auraient été entourés d'un brillant cortège — gardes et serviteurs s'empressant autour d'eux pour exécuter leurs moindres volontés. De cette façon, avec Marie, Bastian et un seul cheval de bât pour toute escorte, ils traverseraient beaucoup plus promptement villes et villages. Pas d'accueils en fanfare ni de cérémonies. Ils voyageaient *incognito*. Le bouclier de Tristan étant enveloppé d'un sac de toile, les trois potentilles noires de son blason restaient cachées à la vue.

Francesca sentit sa gorge se serrer. Etait-ce parce qu'il avait honte d'elle — son épouse de basse naissance — que Tristan tenait à voyager aussi discrètement ? Elle secoua la tête, repoussant cette pensée. Non, c'était impossible. Tristan était un homme fier, mais pas cruel.

Tristan émit un toussotement qui la tira de ses pensées.

— Votre servante Marie n'est plus toute jeune. Etes-vous sûre qu'elle tiendra le rythme ?

— Certaine. Marie est plus vigoureuse que bien des femmes plus jeunes, elle est toujours en mouvement. Et son père était garçon d'écurie à Fontaine. Elle a appris à monter dès son enfance.

— Je me réjouis de l'entendre. Mieux vaut rester groupés, c'est plus sûr.

Reportant son attention vers la route devant lui, il éperonna Flint.

— Francesca, vous ne devriez pas vous inquiéter au sujet des douleurs du comte Myrrdin. Dame Claire est réputée pour ses dons d'apothicaire.

— C'est exact.

— Vous le saviez, vraiment ? Je me demandais si vous l'aviez fréquentée quelque peu.

— Suffisamment pour comprendre qu'elle ne lésinerait pas sur l'infusion de pavot si papa était en proie à la souffrance.

— Je doute que l'infusion soit nécessaire. Tel que nous connaissons le comte Myrrdin, il a dû tomber dans l'une de ses profondes absences.

Les yeux embués, Francesca fixait la route devant elle.

— Je prie pour qu'il en soit ainsi, murmura-t-elle.

Tristan tendit le bras vers elle pour lui presser brièvement la main, faisant craquer sa selle dans ce geste.

— Notre principale inquiétude, c'est d'ignorer s'il sera en état de vous parler quand nous arriverons à Fontaine.

Francesca déglutit. Tristan tâchait de la préparer, Dieu le bénisse, en l'avertissant ainsi qu'il n'était pas impossible qu'ils arrivent trop tard.

Cillant pour refouler ses larmes, elle hocha la tête et il retira sa main.

— Je ferai de mon mieux pour que nous atteignions Fontaine aussi vite qu'il est humainement possible, promit-il.

Et après un instant de silence :

— Francesca ?

— Oui ?

— Que s'est-il passé quand dame Claire est venue à Fontaine réclamer son héritage ?

Francesca sentit son corps se figer. Ce qu'il s'était passé ? La honte. La souffrance. L'amertume. Pourtant, le regard bleu de Tristan demeurait amène. Songeur.

— Tristan, on a déjà dû tout vous raconter, j'en suis certaine.

— Oui, mais j'aimerais entendre votre version des événements.

— Oh ! Si vous voulez ! L'arrivée de dame Claire a été tout à fait inattendue, elle a débarqué sans tambour ni trompette — avec un seul chevalier pour toute escorte.

— Messire Arthur Ferrer, oui, je sais cela. A-t-elle révélé son identité tout de suite ?

Le cœur serré, Francesca contempla ses mains.

— Cela n'a pas été nécessaire. Dès l'instant où papa a posé les yeux sur dame Claire, il a vu en elle le portrait craché de la comtesse Mathilde.

Elle secoua la tête.

— Comme une bonne moitié des serviteurs, du reste. Dame Claire est rousse. Mais le plus parlant, ce sont ses yeux. Des yeux vairons, comprenez-vous ?

— L'un gris et l'autre vert ?

— Oui. *Exactement* comme ceux de papa.

— Les yeux du comte Myrrdin sont effectivement hors du commun, grommela Tristan.

Francesca s'agita sur sa selle, dont le cuir craqueta.

— Quand vous les verrez ensemble…

Sa voix se brisa.

— *Si* vous les voyez ensemble, vous constaterez qu'il n'y a aucun doute possible. Papa a été aussi secoué que moi, mais il a été prompt à la reconnaître comme sa fille légitime.

Ses mains se crispèrent sur les rênes.

— Tristan, je suis vraiment désolée que vous m'ayez épousée sur de fausses allégations. Si j'avais su, je n'aurais jamais accepté cette union.

Tristan émit un son exaspéré.

— Bon sang, Francesca, jamais je ne penserai que vous m'avez menti !

La vue de Francesca se brouilla à nouveau.

— Merci, murmura-t-elle, la gorge serrée.

Il poussa un grognement pour toute réponse.

— Jusqu'à vos seize ans, tout le monde a cru que vous étiez la fille du comte Myrrdin. Quelqu'un a-t-il essayé de savoir comment une aussi terrible méprise a pu se produire ?

— Oui, bien sûr. Papa a procédé à une enquête, et le prêtre

du château, le père Alard, s'est alors manifesté. Des années plus tôt, il avait entendu l'une des villageoises en confession.

Tristan se pencha vers elle, le front plissé.

— En général, les prêtres ne révèlent pas ce qu'ils entendent en confession.

— C'est vrai, mais étant donné le temps qui s'était écoulé depuis ces révélations et les intérêts en jeu, le père Alard a confié à papa ce que cette femme lui avait avoué — sa sœur avait volé un enfant et s'était enfuie avec lui.

— Une villageoise a subtilisé dame Claire dans son berceau ?

— Il semblerait.

— Et ensuite ? Comment se fait-il que personne n'ait remarqué la différence entre Claire et vous ?

Francesca exhala un soupir.

— Nous entrons là dans le domaine de la spéculation, je le crains. La comtesse Mathilde est morte en donnant naissance à dame Claire et papa était tellement accablé de chagrin qu'il n'a sans doute pas eu beaucoup de temps à accorder au bébé.

Tristan hocha la tête.

— C'est vraisemblable. Mon père était dans tous ses états lorsque ma mère est morte.

Son regard s'étrécit.

— Mais dans votre cas, la nourrice a dû se rendre compte qu'elle allaitait un autre enfant. Elle devait être dans le secret. Est-elle encore vivante ?

— Non, malheureusement. Elle devait être au courant, je suis d'accord. Sans doute s'est-elle affolée lorsque dame Claire a disparu et qu'elle m'a vue à sa place. Le père Alard a affirmé à papa qu'il n'avait jamais reçu la moindre confession de cette femme.

— Elle devait être trop terrifiée pour parler. Mais vous, d'où veniez-vous ? Que sait-on de vos vrais parents ? Le comte Myrrdin a-t-il appris quelque chose sur vos origines à vous ?

Francesca baissa les yeux.

— Non. A part cette révélation sur la subtilisation de

dame Claire, nous ne savons rien. Je suis désolée, Tristan, mes origines restent un parfait mystère. Je ne suis personne, au sens propre.

— Au nom du ciel, ce n'est pas votre faute. Je veux que vous sachiez combien je regrette de ne pas m'être trouvé à vos côtés lorsque dame Claire est arrivée à Fontaine. Y a-t-il eu beaucoup de gêne entre vous lorsque son identité a été dévoilée ?

Francesca jeta un coup d'œil étonné à son époux. Préoccupée par le comte Myrrdin et sa maladie, elle ne s'attendait guère à des excuses de Tristan. Et certainement pas à toutes ces questions. Elle laissa son regard errer sur l'étendue de vignes à droite de la grand-route. Les ceps avaient été élagués et munis de tuteurs, et des pousses d'un vert brillant jaillissaient des porte-greffes.

— Dame Claire a très bon cœur. Je l'aime beaucoup, comme tout le monde du reste.

— Avez-vous éprouvé de la colère ?

— Pas longtemps. J'étais sous le choc, je pense.

— C'est compréhensible.

— Au début, je n'arrivais pas à croire que c'était elle la fille de papa, même si l'évidence me sautait aux yeux chaque fois que je la regardais.

— Les yeux de votre père. La chevelure de la comtesse Mathilde.

— Exactement. Quand vous la rencontrerez, vous verrez qu'il est impossible de douter de ses origines, elle est bien l'héritière de Fontaine. Mais elle s'est montrée compatissante envers moi. Elle semblait comprendre mon désarroi, et lorsqu'elle a annoncé qu'elle allait suivre messire Arthur à Troyes, j'ai décidé de l'accompagner.

Tristan l'enveloppa d'un regard scrutateur.

— J'ai été surpris lorsque Roparz m'a informé que vous vous étiez installée à Paimpont. A cette époque-là, j'étais plongé dans les histoires du duché jusqu'au cou. Je gardais un œil vigilant sur le prince Geoffrey.

— Un vrai défi, je suppose.

— Je marchais sur des œufs. Le roi Henry n'accordait aucune confiance au prince. D'ailleurs, personne ne faisait confiance à personne ! On m'a envoyé un temps en Angleterre.

Francesca lui lança un regard brillant de curiosité.

— Combien de temps y êtes-vous resté ?

Elle avait toujours souhaité en savoir plus sur l'implication de Tristan dans la politique bretonne et c'était la première fois qu'il lui en parlait ouvertement. Autrefois, il se montrait discret sur son action et elle avait détesté cela. Détesté qu'il lui cache tant de choses. Détesté qu'une si grande partie de sa vie lui échappe. Elle était tombée amoureuse de lui et, naïvement, elle avait cru qu'il s'ouvrirait à elle.

C'était si étrange qu'il choisisse de se confier maintenant, quand leur mariage était en miettes.

— Environ un an. J'ai été envoyé là-bas à cause de la rébellion contre Henry d'Angleterre.

— La révolte des princes.

Francesca était en partie au courant. Les fils du roi Henry, désirant plus de terres et de revenus que leur père n'était prêt à leur en accorder, s'étaient révoltés contre lui. L'épouse de Henry, Aliénor, avait même été impliquée dans le complot. Mais les princes et leur mère n'avaient pas eu le dessus et le châtiment du roi Henry ne s'était pas fait attendre. On disait que la reine avait été ramenée en Angleterre, où elle avait été incarcérée. Et les seigneurs rebelles qui avaient soutenu les princes avaient également été châtiés — l'armée du roi Henry avait dévasté de grandes étendues de terres en Bretagne.

Tristan sourit avec tristesse.

— Oui. Le roi Henry voulait garder un œil sur le prince Geoffrey, aussi l'a-t-il rappelé en Angleterre. Et comme je surveillais le prince pour le compte du duché, j'ai dû m'y rendre aussi. A la fin, le roi et ses fils sont parvenus à un accord à Montlouis. Ce traité a été confirmé plus tard à Falaise.

— Messire Ernis m'a raconté qu'après la révolte le duché était sur le point de s'effondrer.

Tristan fit la grimace.

— C'est une façon atténuée de dire les choses. On a assisté à un effondrement complet de la loi et de l'ordre. Des seigneurs mécontents et de prétendus chevaliers, dénués de tout esprit de chevalerie, en ont profité pour mettre la main sur tout ce qu'ils pouvaient. Celui qui prétendait posséder des droits sur un lopin de terre levait une petite armée pour soutenir ses revendications. C'était le chaos.

Francesca secoua la tête d'un geste lent.

— J'ai entendu des rumeurs, bien sûr, mais je n'avais pas compris l'étendue des troubles.

Quelque chose la tracassait, sans qu'elle sache vraiment quoi. Puis cela lui revint et elle en eut la respiration coupée. Ses lettres ! Etaient-elles parties à la mauvaise adresse ? Avec tous les déplacements de Tristan, il était aisé de penser qu'elles avaient pu se perdre.

— Tristan ?

— Mm ?

Elle le regarda dans les yeux, guettant sa réaction.

— Avez-vous reçu mes lettres ?

Il dut imprimer une secousse à ses rênes car son cheval regimba.

— Quelles lettres ?

Francesca ne lut rien d'autre que de la perplexité sur le visage de son époux.

— Tristan, je vous ai écrit. Je vous ai écrit plusieurs fois, longuement. La dernière lettre remonte à octobre dernier.

— Où les avez-vous envoyées ?

— Au château des Iles.

Son regard la brûlait. Tristan l'observait en retour avec autant d'attention qu'elle-même.

— Je n'ai reçu aucune lettre. Pendant que j'étais en Angleterre, j'ai laissé des instructions à Roparz, lui enjoignant de me faire suivre mon courrier. Je n'ai jamais rien reçu de vous.

— Ce n'est pas possible !

— Je n'ai reçu aucune missive de vous, répéta-t-il.

Francesca ne demandait qu'à le croire. Ils n'avaient vécu que peu de temps ensemble et elle ne possédait qu'une connaissance limitée du caractère de Tristan, mais elle ne l'avait jamais entendu mentir. Elle parvint à esquisser un sourire.

— Cela explique sans doute pourquoi vous n'avez jamais répondu.

— Effectivement, je ne pouvais pas répondre à des lettres qui ne m'étaient pas parvenues. Mais de mon côté je vous ai écrit, Francesca.

Francesca en eut le souffle coupé.

— Vraiment ?

— Ne venez pas me dire que vous n'avez pas eu mes lettres !

Et comme elle secouait la tête :

— Elles ne peuvent pas s'être égarées. Pas toutes !

Francesca fronça les sourcils.

— Combien en avez-vous écrit ?

— Quatre, je pense.

Tristan observa une pause.

— J'en aurais écrit davantage, mais votre silence m'a laissé penser que je perdais mon temps.

— Tristan, qu'a-t-il pu se produire ?

Il la dévisagea d'un regard insistant.

— Laissez-moi résumer cette histoire. Vous m'avez écrit, je vous ai écrit. Nous avons tous deux envoyé plusieurs lettres et aucune ne nous est parvenue.

Le regard bleu fouilla le sien.

— Vous jurez que vous avez écrit ?

— De nombreuses fois, affirma-t-elle.

Tristan poussa un juron.

— Que diable s'est-il passé ? Ces deux dernières années,

j'ai reçu plusieurs rapports de messire Ernis. Mais pas un mot de vous.

Francesca tordit les rênes entre ses doigts.

— Je ne comprends pas.

— Ni moi. Vous avez envoyé toutes vos missives au château des Iles ?

— Oui, c'est Ned qui s'en est chargé. Il m'a assuré qu'il les avait bien remises.

— Ned est un brave garçon, commenta Tristan. Je ne comprends pas ce qui a pu arriver.

Songeur, il fixa la route devant lui.

— Roparz est mon régisseur aux Iles et il m'a dit… Hum… Aucune importance, c'est du passé. Francesca, je vous jure qu'aucune de vos lettres ne m'est parvenue !

Tout en chevauchant sur la route de Paris, Tristan sentait le regard pensif de Francesca fixé sur lui, mais chaque fois qu'il la regardait à son tour, elle baissait les yeux vers la crinière noire et luisante de Princesse, une ride de contrariété au front. La voyant de plus en plus soucieuse, il crut bon de lui répéter :

— Francesca, je vous assure que je n'ai pas reçu vos lettres.

Silence.

Tristan n'était pas certain qu'elle le croyait et cela l'irritait. Un lourd sentiment de culpabilité lui étreignait le cœur. Tout cela était en grande partie sa faute, il aurait dû être plus attentionné pour éviter que leurs relations ne se détériorent à ce point. En se concentrant sur la politique et la guerre, il avait sérieusement sous-estimé l'importance que Francesca revêtait pour lui. Pire, il avait utilisé le devoir comme une excuse pour se soustraire à des émotions qu'il ne contrôlait pas. Leur mariage avait si bien commencé ! Elle n'avait pas mérité d'être négligée ainsi.

Le vent souleva le voile de la cavalière, qui se mit à flotter derrière elle. Avec un soupir, elle passa une main derrière son épaule, ramena l'étoffe et la tordit habilement en forme de corde, afin de l'empêcher de s'envoler à nouveau. Une autre femme aurait dû tirer sur ses rênes pour accomplir cette manœuvre, mais pas Francesca. Tristan la regarda enfoncer le voile sous sa cape. Une phrase ne cessait de résonner dans sa tête.

Francesca m'a écrit. Francesca m'a écrit.

Il aurait tout donné pour connaître le contenu de ces lettres. Le fait qu'elles ne lui soient jamais parvenues devrait plus tard donner lieu à des investigations, mais pour le moment, la question de la jeune femme — « Avez-vous reçu mes lettres ? » — changeait tout.

Lorsqu'il avait répondu à l'appel aux armes, Tristan avait laissé derrière lui une épouse qui posait un regard innocent sur le monde. Il était le premier à admettre qu'ils ne savaient rien l'un de l'autre, mais à l'époque cela semblait sans importance. Francesca était jeune et fraîche et Tristan trouvait son ingénuité étonnamment attirante. Jamais il n'avait rencontré une personne aussi peu compliquée. C'était incroyablement rafraîchissant et très flatteur pour lui. Il suffisait qu'il tourne les yeux vers elle pour voir son visage s'illuminer.

Le plaisir qu'elle avait pris aux jeux d'amour dans le lit nuptial avait été sincère, il n'en doutait pas. Cela n'était en rien lié au fait qu'il fût l'un des plus grands seigneurs de Bretagne et n'avait rien à voir non plus avec sa richesse, ni le pouvoir et le statut social qui rejaillissaient sur elle en tant que comtesse. Une flamme avait tout de suite brûlé entre eux, aussi merveilleuse qu'elle avait été inattendue.

En ce temps-là, Francesca ne dissimulait aucune de ses émotions. Lorsqu'ils s'étaient épousés, ils ne se connaissaient que depuis une semaine, et elle était aussi impatiente que lui d'entrer dans le lit conjugal. Sa sensualité spontanée s'était révélée aussi charmante qu'excitante.

Il ne lui avait fallu que trois jours de mariage pour lui avouer qu'elle l'aimait. Il lui aurait été impossible de garder cela pour elle, avait-il pressenti. Elle était alors la personne la plus directe et la plus franche qu'il ait jamais rencontrée.

Une autre semaine s'était écoulée avant que Tristan ne prenne conscience qu'il était lui-même en danger de s'éprendre sérieusement. Il n'en avait rien dit à Francesca, bien sûr. Il en était incapable, n'étant tout simplement pas homme à s'épancher. Il avait juré fidélité à Francesca et il avait bien l'intention d'honorer ce serment. Il avait juré aussi de la chérir, certain qu'elle comprendrait ce qu'il ressentait. Au lit, son corps s'était montré éloquent, et celui de Francesca n'avait pas été en reste. Oui, elle avait compris.

Ou du moins l'avait-il cru. Quand Esmerée avait accouché de Kristina, il était retourné brièvement aux Iles pour s'assurer qu'on prenait bien soin de la jeune mère et pour faire la connaissance de sa fille. C'était alors qu'avaient commencé les secrets.

La culpabilité lui étreignit le cœur. Il aurait vraiment dû parler d'Esmerée à Francesca et lui révéler l'existence de Kristina. Mais la menace que représentait l'alliance l'en avait dissuadé. Mieux valait se taire, c'était plus sûr. Si la coalition avait découvert qu'il avait une fille, la vie de Kristina aurait pu être menacée, se répéta-t-il pour apaiser sa conscience. Un bébé innocent aurait pu être utilisé comme moyen de chantage.

Voilà pourquoi, au lieu de faire confiance à Francesca en lui disant la vérité, Tristan s'était menti à lui-même, se persuadant que même s'il dressait ainsi des barrières entre eux c'était sans importance. Il s'était convaincu que son union avec Francesca n'était pas une affaire de cœur mais un arrangement politique conçu pour le bénéfice des comtés de Fontaine et des Iles. Et dans ces conditions, il n'avait nul besoin de lui parler de Kristina.

Mais pour être honnête, ce n'était pas seulement cela. Il ne voulait pas gâcher l'extraordinaire relation qui s'était établie entre sa femme et lui. Savoir que Roparz aimait Esmerée lui avait fourni une excuse pour reléguer son ancienne maîtresse et sa fille à l'arrière-plan de ses pensées. Elles faisaient partie de son passé, Francesca était son avenir. Il ne voulait pas qu'elle change en quoi que ce soit. Aussi n'avait-il jamais fait mention d'Esmerée ni de Kristina.

Et plus tard, lorsqu'il avait été convoqué à Rennes pour le service de la petite duchesse, il était parti certain que sa candide et innocente épouse, toujours en adoration devant lui, attendrait son retour.

J'ai cru que cela allait de soi. J'ai pensé que Francesca garderait cette radieuse innocence.

Il n'avait guère apprécié de la quitter, et le déchirement qu'il en avait ressenti l'avait étonné lui-même. Après tout, il était accoutumé à être séparé de sa famille. Dans son enfance, lorsqu'il faisait son éducation de chevalier auprès du seigneur Morgan, le long silence de son père lui avait appris à réprimer ses sentiments. Et après ce qu'avait fait son père… Tristan ferma un instant les paupières.

Les émotions n'amenaient que complications et désordre, elles n'étaient pas faites pour les grands seigneurs, dont le devoir était de se concentrer sur la politique — batailler contre des ennemis, régir des terres. C'était là un conseil que le comte Bedwyr, son père, lui avait dispensé peu de temps après la mort de sa mère, et qu'il n'avait pas oublié.

Malheureusement, son père n'avait pas suivi sa propre ligne de conduite — avec de dramatiques conséquences. Le comte avait fini tragiquement. Oui, les émotions devaient être dominées, contrôlées.

Malgré tout, après son départ de Fontaine pour servir le duché, Tristan avait été surpris d'espérer avec tant d'ardeur des nouvelles de Francesca. Le silence de la jeune femme l'avait profondément blessé, même s'il était assez logique. Après tout, son propre père ne lui avait jamais écrit, à l'époque où il grandissait sous la tutelle du seigneur Morgan. Alors pourquoi Francesca l'aurait-elle fait ?

Mais à présent…

Elle lui avait bel et bien écrit !

Il observa le profil de la jeune femme — la courbe délicate de son nez, le rose charmant de ses lèvres, ses longs cils sombres. Une onde de désir monta en lui. Depuis leur première rencontre, juste avant leur mariage, il l'avait désirée. Cela n'avait pas changé. Il l'avait désirée dans le bureau de messire Gervase. Il la désirerait toujours.

Si seulement ils pouvaient revenir en arrière et retrouver le bonheur de leurs premiers jours ensemble ! Etait-ce encore possible ?

Il avait souvent tenté d'imaginer ce qu'elle avait dû ressentir en découvrant qu'elle n'était pas la dame de haut lignage qu'elle avait toujours pensé être. Il avait attendu en vain des lettres d'elle, mais il ne lui était jamais venu à l'esprit qu'elle, de son côté, avait pu espérer en vain des missives de lui.

Avait-elle vraiment espéré ? S'était-elle languie de recevoir de ses nouvelles ?

Si l'absence de lettres de Francesca l'avait rendu fou d'incertitude, comment avait-elle pris, elle, son apparent silence ? En perdant ce qu'elle avait cru être son droit de naissance, elle avait eu bien des raisons d'être amère. Si l'on ajoutait à cela deux années de ce qu'elle avait sans doute pris pour de la négligence et de l'insouciance de sa part, il ne fallait pas s'étonner qu'elle désirât à présent une annulation.

Une soudaine prise de conscience le figea sur sa selle. Il ne voulait pas renoncer à elle. Il voulait ce qui ne leur avait jamais été accordé — du temps pour apprendre à la connaître.

Je veux donner une chance à notre mariage. Je ne veux pas d'une annulation.

Le visage de messire Joakim lui revint à l'esprit et il serra les dents. Pas question de laisser Kerjean l'épouser !

Je veux la garder.

Son pouls s'accéléra à cette pensée. Persuader Francesca de demeurer sa femme était une perspective hautement stimulante !

Il profiterait à fond de ce voyage en Bretagne. Il explorerait chaque facette du caractère de Francesca. Il lui donnerait l'occasion de lui accorder de nouveau sa confiance, et à la fin de leur séjour il lui demanderait de rester avec lui. Et si vraiment elle ne voulait plus de lui, il ferait de son mieux pour l'établir convenablement avant de se chercher lui-même une autre épouse.

S'apercevant qu'il l'observait, Francesca lui adressa un faible sourire.

— J'avais oublié ce qu'on ressent à chevaucher si vite.

Tristan sauta sur cette opportunité de changer de sujet.

— Vous n'avez donc pas galopé dans les vignes de Champagne ?

— Bien sûr que non. J'ai mené une vie retirée — trop retirée, sans doute !

Voilà qui s'accordait avec les propos de messire Ernis, songea Tristan non sans surprise. Francesca était timide, un aspect de sa personnalité qu'il n'avait pas remarqué à l'époque de leur mariage, en partie parce que la passion avait flambé trop vite entre eux. Il ne lui était jamais venu à l'esprit qu'elle pût se montrer réservée avec d'autres personnes. Durant leurs fiançailles, il n'avait guère eu l'occasion de la voir évoluer en dehors de Fontaine, où, jusqu'à l'arrivée de dame Claire, elle s'était naturellement sentie chez elle.

Ils n'avaient fait connaissance qu'une semaine avant leur mariage et il lui avait fait la cour en chevauchant avec elle au long des allées et des sentes qui sillonnaient les bois au-dessus du château de Fontaine. Elle était excellente cavalière, c'était l'une des premières choses qu'il avait remarquées chez elle. Princesse avait été le cadeau de fiançailles qui s'imposait et Francesca s'en était apparemment bien occupée depuis, les flancs de la jument brillaient comme de l'ébène poli. La jeune femme avait belle allure — une beauté aux cheveux sombres sur une délicate jument noire. Le regard de Tristan se posa sur les harnais de Princesse, où un ornement rond brillait doucement dans la lumière — un médaillon d'argent avec une potentille noire en émail.

Il avait offert ces harnais à Francesca en cadeau de Noël et il semblait qu'elle s'en servît toujours. Une ombre noyait ses yeux gris, observa-t-il. Elle devait songer au comte Myrrdin. Se retrouver en compagnie de son époux ajoutait sans doute à son malaise.

Nous avons été séparés trop longtemps. Elle a appris à se défier de moi.

La jeune fille qu'il avait épousée n'existait plus, de toute évidence. Sa délicieuse naïveté n'était plus qu'un souvenir. Malheureusement, les lettres perdues n'expliquaient pas tout. Lui aussi était à blâmer, il avait trop présumé d'elle en partant servir le duché, et voilà quel était le résultat. Sa douce, sa belle et aimante épouse avait changé. Elle était secrètement marquée. Il n'était pas sûr de pouvoir réparer les choses entre eux, mais par Dieu, il avait bien l'intention d'essayer.

— Vous ne croyez pas que je vous ai écrit ?

L'estomac noué, il attendit sa réponse. Il ne pouvait plus se leurrer, il ne souhaitait pas l'annulation de leur mariage. Pendant tout le temps où il avait attendu des nouvelles de Francesca, il s'était accroché à l'espoir qu'un jour elle accueillerait son retour avec joie.

Le silence se prolongea, tandis qu'elle l'enveloppait d'un regard scrutateur.

— Je n'en suis pas certaine, mon seigneur.

« Mon seigneur ».

Cette façon formelle de s'adresser à lui n'échappa pas à Tristan. Elle se méfiait et se montrait cérémonieuse pour le tenir à distance. Très bien, il n'insisterait pas. Pour le moment.

— Nous en discuterons lorsque nous ferons halte pour laisser reposer les chevaux.

— Comme vous voudrez, mon seigneur. Mais si vous affirmez que vous n'avez pas reçu mes lettres, alors je dois vous croire, bien sûr.

Une boucle de ses cheveux couleur d'ébène flottait dans le vent. Un village défila sous leurs yeux, brouillé par la vitesse. Ils ralentirent pour traverser un pont au trot, puis reprirent le galop. Tristan jeta un regard en arrière, heureux de constater que Marie et Bastian ne se trouvaient qu'à quelques mètres en arrière. Ce qui les ralentissait, ce n'était sans doute pas Marie mais le cheval de bât.

Tristan se haussa sur sa selle, inquiet. Un instinct l'avertissait qu'ils étaient suivis. Il scruta la route derrière Marie, mais ne discerna rien — seulement la servante, le page et le cheval de bât. Pourtant, l'impression persistait — un léger picotement de gênc dans son échinc. Voyons, Kcrjcan n'avait tout dc mêmc pas l'outrecuidance de les surveiller ? Après l'avertissement dont il l'avait gratifié à Provins, cela semblait peu probable.

Le picotement continuait néanmoins. Ils étaient suivis et leurs poursuivants se manifesteraient tôt ou tard, Tristan en avait la certitude.

Les champs défilaient à la vitesse de l'éclair et le visage de Francesca demeurait tendu par la concentration. Une ride ombrait toujours son front, preuve qu'en dépit de ses affirmations elle éprouvait encore des réserves à son égard et gardait ses distances.

— Nous ne pourrons pas tenir ce rythme indéfiniment, déclara-t-il.

— Non, nous finirions par estropier les chevaux.

— Mon but est d'atteindre Melun demain.

— Nous résiderons au château ?

Tristan secoua la tête.

— Je ne crois pas. La forteresse appartient au domaine royal de France et si le seigneur Ursio s'y trouve, il me pressera de lui fournir des informations sur les relations des Bretons avec le roi d'Angleterre et le prince Geoffrey. J'aimerais mieux éviter cela si je peux. Nous nous arrêterons plutôt à l'abbaye Saint-Michel. Leur hostellerie est de premier ordre.

— Et ce soir ? Où logerons-nous ?

— Il y a une auberge à La Chapelle, c'est à mi-chemin entre Melun et ici. Les chambres sont propres et la nourriture tolérable.

— Très bien. Je fais confiance à votre jugement.

La voix était froide, le regard lointain.

Tristan jeta un coup d'œil aux ornements d'argent qui décoraient la bride de Princesse et réprima un sourire. Avec un peu de chance, il ne tarderait pas à faire renaître, sur le visage de Francesca, l'expression radieuse d'autrefois.

Chapitre 5

Ils firent halte à mi-chemin pour reposer les chevaux, et atteignirent l'auberge de La Chapelle au crépuscule. Francesca, qui n'était pas accoutumée à de si longues chevauchées, se réjouit à la vue de la cour d'écurie éclairée par des torches. Avec des gestes raides, elle mit pied à terre, et étira discrètement ses muscles meurtris, tandis que Bastian conduisait les chevaux à l'écurie.

Tristan lui offrit son bras.

— Courbatue ?

— Un peu.

En grimaçant, Francesca se laissa conduire vers l'auberge.

— Je n'ai pas l'habitude de passer toute la journée à dos de cheval !

— Cela ne fait qu'une demi-journée, corrigea Tristan d'un air amusé. Nous ne nous sommes pas mis en route avant midi.

— J'avoue pourtant que je puis à peine marcher !

L'auberge débordait d'animation, le lieu constituant un relais habituel pour les voyageurs qui se rendaient à Paris ou à Chartres. Tristan lui adressa un bref sourire et l'installa sur un banc dans un coin. Une chandelle était posée sur la table, dont la surface était maculée de suif.

— Vous aurez assez chaud ici, pendant que je m'occupe du logement et du repas ?

— Oui, merci.

Se glissant entre les tables, Tristan se dirigea vers le passe-plat. Sa chevelure noire luisait comme du jais à la lueur des chandelles. Une servante sortit de l'ombre et Francesca, le menton dans la main, regarda son époux échanger quelques mots avec la fille.

Elle aimait observer Tristan, elle avait toujours adoré cela. Une indéniable séduction émanait de ses traits sombres et virils et cela n'avait pas changé. La fille lui répondit quelque chose qui le fit rire, puis elle partit et Tristan revint vers elle.

— Nous avons de la chance. Il leur reste une petite pièce, sous les combles, qui sert parfois de chambre. Nous allons la prendre. Bastian et Marie pourront dormir dans la salle commune.

Francesca parvint à dissimuler sa consternation. De toute évidence, Tristan n'avait pas l'intention de la perdre de vue un seul instant. C'était décourageant de constater qu'on ne vous faisait jamais confiance !

Elle se contraignit à sourire.

— Je me sens capable de dormir un mois entier et je suis sûre que vous allez me dire qu'il nous faut partir aux premières lueurs du jour !

Il sourit en s'asseyant près d'elle.

— Vous me connaissez bien.

Elle soutint son regard.

— Vraiment ? J'ai l'impression de ne pas vous connaître, au contraire.

A part la conversation qu'ils avaient eue peu après leur départ de Paimpont, ils avaient à peine échangé quelques mots et la plus grande partie du trajet de la journée s'était effectuée en silence.

Le banc craqua, tandis qu'il se tournait vers elle pour la dévisager.

— Vous aimeriez en savoir davantage sur moi ?

La question de Tristan la surprit. Il s'était toujours montré réservé et elle avait souvent souhaité qu'il se dévoile un peu plus. Ces deux dernières années, elle s'était construit une image de lui dans sa tête, une image sans doute complètement fausse, elle commençait à s'en rendre compte.

— Oui, je crois, murmura-t-elle.

Si Tristan lui avait vraiment écrit, alors elle l'avait mal jugé. De toute façon, même si c'était le cas, elle devrait s'effacer pour lui permettre de conclure un mariage plus avantageux. Mais bon, ce serait une bonne chose de le cerner un peu mieux.

Lorsqu'ils s'étaient rencontrés, la fascination que Tristan exerçait sur elle avait été entièrement physique et elle était alors trop jeune pour comprendre qu'elle aurait dû s'intéresser à sa personnalité. De plus, sa réputation d'homme ambitieux l'avait incitée à se montrer prudente en ne lui posant pas trop de questions. A cette époque, elle se sentait intimidée par son séduisant époux, certaine qu'il n'apprécierait pas la curiosité d'une très jeune fille qui ne connaissait rien au monde de la politique et du pouvoir. Et voici qu'il lui donnait une chance. Il fallait en profiter, car même si elle savait qu'il ne lui accordait pas sa confiance, cela ne l'empêchait pas de désirer en apprendre plus long sur lui.

Un serveur s'approcha avec un flacon de vin et deux coupes en terre cuite.

— La viande sera bientôt prête, mon seigneur.

Sur ces mots, le garçon s'éclipsa et le regard bleu de Tristan se posa de nouveau sur elle.

— Allez-y, Francesca, posez-moi des questions. Je suis à votre disposition.

Il prit la bouteille de vin, remplit les coupes et en fit glisser une vers elle.

Le vin était riche et lourd, relevé par des épices. Francesca sirota quelques gorgées, songeuse. En fait, elle se demandait surtout comment Tristan avait passé ces deux années. Cela n'avait pas dû être facile de maintenir de bonnes relations avec un prince aussi volontaire et obstiné. Une telle mission relevant plus du domaine diplomatique que militaire, Francesca imaginait que le baron Rolland et le roi d'Angleterre devaient tenir Tristan en haute estime.

Observant que la salle était bondée — Marie et Bastian avaient dû s'attabler plus loin — elle se pencha vers lui et baissa la voix.

— Avec tout ce monde, je ne puis sans doute pas vous questionner sur les affaires qui vous ont occupé ces deux dernières années, je suppose ?

Tristan jeta un coup d'œil alentour et un sourire incurva ses lèvres.

— Ce ne serait pas prudent, chuchota-t-il, sa tête brune touchant la sienne. Les gens autour de nous ont tout l'air de fermiers et de marchands, mais les apparences peuvent se révéler trompeuses.

Elle acquiesça dans un murmure, douloureusement consciente que si elle souhaitait sincèrement en savoir plus sur les missions de Tristan pour le duché elle s'intéressait encore davantage à ce que son cœur recelait. Avait-il souvent pensé à elle ? Avait-il ressenti de la tristesse lorsque ses lettres étaient restées sans réponse ? Avait-il décidé alors de la chasser de sa vie pour de bon ?

Surtout… Lui avait-il été fidèle ?

Au prix d'un véritable effort, elle choisit une question moins personnelle.

— Vous ne m'avez jamais beaucoup parlé de vos parents.

Il se recula, haussant ses larges épaules.

— Il n'y a pas grand-chose à dire. Je les ai à peine connus. J'ai fait mon éducation de chevalier chez le seigneur Morgan de Vannes. C'est là que je me trouvais lorsque mon père m'a envoyé un message m'annonçant la mort de ma mère.

Francesca cilla.

— Le comte Bedwyr vous a écrit ? Il n'est pas venu vous apprendre la triste nouvelle lui-même ?

Tristan lui lança un regard étrange.

— Non, bien sûr. Le seigneur Morgan m'a expliqué que père devait être très occupé avec les funérailles.

Bien sûr que non, songea-t-elle à part elle. *Tout cela est bien mystérieux.*

— Mais vous avez assisté à la cérémonie ?

Tristan secoua la tête, le visage aussi impassible qu'un masque.

— Père a pensé qu'il valait mieux que je reste à Vannes auprès du seigneur Morgan.

Francesca luttait pour comprendre. On lui avait raconté que le comte Bedwyr avait adoré son épouse et qu'il avait été accablé de douleur après sa mort. Il devait également avoir aimé son fils ? Il était difficile d'imaginer comment il avait pu abandonner Tristan ainsi. Elle ouvrait la bouche pour exprimer sa désapprobation à l'idée qu'on l'avait laissé seul avec son chagrin dans une maison étrangère, mais Tristan posa une main sur la sienne.

— Francesca, je devine ce que vous pensez et vous avez tort, vraiment tort. Le seigneur Morgan est le plus aimable des hommes et son épouse, dame Renéa, est une femme très bonne. Je n'étais pas négligé.

Francesca observa la main de Tristan, tellement plus grande que la sienne, et si forte. Ces longs doigts de guerrier pouvaient se montrer tendres. Aimants. Il bougea son pouce — elle se demanda s'il en était conscient —, lui caressant avec douceur le dos de la main. Le cœur de Francesca se serra, c'était si délicieux et déchirant. Le contact de la peau de Tristan sur la sienne… Oh ! Dieu, il avait toujours le pouvoir de la faire fondre.

Levant les yeux pour rencontrer les siens, elle déglutit, trouvant ses mots à grand-peine.

— Si vous le dites… Mais je ne puis m'empêcher de penser que votre père vous a traité avec rudesse.

— Francesca, il est courant pour les fils de la noblesse

d'être élevés dans d'autres maisonnées que la leur. C'est censé leur apprendre l'indépendance.

— Je sais, je sais. Mais l'idée ne m'a jamais enthousiasmée.

Tout à coup, Francesca prit conscience que d'une certaine façon Tristan et elle avaient été tous deux élevés chez des étrangers. Bien sûr, les conditions n'étaient pas du tout les mêmes — elle avait grandi en croyant que le comte Myrrdin était son père, tandis que Tristan, qui connaissait le sien, avait été envoyé chez un autre seigneur pour y faire son éducation. La différence entre eux, c'était sans nul doute qu'elle avait été élevée en sachant ce que c'était que d'être aimée. Pouvait-on en dire autant de Tristan ?

— Le seigneur Morgan vous a-t-il adoubé ?

— Oui.

Un muscle palpita dans la joue de Tristan.

— En fait, j'ai trouvé que c'était une bénédiction d'avoir été envoyé à Vannes au moment où je l'ai été. Mon père étant mort un an après ma mère, il valait sans doute mieux que je connaisse déjà le seigneur Morgan quand je suis devenu orphelin.

— Cela a adouci le coup ?

— En un sens oui, même si mon père avait toujours été pour moi un personnage distant. Il a fait du seigneur Morgan mon tuteur et celui-ci a géré les Iles jusqu'au moment où j'ai eu l'âge de m'en charger moi-même.

Etrangement émue, Francesca baissa les yeux vers leurs mains et lutta contre le désir instinctif d'entrelacer ses doigts à ceux de Tristan.

— Le seigneur Morgan n'est pas venu assister à notre mariage. Pourquoi donc ?

— Dame Renéa était malade.

Francesca attendit la suite et fronça les sourcils en constatant qu'elle ne venait pas. C'était bien de Tristan de s'interrompre ainsi au milieu d'une histoire !

— Voyons, Tristan, vous ne pouvez en rester là. Dame Renéa… a-t-elle recouvré la santé ?

— Oui, elle s'est très bien remise.

— C'est bon de l'entendre.

Et prenant une profonde inspiration :

— Vous avez beau dire, Tristan, pour moi, votre père a mal agi en ne vous laissant pas assister aux funérailles de votre mère. Papa — enfin, le comte Myrrdin — n'aurait jamais fait cela.

Tristan haussa ses larges épaules.

— Je vous l'ai dit, je connaissais peu mon père. Mais autant que je puisse en juger, le comte Myrrdin était très différent. C'était peut-être aussi une question d'âge.

Francesca hésita. En vieillissant, le comte Myrrdin avait commencé à connaître des moments de distraction qui s'étaient multipliés au fil des jours.

— Vous faites allusion aux absences de papa ?

— Non, pas du tout.

Le pouce de Tristan allait et venait sur sa peau, encore et encore. C'était à la fois apaisant et dérangeant.

— Si vous voulez le savoir, je pensais à la générosité du comte Myrrdin. La façon dont il m'a reçu quand je suis arrivé à Fontaine. Je n'oublierai jamais la chaleur de son accueil.

Francesca se détendit.

— Il vous apprécie.

Elle regardait la main de Tristan, plus sensible à son contact qu'elle ne l'aurait dû, vu qu'il envisageait sans doute l'annulation de leur mariage. Il y avait de quoi ne plus savoir où elle en était. Doucement, elle lui retira la sienne.

— Vous ne devriez peut-être pas faire cela, murmura-t-elle.

— Quoi donc ? Oh ! Toutes mes excuses !

Elle le dévisagea, surprise de voir le sang lui monter aux joues. Tristan rougissant ? Lui ? Il semblait même légèrement déconcerté, ce qui était plus qu'étrange.

Une gêne s'installa entre eux et Francesca se mit à jouer

avec sa coupe de vin. Comme le silence se prolongeait, elle se décida à le rompre :

— Le comte Myrrdin n'a pas toujours été un rêveur. C'était un homme aux idées remarquablement claires.

— Et célèbre pour ses hauts faits d'armes. Il a été un guerrier redoutable dans sa jeunesse.

— C'est ce que j'ai entendu dire.

Elle exhala un soupir.

— Tristan ?

— Oui ?

— Papa s'est retiré du monde de la politique bien avant nos fiançailles. Son manque d'intérêt pour la vie extérieure n'a pas été sans conséquences pour moi.

— Oh ?

Francesca fit glisser son doigt sur le rebord verni de la coupe et esquissa un sourire.

— Chaque fois que je le questionnais sur les affaires du duché, il changeait de sujet.

Le regard de Tristan débordait de sympathie.

— Il était vieux et las. J'ai vu cela arriver à d'autres. Leur univers se rétrécit peu à peu et ils perdent toute conscience de ce qui se passe ailleurs.

— Je sais que ce n'était pas sa faute. Bien avant notre mariage, ce qui survenait au-delà des limites du château ne l'intéressait déjà plus. Je crois que cela a commencé après la mort de la comtesse Mathilde. Mon grand regret, c'est que chaque fois que je l'interrogeais sur les problèmes en Bretagne il perdait le fil de ses idées.

Elle adressa un petit sourire à Tristan.

— Il était presque impossible de démêler ce qu'il voulait dire.

— Ce devait être très frustrant.

— C'est peu de le dire. J'aurais tant voulu pouvoir converser intelligemment avec vous. Vous avez dû me trouver très ignorante.

Une pensée insidieuse s'empara d'elle. Etait-ce pour cela

que Tristan avait passé tellement de temps au lit avec elle pendant les premiers jours de leur mariage ? L'avait-il trouvée trop niaise pour être prise au sérieux ?

Le regard de Tristan pétilla de malice.

— Vous ne vous rendez pas justice, Francesca. J'aimais me trouver avec vous. C'était plus reposant que tout ce que j'avais jamais vécu. Vous ne me présentiez pas de requête, ne demandiez rien.

— Papa devait se sentir coupable de ne pas m'avoir mieux éduquée, je pense. L'une des raisons pour lesquelles il vous a choisi pour devenir mon mari, c'était qu'il respectait votre perspicacité et se fiait à votre jugement. Mais vous avez beau dire, j'étais trop inculte pour épouser un comte. Vous avez dû vous sentir terriblement déçu.

Tristan pressa sa cuisse conte la sienne. Le mouvement était à peine perceptible, mais délibéré, songea-t-elle.

— Loin de là, assura-t-il.

Il fixa sur sa bouche un regard avide et elle sentit son estomac se nouer.

— Si je me souviens bien, nous n'avons jamais eu beaucoup de temps pour parler après nos noces.

Francesca s'empourpra et détourna promptement les yeux.

— C'est vrai, admit-elle.

Ils avaient passé trop d'heures dans les bras l'un de l'autre. Oh ! Ils avaient bavardé à n'en plus finir, mais c'était sur des sujets domestiques sans importance, par exemple ce projet d'agrandir les écuries de Saint-Méen afin qu'elles puissent abriter tous les chevaux de Tristan. Ils avaient aussi parlé de la décoration du solarium — sur combien de coussins Francesca devrait broder les armoiries de Tristan. Il lui avait même donné son avis sur le dessin qu'elle avait imaginé pour la tapisserie murale.

Lorsqu'elle se risqua de nouveau à lui couler un regard, ce fut pour surprendre le sien encore fixé sur sa bouche comme s'il avait envie de la dévorer. Inévitablement, leurs yeux se rencontrèrent, et l'espace d'un instant, elle en eut la respiration coupée. La façon dont il la dévisageait fit affluer de nouveau en elle les souvenirs doux-amers — les draps froissés, la douceur soyeuse d'une chevelure d'ébène dans laquelle elle laissait courir ses doigts. Un regard bien trop sensuel pour un tranquille souper dans une taverne !

La chandelle vacilla — le serveur venait d'apparaître à côté de Tristan, avec dans une main un gigot d'agneau sur un plat en bois et dans l'autre un panier de pain.

— Voici, mon seigneur, fit-il en déposant la nourriture devant eux. Si vous voulez bien vous servir, ainsi que votre dame, je porterai le reste à vos amis là-bas, ajouta-t-il en désignant Bastian et Marie d'un geste du menton.

Tristan prit le couteau à découper et Francesca comprit qu'elle n'en apprendrait pas davantage sur lui avant la fin du repas.

Protégeant sa chandelle des courants d'air, Tristan s'approcha de la chambre. L'aubergiste lui avait précisé qu'il n'y trouverait qu'un seul lit, et étant donné la façon dont Francesca lui avait retiré sa main lorsqu'il l'avait caressée, il se sentait inquiet. Dans l'espoir d'échapper à une discussion, il avait prudemment demandé à leur hôte de la conduire en haut dès qu'elle avait repoussé son assiette vide. Ce qui faisait déjà une bonne demi-heure. Si elle avait voulu élever des objections au fait de partager un lit avec lui, elle l'aurait certainement déjà fait.

Bien sûr, il aurait pu réclamer une paillasse supplémentaire dans la pièce. Mais il n'en avait rien fait, préférant dormir avec elle. Il ne se passerait rien, il y était bien décidé. Simplement, il voulait être près d'elle. Il appréciait sa compagnie, ce qui était indubitablement une faiblesse. Francesca était son talon d'Achille. Il avait pris grand plaisir à lui tenir la main avant le souper. Jusqu'à ce qu'elle en ait brusquement conscience…

Cela lui avait fait étrangement chaud au cœur de voir ces grands yeux gris s'emplir de compassion lorsqu'il avait évoqué la mort de sa mère. Bon sang, il avait lui-même senti des picotements dans les paupières ! Encore une faiblesse. La sympathie d'autrui le plongeait toujours dans l'embarras. C'était si inhabituel qu'il ne savait comment réagir. Ainsi qu'il l'avait confié à Francesca, il habitait depuis si longtemps chez le seigneur Morgan à cette époque-là qu'il se souvenait à peine de sa mère. Alors pourquoi cette émotion ? Francesca avait trouvé la faille dans son armure, comme personne avant elle. Oui, elle était sa faiblesse.

Il frappa à la porte de la chambre et attendit.

— C'est vous, Tristan ?

— Oui.

— Entrez !

Il la trouva assise dans le lit, les couvertures tirées jusqu'au menton. Son expression semblait franchement méfiante. Inutile de se demander si elle portait une chemise, comme la nuit précédente. Non pas qu'il eût à s'en préoccuper — il ne se passerait rien entre eux.

Calmement, il posa la chandelle sur une étagère.

— Ce n'est pas la peine de me regarder ainsi. Je ne vais pas profiter de la situation.

Il plaça son épée près du lit, sachant par expérience qu'il valait mieux l'avoir sous la main quand on dormait dans un lieu étranger.

La poitrine de la jeune femme se souleva sous les couvertures.

— Il n'est pas bienséant que nous dormions ensemble. Marie est de mon avis.

Tristan n'avait rien obtenu de la servante que des grimaces et il dut se retenir pour ne pas rétorquer que Marie le détestait et devait naturellement désapprouver qu'ils partagent le même lit.

— Nous dormirons ensemble tant que je ne serai pas sûr de vous.

Francesca releva le menton.

— Que voulez-vous dire exactement ?

Haussant les épaules, Tristan se détourna et commença

à se dévêtir. Il retira ses bottes et suspendit ses habits à une patère — jaque de cuir, chemise, braies...

— Tristan, si vous voulez vraiment partager ce lit avec moi, vous devriez remettre votre chemise.

Une note de panique vibrait dans la voix de la jeune femme. Tristan sourit, sachant bien que ce n'était pas sa réaction à lui qui l'inquiétait.

— Peur de ne pas pouvoir me résister, mon cœur ?

Francesca laissa échapper une exclamation indignée.

— Ce n'est pas convenable, du moment que nous n'avons pas l'intention de rester ensemble.

Il se tourna vers elle, entièrement nu.

Avec un petit cri, Francesca plongea sous les couvertures.

— Pour l'amour du ciel, Tristan, éteignez la lumière !

Pinçant la mèche de la chandelle, Tristan se dirigea à tâtons vers le lit, y grimpa et poussa un langoureux soupir.

— Bonne nuit, mon cœur.

— Vous ne devriez pas m'appeler ainsi, observa la voix assourdie de Francesca sous les draps. C'est déplacé.

— Ah bon ?

Croisant les bras derrière la tête, Tristan sourit dans le noir. Le matelas n'était pas large et il aurait dû normalement toucher Francesca. Il n'en était rien, ce qui signifiait qu'elle se tenait en équilibre à l'extrême bord. Combien de temps pourrait-elle rester perchée ainsi sans tomber du lit ?

— Dormez bien.

Elle émit un son étouffé et demeura immobile quelques instants avant de bouger. Une fois, puis deux. Et chaque fois, son corps se rapprochait inexorablement de celui de Tristan. Il ne fallut pas longtemps avant qu'il puisse sentir sa chaleur.

— Détendez-vous, chuchota-t-il. Nous avons partagé le même lit la nuit dernière. Quel mal y a-t-il à en faire autant cette nuit ?

Francesca finit par rester tranquille. Lorsque sa respiration se fit régulière, Tristan ferma les yeux. Le souper avait été plantureux et il avait le ventre plein. Il ne s'était pas senti aussi bien depuis des années. Il bâilla, agréablement fatigué — et non épuisé comme la nuit précédente. Mais Tristan était assez lucide pour savoir que sa satisfaction n'avait rien à voir avec l'exercice qu'il avait pris ce jour-là ni avec le gigot bien tendre. Non, son bien-être était dû à la présence de Francesca. Se trouver de nouveau en sa compagnie lui procurait une joie inattendue.

Avoir appris qu'elle lui avait écrit pendant leur séparation changeait tout.

Tristan se laissa rouler sur le flanc, respirant l'odeur de la dormeuse. Il souriait quand le sommeil s'empara de lui.

Un coup sourd le réveilla un moment plus tard. Aussitôt, il empoigna son épée à tâtons. La porte vibra et il vit une faible lumière filtrer par un interstice — quelqu'un titubait sur le palier. Une voix masculine émit un rire étouffé et toussa. Puis le bruit s'éloigna.

Francesca se redressa dans le lit.

— Que se passe-t-il ?

— Quelqu'un qui a bu un pichet de trop est en train de monter l'escalier en trébuchant, je suppose, expliqua Tristan en replaçant son épée sous le lit. Ne craignez rien, il faut s'attendre à ces choses-là dans ce genre de taverne.

La jeune femme se renfonça sous les couvertures. Tristan était tout à fait éveillé à présent, et elle aussi, semblait-il. Elle remua, faisant bouger le matelas. Les cordes du lit gémirent. Francesca repoussa les couvertures, puis les remonta sur elle.

Une complète obscurité régnait dans la chambre, mais Tristan n'avait pas besoin de lumière pour visualiser sa voisine. Ses cheveux noirs déroulés en volutes sombres, sa chemise à demi glissée révélant une épaule, ses jambes…

Bon sang… Il serra les dents, luttant contre le désir de l'attirer dans ses bras pour lui caresser les cheveux. Autrefois, elle aimait qu'il la tienne ainsi.

Bientôt, songea-t-il. Pas ce soir. D'abord, il devait lui parler d'Esmerée et de Kristina. Et puis, même s'il en avait terriblement envie, cela aurait été déplacé alors qu'elle se torturait d'inquiétude pour le comte Myrrdin.

Francesca allait avoir beaucoup de choses à digérer. S'il voulait la reconquérir, il avait du pain sur la planche.

— Vous n'arrivez pas à dormir ? murmura-t-il.

Les draps bruissèrent et Tristan sentit un souffle chaud sur son bras.

— Je suis désolée, Tristan, je sais que je vous dérange. Je ne peux pas m'empêcher de me demander comment va papa.

Sa voix se brisa sur ces mots.

— Je devrais être près de lui. Je l'aime tant ! Si nous arrivons trop tard, je ne pourrai pas le lui dire. Je ne l'ai pas remercié pour avoir si bien veillé sur moi. J'aurais dû !

— Vous aviez l'intention de retourner à Fontaine ?

Il y eut un silence.

— Oui… Non… Je ne sais pas. Je n'étais plus moi-même quand j'ai quitté la Bretagne, le monde avait basculé et tous mes instincts me criaient de partir.

— Vous vouliez découvrir qui vous étiez loin du cadre de Fontaine. C'est compréhensible.

— Vous trouvez ? C'était une erreur de rester si longtemps au loin. C'était égoïste. Je sais que papa m'aime, qui que je sois…

Elle s'interrompit et un lourd soupir emplit la chambre.

— C'était seulement que… Eh bien, j'avais l'impression de ne plus être chez moi là-bas. Je voulais savoir qui j'étais, qui j'étais vraiment.

— Mon épouse ? suggéra Tristan.

Les mots lui avaient échappé avant même qu'il ne s'en aperçoive.

Mon épouse. Ma faiblesse.

— Nous nous connaissions à peine, objecta-t-elle. Vous m'aviez dit que vous désiriez un héritier et nous avons fait ce qu'il fallait pour cela. Nous n'avons même quasiment rien fait d'autre.

Elle exhala cette fois un léger soupir.

— Mais en cela aussi j'ai échoué. Je suis venue vers vous les mains vides et en plus je n'ai pas réussi à vous donner un héritier.

Tristan grimaça. Il n'aurait jamais imaginé que leur complicité sensuelle reviendrait le hanter, et pourtant, c'était bien ce qui était en train de se passer, semblait-il. Il n'était pas prêt à renier le plaisir qu'ils avaient goûté ensemble — pas après qu'ils avaient scandalisé une bonne moitié de la maisonnée de Fontaine par leurs séjours prolongés dans la chambre à coucher, qu'ils semblaient ne plus vouloir quitter !

— Francesca, ne parlez pas de vous comme d'une jument poulinière.

— C'est bien ce que j'étais, non ? Une jument poulinière incapable de vous donner une descendance.

Tristan lui prit la main à tâtons et noua doucement ses doigts aux siens.

— Cela ne m'a jamais inquiété. Vous étiez très jeune et j'espérais que nous aurions toute une vie ensemble devant nous. Pour moi, vous représentiez bien plus que cela.

— Vraiment ?

— Vous le savez bien.

Ne voulant pas continuer sur ce sujet, Tristan se laissa retomber sur les oreillers, songeur. Leur relation était en train de changer très vite. Le processus s'était enclenché quand ils avaient découvert que leurs lettres s'étaient perdues et il était impossible de dire où cela s'arrêterait. Tout ce qu'il savait avec certitude, c'était que pour lui le fait que Francesca ne fût pas noble n'avait aucune importance. En dépit des émotions intempestives qu'elle éveillait en lui et même si elle lui obscurcissait le jugement, il était en train de se rendre compte qu'il serait heureux si elle demeurait à son côté jusqu'à la fin de ses jours. Il lui caressa la paume avec son pouce.

Il était trop tôt pour lui annoncer ses intentions. Sa confession différée au sujet de Kristina ne représentait pas le seul obstacle. Francesca avait gardé son chagrin pour elle pendant deux ans et elle avait besoin de temps pour s'adapter à de nouvelles circonstances. La glace devait fondre peu à peu. Aussi fort que fût son désir de la reconquérir, il ne devait pas la presser. Trop de changements, trop vite, et elle risquait de se sentir désarçonnée. Il devait y aller doucement. Il userait de logique pour démonter ses objections une par une.

Pour commencer, il accepterait le blâme de ne pas lui avoir accordé toute sa confiance avant de la quitter pour servir le duché. Il essaierait de faire ce qu'il avait passé toute sa vie à éviter. Même si cela allait à l'encontre de tout ce que son père lui avait enseigné, il tâcherait de lui ouvrir son cœur. De toute évidence, c'était son caractère réservé et secret qui l'avait heurtée.

— Je n'aurais pas dû quitter Fontaine sans vous dire à quel point vous comptiez pour moi.

Jouant avec les doigts de Francesca dans le noir, il sentit soudain une bague. Les pensées se bousculèrent dans sa tête. Etait-ce l'anneau dont il lui avait fait présent pour leurs noces ? Mais oui, c'était bien sa chevalière en or.

— Vous portez toujours mon sceau.

Elle lui retira sa main, et un instant plus tard, pressa la bague dans sa paume.

— Je suis désolée, j'avais oublié. J'aurais dû vous la renvoyer, je le savais.

Tristan sursauta.

— Au nom du ciel, Francesca, je ne vous demande pas de me la rendre ! Attendez que nous soyons sûrs de ce que nous voulons faire.

Capturant de nouveau sa main, il remit la bague à sa place.

Quelque part dans l'auberge, une porte claqua.

— Tristan, il faut que vous contractiez une alliance convenable.

— La nôtre l'est parfaitement.

— Non, ce n'est pas vrai. Il vous faut une femme titrée pourvue d'une dot, une vraie dame, avec des parents influents qui deviendront vos alliés. Je ne suis rien de tout cela.

— Vous êtes mon épouse.

Poussant son épaule contre la sienne, Tristan se pencha vers elle. Les sangles du lit craquèrent. Il trouva la joue de Francesca et y déposa un baiser. Il sentit émaner d'elle une tension presque palpable et s'écarta.

— Fi de toutes ces sottises, Francesca. Nous allons regagner la Bretagne et voir si nous pouvons retrouver un peu de ce plaisir que nous avons partagé après notre mariage. Si nous y parvenons, mon vœu le plus cher est que vous restiez ma femme.

— Le plaisir, répéta-t-elle avec tristesse. Tristan, vous n'avez pas besoin de moi. C'est une dame de haute naissance qu'il vous faut !

— La dame qu'il me faut, c'est vous.

Baissant la tête, il nicha le nez dans l'épaule de Francesca, et la chemise ayant bel et bien glissé, il parvint à embrasser sa peau nue. Le parfum du jasmin monta vers lui en capiteuses volutes. *Francesca*, songea-t-il, et son cœur s'emballa. Seigneur, qu'était-il en train de faire ? Il venait juste de décider qu'il ne devait pas la presser, et voilà qu'il lui imposait ses caresses comme un gamin en mal d'amour.

— Vous le pensez vraiment ?

— Bien sûr. Vous êtes ma femme.

Avant de pouvoir s'en empêcher, il avait passé un bras autour d'elle et l'attirait contre sa poitrine.

— Laissez-vous aller, Francesca. Je vous tiens dans mes bras, c'est tout.

Et d'une voix ardente :

— J'ai l'intention de vous reconquérir, vous savez.

Elle se raidit.

— Pas de baisers. Vous ne devez pas m'embrasser.

— Ah, vous voyez ? Vous craignez mes baisers. Et ce n'est pas parce qu'ils vous déplaisent, mais parce que vous les aimez trop.

Francesca secoua la tête et une mèche de ses cheveux effleura l'épaule de Tristan. Il sentit aussitôt sa peau s'embraser et serra les dents sous l'assaut du désir. Seigneur, dormir avec Francesca se révélait une épreuve infernale pour sa volonté ! Il retint un gémissement, luttant pour ne pas se rappeler toutes les fois où les longues jambes souples de Francesca s'étaient emmêlées aux siennes.

— Vous êtes bien l'homme le plus arrogant que j'aie jamais rencontré, mon seigneur !

Le ton n'était pas fâché, même si Tristan n'arrivait pas à déchiffrer ce qu'il exprimait. Le doute ? L'espoir ?

— Sur mon honneur, il n'y aura plus de baisers.

Pour ce soir, du moins.

Dieu merci, elle le crut sur parole. Exhalant un long soupir, elle posa la tête sur son épaule et glissa un bras autour de sa taille.

Un progrès. Du moins l'espérait-il. Avec Francesca, on ne pouvait jamais être sûr de rien.

Chapitre 6

Le lendemain, leur petit groupe prit la route de l'ouest. Il tombait une légère bruine et Francesca, comme chacun d'eux, courbait les épaules, le capuchon rabattu sur le visage. Avec un peu de chance, lui avait dit Tristan, ils atteindraient l'abbaye Saint-Michel à Melun dans la soirée. Ils y dormiraient avant de se remettre en route à l'aube.

La matinée s'avançant, le crachin se transforma en pluie et Francesca pria pour que le temps du lendemain soit plus clément.

La route devant eux était constellée de flaques, de la boue jaillissait sous les sabots de sa monture et l'humidité transperçait sa cape et sa robe. Ses cuisses mouillées la démangeaient. De grosses gouttes lui brouillaient la vue. D'autres restaient suspendues à la crinière de Princesse, où elles étincelaient telles des gemmes avant d'être chassées par le vent.

Au fil des heures, la perspective de se sécher devant le grand feu d'une salle d'hôtes lui paraissait de plus en plus séduisante. Les hôtelleries des abbayes étaient renommées pour leur hospitalité envers les nobles voyageurs, et même s'ils voyageaient en toute discrétion, Francesca ne doutait pas que Tristan, comte des Iles, y serait chaleureusement reçu.

Celui-ci se tenait sur sa selle avec aisance, le visage dans l'ombre de son capuchon. Relevant tout à coup la tête, il observa les nuages et se tourna vers elle au moment où elle décollait subrepticement sa jupe de ses jambes.

— Ne soyez pas si morose, mon cœur. La pluie ne va sans doute pas durer, le ciel s'éclaircit à l'ouest. Nous devrions être au sec d'ici peu.

— Je l'espère. Mais Tristan, s'il vous plaît, ne m'appelez pas « mon cœur ».

— Très bien. Si cela vous met mal à l'aise…

— Oui, cela me gêne.

Elle baissa les yeux vers sa main gantée, celle qui portait encore le sceau de Tristan. Que cherchait-il ? A lui conter fleurette ? A jouer avec elle pour se distraire pendant le long trajet vers Fontaine ?

Dans la chambre, le soir précédent, il avait affirmé qu'il voulait la reconquérir. Il avait ajouté qu'elle avait beaucoup compté pour lui. Mais si c'était vrai, pourquoi n'en avait-il rien dit auparavant ? Dans le passé, ils avaient fait l'amour d'innombrables fois. Elle se rappelait clairement lui avoir avoué qu'elle l'aimait et pas une fois elle n'avait obtenu la même déclaration de sa part. Cependant, rassurée par ses démonstrations passionnées — comme elle était jeune alors, et naïve ! — elle s'était persuadé qu'il finirait bien par le lui dire. Mais il ne l'avait jamais fait.

Et voilà que la veille il lui avait annoncé son intention de la séduire à nouveau. Il lui avait remis l'anneau au doigt et l'avait caressée. Songeait-il vraiment à la garder pour épouse ?

Une moitié d'elle brûlait de le croire, tandis que l'autre moitié, celle qui avait versé des larmes amères devant la lente agonie de leur mariage, demeurait sceptique. Son amour pour Tristan lui était venu si aisément, et il s'était transformé en cendres avec une égale facilité. Pouvaient-ils tout recommencer comme si de rien n'était ?

Elle le croyait lorsqu'il affirmait qu'il lui avait écrit — Tristan ne pouvait être un menteur sans vergogne. Mais ils étaient restés séparés deux ans. Deux ans pendant lesquels Tristan avait suivi ses inclinations politiques et prouvé ses compétences dans le domaine qu'il aimait le mieux — il avait réussi à tisser d'importantes relations avec un prince d'Angleterre, celui qui épouserait un jour la duchesse Constance. Tristan ne pensait jamais qu'à la politique et au pouvoir. L'amour ne tenait aucune place dans sa vie. Il jouait avec ses sentiments à elle parce qu'il lui fallait des héritiers, et comme il était à la fois une personne honorable et un homme sensuel, il voulait dans son lit une femme dont la compagnie lui plaisait.

Francesca n'était pas sûre de vouloir risquer à nouveau d'avoir le cœur brisé. Cela s'était déjà produit une fois avec Tristan et elle ne pensait pas pouvoir survivre à une seconde épreuve de ce genre.

La selle de Tristan craqua tandis qu'il se retournait, visiblement pour observer ce qui se passait à l'arrière, avec un pli entre les sourcils. Francesca suivit son regard. Marie et Bastian chevauchaient côte à côte, apparemment absorbés dans leur conversation. Au loin, à peine visible derrière le mouvant rideau de pluie, un autre groupe de voyageurs avançait dans la même direction qu'eux.

— Tristan, si vous vous inquiétez pour Marie, vous avez tort. Elle ne se laissera pas distancer, je vous l'ai dit.

Tristan lança vers elle un regard préoccupé.

— Hum ?

Puis son visage s'éclaircit et un soupçon de sourire étira ses lèvres.

— Oui, je constate que Marie est une parfaite cavalière. Mais je préfère garder l'œil sur elle.

— Oh ?

Le sourire s'accentua.

— Votre servante me regarde avec tant d'adoration ! Je crains qu'elle ne dépérisse si je ne lui montre pas que je pense à elle.

Francesca éclata de rire.

— Voyons, Tristan, c'est ridicule !

— Soyez franche. Marie me déteste cordialement.

Francesca haussa un sourcil.

— Elle est d'une parfaite loyauté.

— Envers vous, peut-être. Mais dès qu'il s'agit de moi, elle devient la femme la plus grincheuse de la terre. Pour mon confort mental, vous devriez lui dire que je vous ai écrit.

Et jetant un nouveau coup d'œil par-dessus son épaule :

— Je sens son regard brûlant dans mon dos, on dirait qu'il va y percer des trous.

— Je lui ai parlé de vos lettres.

— Et je parie qu'elle n'y croit pas.

Du revers de la main, il essuya la pluie sur son visage et Francesca ne put s'empêcher de sourire. Sur le fond gris du ciel, les yeux de Tristan semblaient plus bleus que jamais.

— Vous avez deviné.

— Et vous ? Vous croyez que je vous ai écrit ?

Elle fut incapable de détourner les yeux.

— Oui, je vous crois.

Le visage de Tristan s'illumina.

— Dieu merci. Je vous reconquerrai, mon cœur.

Francesca sentit son cœur manquer un battement. De peur ? Malheureusement pour sa tranquillité, elle ne le pensait pas. C'était plutôt l'ancienne excitation — celle qu'elle éprouvait jadis en compagnie de Tristan — qui revenait. Allons, elle était plus âgée et plus sage qu'autrefois, beaucoup trop âgée et trop sage pour être encore vulnérable face à une paire d'yeux bleus étincelants et à un sourire ravageur !

Forte de cette pensée, Francesca s'empara du premier sujet qui lui vint à l'esprit.

— Tristan, vous ne m'avez jamais vraiment parlé de votre père. Je suis sûre qu'il aurait été fier de tout ce que vous avez fait pour la Bretagne.

Le visage de Tristan s'assombrit. Francesca cilla, incrédule. Comment son sourire avait-il pu disparaître aussi vite ? Elle sentit sa gorge se nouer, mais s'obstina cependant. Elle avait toujours voulu lire dans le cœur de Tristan. Et quelle meilleure façon de commencer que d'évoquer son père ?

— Dites-m'en davantage sur le comte Bedwyr, Tristan.

— Il n'y a pas grand-chose à raconter.

La voix était sèche. Dédaigneuse.

Elle l'avait entendu user de ce ton un jour où il réprimandait un soldat indiscipliné. Elle songea soudain qu'il s'en servait comme d'une armure pour tenir les gens à distance. Eh bien, il n'allait pas la tenir à distance, elle. Plus maintenant. S'il voulait sauver leur mariage, il devait se montrer plus ouvert.

— Avez-vous revu souvent le comte après la mort de votre mère ?

Le regard bleu de Tristan s'étrécit et Francesca crut d'abord qu'il éluderait la conversation. Puis il détourna les yeux et elle vit un muscle tressaillir dans sa joue.

— Non, pas souvent. Je ne me rappelle guère mieux mon père que ma mère. Je vous l'ai déjà dit, il était pour moi un personnage lointain. Lors de sa dernière visite à Vannes, il avait l'air aussi renfrogné que votre servante.

— Vous exagérez sûrement.

Tristan secoua la tête, faisant jaillir des gouttes de pluie de son capuchon.

— Je ne crois pas. Mais il m'est difficile de vous répondre avec précision. Les années l'ont effacé de ma mémoire.

Il serra les lèvres, le regard fixé devant lui sur la grand-route mouillée.

— Interrogez-moi sur le seigneur Morgan, si vous voulez. J'ai des souvenirs de lui beaucoup plus nets.

Tandis qu'ils poursuivaient leur chemin, Francesca fit de son mieux pour en apprendre un peu plus sur l'homme qu'elle avait épousé. Ses questions se succédaient :

Quel âge avait-il quand il avait été adoubé ?

Avait-il noué de proches amitiés quand il faisait son éducation à Vannes ?

Tristan répondait avec aisance, mais on ne lisait plus la même chaleur dans ses yeux. Il s'était refermé dès qu'elle avait évoqué son père et il y avait là, elle en était sûre, bien plus que l'habituelle distance entre un père et un jeune fils qu'on avait envoyé vivre dans la maisonnée d'un autre seigneur. Ce ton froid et méprisant qu'il employait lorsqu'il voulait tenir les gens à distance, était-ce de son père qu'il l'avait appris ?

Quelque chose au sujet du comte Bedwyr le tracassait, c'était évident. En observant son visage, tandis qu'ils chevauchaient sous la pluie en direction de Saint-Michel, Francesca craignit qu'il ne soit pas prêt à lui ouvrir réellement son cœur, du moins pas tout de suite. Qui pouvait savoir ? Peut-être ne le ferait-il jamais. Peut-être que tout ce qu'ils possédaient en commun c'était cet éblouissant flamboiement de passion physique. Mais si cela mourait peu à peu, que resterait-il ?

Francesca réprima un soupir, en tâchant d'ignorer le lancinant regret qui lui poignait le cœur. Au tréfonds d'elle-même, elle commençait à avoir l'impression qu'ils étaient tous deux totalement incompatibles.

La pluie avait cessé et la cloche annonçant les vêpres tintait lorsque l'abbaye de Saint-Michel se dressa devant eux. Avec un soupir de soulagement, Tristan éperonna sa monture en direction des murailles.

Toute la journée, Francesca s'était montrée bien trop curieuse au sujet de son père. Elle s'était révélée incroyablement inventive, ramenant habilement tous les sujets au comte Bedwyr. Il ne comprenait même pas comment elle avait pu s'y prendre !

Comme ils parlaient de chevaux, par exemple, elle lui avait demandé si l'intérêt qu'il manifestait pour la construction de ses écuries lui venait de son père. Tristan lui avait rappelé qu'il n'avait pas grand-chose à dire sur ce dernier, et pensant qu'elle n'y reviendrait plus, avait orienté différemment la conversation. Ils avaient alors parlé nourriture et vins, et avant qu'il n'ait eu le temps de se méfier, elle lui avait demandé si le comte Bedwyr avait eu de bonnes caves aux Iles. Une vraie tête de mule, quand elle s'y mettait ! Sur ce, nouveau changement de thème — cette fois sur son incursion en Angleterre avec le prince Geoffrey — et voilà qu'elle avait cherché à savoir si son père avait eu la même passion que lui pour la politique. Et le comte Bedwyr avait-il visité l'Angleterre ?

Tête de mule, vraiment !

Un fenestron muni d'un volet était percé dans le mur de l'abbaye, avec une clochette suspendue à une corde. Tristan dirigea Flint vers l'ouverture et tira sur le cordon. Tandis que la cloche tintait, ils entendirent cacarder des oies de l'autre côté du mur. Un moment plus tard, la fenêtre s'ouvrit, révélant la tête d'un homme tonsuré à la face poupine.

Tristan sourit.

— Frère Simon, je présume ?

— Oui ?

— Tristan des Iles, à votre service. Vous nous attendiez, je pense ?

Le frère Simon hocha la tête.

— Bien sûr, mon seigneur. Je vais faire ouvrir la grande porte et vous conduire à l'hôtellerie.

Le moine jeta un regard derrière Tristan.

— Vous n'êtes que quatre ?

— Oui. Voici mon épouse, dame Francesca, et sa servante.

Et désignant Bastian d'un geste :

— Mon page va s'occuper des chevaux. J'ai à faire au village et reviendrai plus tard. Nous sommes tous quatre encore un peu mouillés à cause de la pluie et je vous serais reconnaissant si vous pouviez nous faire préparer un bon feu.

— Volontiers, mon seigneur.

Le volet se referma avec un claquement.

Tristan attendit en tapotant le pommeau de sa selle pendant qu'on déverrouillait la porte. Il commit l'erreur de regarder Francesca, qui l'observait, un pli au front.

— Vous avez une course à faire, Tristan ?

— Oui, répliqua-t-il, d'un ton plus sec qu'il n'en avait

l'intention. Je ne devrais pas être long. Mais ne retardez pas le souper pour moi.

Elle hocha la tête, les lèvres pincées. Tristan fit pivoter Flint et s'éloigna au trot en direction du village.

A maintes reprises, son attention avait été attirée par le groupe de cavaliers qui les suivait sur la route. Sous le prétexte de surveiller Marie, il n'avait cessé d'observer le chemin et avait cru distinguer, à travers le rideau de pluie, une tignasse blonde. La visibilité étant plutôt réduite, il n'était pas sûr de lui, mais il fallait qu'il vérifie, car si l'un d'eux s'avérait être messire Joakim Kerjean, il y avait danger. Si cet homme retournait en Bretagne juste au même moment qu'eux, cela ne pouvait pas être une coïncidence, n'était-il pas vrai ? Plusieurs possibilités étaient envisageables, aussi peu agréables les unes que les autres. La plus probable, c'était que ce Kerjean fût assez stupide pour s'imaginer que Francesca demeurait une proie. S'il en était ainsi, il n'allait pas tarder à être détrompé.

Tristan avait perdu les voyageurs de vue juste avant le village. Voilà pourquoi il revenait sur ses pas, tout en espérant être rassuré sur l'identité de l'homme à la crinière jaune. Messire Joakim Kerjean n'était pas le seul homme au monde à avoir les cheveux de cette couleur et il se pouvait que ce ne fût pas lui. Mais si c'était bien Kerjean, il allait recevoir un avertissement : Francesca n'était pas pour lui.

Tristan enfonça les talons dans les flancs de sa monture. Au moins, il allait échapper un moment aux questions gentilles mais insistantes de Francesca.

Il détestait parler de son père, il éprouvait trop de honte. Le comte avait commis un grand péché, un péché mortel qui choquerait ce bon père Simon et les autres moines, s'ils avaient vent de la chose. En vérité, la faute du comte Bedwyr était si terrible que, si l'Eglise avait su ce qu'il avait fait, ses représentants auraient refusé qu'il soit inhumé en terre consacrée.

Le comte Bedwyr des Iles s'était suicidé.

Dieu merci, il n'existait pas de preuves, ou du moins aucune qui ait subsisté. Le seigneur Morgan s'en était assuré. Et seule une infime poignée de gens connaissait la choquante vérité — le seigneur Morgan, Tristan et Roparz. Roparz avait été page aux Iles, et c'était lui qui avait eu la malchance de découvrir le corps du comte Bedwyr.

Mon père s'est pendu à un crochet dans les écuries et Roparz l'a découvert.

Le page avait eu la présence d'esprit de courir tout droit chez le régisseur du château, messire Isidore. Isidore avait agi avec célérité, faisant transporter le corps du comte dans sa chambre à coucher. Il avait prévenu le seigneur Morgan et tous deux s'étaient assuré que personne n'entende jamais parler du péché mortel commis par le défunt. Tristan pria pour qu'il en soit toujours ainsi. Messire Isidore était mort depuis quelques années déjà. Morgan ne piperait jamais mot à ce sujet. Et Tristan éprouvait une totale confiance en Roparz.

Mais même si la vérité n'avait jamais filtré, Tristan évitait toute allusion à son père. Le sujet lui était trop douloureux. Comment le comte avait-il pu en arriver à un pareil crime ? Bien sûr, il avait été dévasté par la mort prématurée de son épouse. Mais aller jusqu'au suicide ? Renier ainsi la vie en tournant le dos à ses nombreuses et lourdes responsabilités ? Comment avait-il pu ? Et pourquoi ? Il avait dû avoir ses raisons, mais quelles qu'elles aient été, le suicide restait sans nul doute une solution de couard.

Tristan n'était donc pas prêt à parler de son père, mais d'un autre côté, s'il voulait sauver son mariage avec Francesca, il devait se montrer plus ouvert avec elle, il en était conscient. Et c'était bien ce qu'il essayait de faire, du moins en ce qui concernait leur relation. Il lui avait affirmé qu'il voulait que leur mariage tienne bon et il le pensait sincèrement.

C'était en lui un véritable combat, d'une certaine façon. Une partie de lui brûlait de tout raconter à Francesca. Il y avait quelque chose qui l'incitait à mettre son âme à nu devant elle. Ce qui était impossible. Si elle découvrait que son père s'était donné la mort, elle en serait sûrement bouleversée. Et si qui que ce soit d'autre venait à l'apprendre…

Un frisson le secoua. Non, personne ne devait savoir. Il ne pouvait se permettre le moindre lapsus. La dépouille de son père reposait près de celle de sa mère dans le tombeau familial depuis plus de dix ans et devait y rester.

Tristan serra les mâchoires. Il avait pris sa décision. Personne, pas même Francesca, ne devait être au courant du péché de son père.

Tirant d'un geste agacé sur sa cape mouillée, il fixa son regard sur l'auberge de misérable apparence devant laquelle ils étaient passés un peu plus tôt. Maudit vent ! Il se sentait gelé jusqu'à la moelle des os.

Le toit en chaume de l'auberge s'affaissait. A chaque extrémité, près des pignons, de l'herbe avait poussé. Une enseigne délabrée se balançait en gémissant dans le vent, ornée d'une image si malmenée et brouillée par le passage des saisons que Tristan ne put y distinguer rien d'autre qu'une pâle tache de couleur. Le Cygne blanc ? Le Cerf blanc ? Bah, quelle importance ? Tout ce qu'il voulait, c'était en finir promptement. Il ne serait pas tranquille tant qu'il n'obtiendrait pas la confirmation que l'homme qu'il avait aperçu aujourd'hui sur la route n'était *pas* Joakim Kerjean.

La vue de cette tignasse blonde l'avait profondément perturbé. Pourquoi Kerjean était-il allé à Provins ? Etait-ce dans le but d'y rencontrer Francesca ? Et si c'était le cas, que lui voulait-il ? L'épouser ? A moins qu'il ne projetât d'utiliser Francesca comme moyen de pression sur lui. Mais à quelles fins ?

Une horrible pensée lui vint à l'esprit. Oh ! Seigneur, se pouvait-il que l'alliance des rebelles renaisse de ses cendres ? Etait-ce cela la réponse ?

Le baron Rolland et lui s'étaient battus contre les barons rebelles et leur coalition pendant des mois, et jusqu'à cet instant, Tristan était persuadé que l'alliance appartenait au passé. Quelques suspects s'étaient évanouis dans la nature et se cachaient, sans nul doute. Le baron Rolland et lui avaient toujours su que certains parviendraient à s'enfuir. On ne pouvait que s'y attendre, ce n'était pas demain la veille qu'on parviendrait à mettre tous les scélérats sous les verrous. Savoir que quelques fuyards avaient pris le large était une chose, mais la possible renaissance de la coalition en était une autre. Etait-ce cela qui était en train de se passer ?

Tristan savait depuis longtemps que l'alliance utilisait les routes commerciales pour porter des messages aux partisans disséminés ici et là. L'apparition de Kerjean aux Iles et plus tard à Provins faisait de son implication une réelle possibilité. En temps normal, Tristan aurait été enclin à envoyer l'homme se faire pendre. Mais dès lors qu'il s'agissait de Francesca, un tel acte était dangereux, et il devait la protéger à tout prix.

En se mettant en route pour la Champagne, il n'avait pas compté sur l'effet que la jeune femme produirait sur lui. La sécurité de Francesca passait maintenant avant tout le reste. La voir entraînée dans le conflit breton contre les rebelles et les hors-la-loi était bien la dernière chose qu'il souhaitât.

Carrant les épaules, il pénétra dans l'auberge et se dirigea tout droit vers la chaleur du foyer. Une servante à l'air fatigué sortit de la pénombre. Ses cheveux étaient réunis en une natte ébouriffée et sa robe aussi grisâtre et décolorée que son teint.

— Désirez-vous de la bière, messire ? A moins que vous ne préfériez du vin ?

— De la bière, s'il vous plaît, répondit Tristan, doutant que cet endroit pût servir un vin correct.

Il ôta sa cape et la déploya sur un banc placé près du feu. Tandis qu'une buée montait du vêtement, il s'installa pour surveiller la porte. Il soupçonnait qu'il n'aurait pas longtemps à attendre et il avait raison. A peine la femme lui eut-elle apporté sa bière que la porte s'ouvrit et que le voyageur qu'il attendait pénétra dans la salle.

Tristan tressaillit, tous les sens en éveil. Seigneur, quel cauchemar ! C'était bel et bien Kerjean. Que diable manigançait-il ?

Une expression impassible sur le visage, Tristan se leva de son siège.

— Bonsoir, Kerjean.

Messire Joakim marqua une pause avant de s'avancer tranquillement vers lui.

— Comte Tristan, je ne pensais pas m'entretenir si tôt avec vous. Je vous croyais à Saint-Michel avec votre belle épouse.

Tristan se raidit à ces mots.

M'entretenir avec vous…

Une menace ? Cela y ressemblait en tout cas. Il désigna la table d'un geste.

— Si vous voulez bien vous joindre à moi, proposa-t-il d'un ton sec.

Messire Joakim retira ses gants.

— Je pensais que vous ne nous aviez pas remarqués.

Nous ? Ainsi, les hommes qui chevauchaient avec Kerjean étaient liés à lui d'une façon ou d'une autre. Intéressant.

Tristan haussa les épaules.

— Je vous avais repérés depuis un certain nombre de lieues. Mais je n'étais pas sûr que ce soit vous, vous gardiez vos distances. Bière ? Vin ?

Messire Joakim se passa les doigts dans les cheveux, attira un banc avec son pied et s'assit.

— Bière, s'il vous plaît.

Tristan, qui l'observait avec attention, vit de la sueur perler sur son front. L'homme n'était pas aussi calme qu'il le laissait voir.

Croisant le regard de la servante, il lui fit signe d'apporter une autre bière.

— Vous êtes bien loin de chez vous. Qu'est-ce qui vous appelait à Provins ?

Kerjean eut un sourire suggestif.

— J'avais dans l'idée de me trouver une nouvelle maîtresse et la fête du Mai m'a semblé la circonstance idéale.

Un accès de rage s'empara de Tristan, qui lutta contre l'envie de saisir l'homme à la gorge. Dieu merci, ses années d'entraînement lui avaient appris à garder son sang-froid et il demeura coi sur son siège. Il n'apprendrait rien s'il se laissait emporter par la colère.

Haussant un sourcil, il leva sa chope.

— Les dames bretonnes ne se montraient donc pas accueillantes ?

La servante apporta de la bière à messire Joakim, qui vida son gobelet d'un trait et s'essuya la bouche avec la manche de sa tunique. Puis il se pencha vers Tristan, le regard froid.

— J'avais entendu dire qu'il se trouvait en Champagne une dame particulièrement jolie qui cherchait un nouveau foyer. Son mari la négligeait, disait-on.

Le sang se mit à cogner dans les oreilles de Tristan. Une image jaillit de sa mémoire — Francesca dans ce corridor à côté de la grande salle du palais, levant la main pour gifler l'homme. Cette vision l'aida à retrouver son calme.

— Ainsi donc, vous saviez qu'elle était mon épouse. Et vous l'avez délibérément poursuivie. Je me posais la question.

— Oh ! Je voulais tâter le terrain. Peut-être se sentait-elle un peu seule, pensais-je alors.

Kerjean se renversa sur son siège et sourit. C'était un sourire odieux, visiblement destiné à faire sortir Tristan de ses gonds.

— Si vous essayez de me mettre en colère, vous perdez votre temps, Kerjean.

— Je n'en suis pas si sûr.

Un autre sourire exaspérant vint ajouter à l'épreuve.

— Même si vous l'avez négligée, je crois que vous êtes encore épris de cette fille.

— Vous devriez vous montrer poli. Cette fille, ainsi que vous la nommez non sans insolence, est actuellement mon épouse. Je préférerais que vous lui témoigniez le respect qui lui est dû en tant que dame Francesca des Iles.

— Si vous le dites. En tout cas, je n'ai pas été le seul à accomplir un long chemin pour la voir. Dame Francesca vous a-t-elle manqué pendant que vous parcouriez la chrétienté ? Aviez-vous l'intention de rafistoler votre mariage, seigneur Tristan ? Ou pensez-vous la garder sous la main le temps de trouver une vraie héritière ?

Tristan prit une gorgée de bière pour tâcher de conserver le peu de calme qu'il lui restait. Où Kerjean voulait-il en venir ? Malheureusement, il ne savait pratiquement rien de cet homme. S'il en apprenait davantage, il comprendrait peut-être son soudain intérêt pour Francesca.

L'histoire de Kerjean prétendant chercher une maîtresse ne tenait pas la route. Avait-il seulement rencontré Francesca avant la fête du Mai ? Pourquoi attendre jusqu'à ce moment pour la rechercher ? Etait-ce à son manoir qu'il en voulait ? Kerjean avait-il des complices — ses compagnons de voyage, peut-être — et projetaient-ils ensemble de se servir de Francesca comme d'une arme contre lui ?

Tristan sentit son estomac se nouer à cette idée. Et dire qu'il avait d'abord pensé envoyer quelqu'un d'autre pour escorter Francesca à Fontaine ! Dieu merci, il était venu en personne, même s'il avait commis une grave erreur, semblait-il, en se contentant de la compagnie d'un page pour ce voyage en Champagne.

Si Kerjean nourrit de sombres desseins — l'enlèvement de Francesca, par exemple — j'aurai besoin d'hommes pour me prêter main-forte.

Conscient de l'extrême tension de tous ses muscles, il s'obligea à se détendre.

— Dame Francesca est ma femme, Kerjean. Et tant qu'elle le restera, elle sera hors de votre atteinte.

Messire Joakim leva sa chope dans un salut moqueur.

— Comme vous voudrez, mon seigneur. Il n'est pas dans mes intentions de me dresser entre un homme et son épouse.

La porte s'ouvrit soudain, laissant passer un courant d'air humide. Une demi-douzaine d'hommes costauds, enveloppés de capes sombres, pénétrèrent dans la salle. Tous portaient l'épée au côté. D'un pas décidé, ils se dirigèrent vers le passe-plat. *Des mercenaires*, songea soudain Tristan.

— Des amis à vous, Kerjean ?

— Oh ! De simples compagnons de voyage. Des marchands.

Tristan arqua un sourcil.

— Des marchands à l'air patibulaire.

Messire Joakim lui dédia un mince sourire.

— Les marchands ont tout intérêt à savoir se défendre de nos jours, surtout si leur itinéraire les éloigne de la juridiction des chevaliers-gardes. Toutes les grand-routes ne sont pas aussi sûres qu'en Champagne.

Tristan frissonna. Ses soupçons se confirmaient. Kerjean n'était pas un partisan de la paix nouvelle en Bretagne. Il faisait partie de ces hommes persuadés qu'il y avait gros à gagner dans un duché en proie aux dissensions. Pensait-il se servir de Francesca pour le forcer à négocier ?

Tristan sentait la colère monter en lui. Il doutait que Kerjean aille jusqu'à l'enlèvement, mais il n'avait pas l'intention de prendre le risque. Pour la sécurité de Francesca, il devait persuader Kerjean qu'elle ne comptait guère pour lui.

— Vous n'aurez pas à attendre longtemps, assura-t-il en haussant négligemment les épaules. Dans quelques semaines, vous pourrez faire votre cour à votre aise. D'un point de vue politique, il vaut mieux pour moi que mon mariage soit dissous.

Ce qui n'était pas faux en soi. Mais cela ne signifiait pas qu'il laisserait cela se produire !

Messire Joakim le dévisagea.

— Il est tout de même bien étrange que vous ayez fait tout ce chemin pour aller chercher en Champagne une femme dont vous avez l'intention de divorcer.

Tristan s'adossa au mur, croisant les jambes au niveau des chevilles. Ses éperons tintèrent.

— Des affaires de famille, messire Joakim. Je remplis une mission pour le comte Myrrdin.

— Oh ?

— Vous ne savez donc pas ? Le comte Myrrdin est malade. Pour tout vous dire, il n'en a plus pour longtemps. Vous n'ignorez probablement pas qu'il considère mon épouse comme sa fille. Aussi a-t-il demandé à la voir.

Messire Joakim arqua ses sourcils blonds.

— Vous êtes l'envoyé du comte Myrrdin ?

Un sourire moqueur retroussa ses lèvres.

— Une déchéance pour quelqu'un qui frayait avec des princes et des rois, non ?

— Cela s'appelle la loyauté, mais je crains que vous ne puissiez comprendre cela. Le comte Myrrdin s'est montré très bon pour moi après mon mariage.

Kerjean partit d'un grand éclat de rire.

— Seigneur ! Le bonhomme vous a fait épouser une quelconque paysanne et vous courez pour lui tel un serviteur ?

Tristan serra les poings.

— Je vous conseille de réfléchir avant de lancer des insultes. Dame Francesca reste mon épouse et tant que notre mariage n'est pas annulé, vous êtes prié de la désigner par son titre.

— C'est une belle fille. Peut-être que j'en ferai ma maîtresse quand vous en aurez terminé avec elle.

Mais oui, comptez-y !

Tristan prit une profonde inspiration, en espérant paraître plus désinvolte qu'il ne l'était réellement.

— Je vous souhaite bonne chance, mais si j'en crois ce que j'ai vu dans le corridor du palais, les choses ne s'annoncent pas si bien pour vous. Pour l'instant, dame Francesca est en ma compagnie et nous nous rendons chez le comte Myrrdin. Vous pourrez lui faire la cour après le divorce.

— Vous ne m'aurez pas, Tristan des Iles. Vous n'avez

aucune intention de divorcer. Au palais, messire Gervase m'a raconté qu'il vous avait logés ensemble dans une chambre de la tour, votre femme et vous. Et l'aubergiste de Melun m'a confié la même chose.

Tristan bâilla.

— Croyez ce que bon vous semble.

— Ainsi, votre seul objectif est de la ramener à Fontaine ?

Nouveau bâillement.

— Vous êtes si pressé, Kerjean ?

Messire Joakim battit des paupières.

— Oh ! Je peux attendre.

— Oui, il vaut mieux… Pour vous.

Constatant qu'il ne soutirerait vraisemblablement rien d'autre à son interlocuteur, Tristan ne fit même pas semblant de finir sa bière et ramassa sa cape. Il s'occuperait de Joakim Kerjean plus tard. Dans l'immédiat, il fallait essayer de gagner Fontaine le plus rapidement possible.

Il n'était pas certain des intentions de Kerjean envers Francesca. La seule chose dont il était sûr, c'était que plus vite il la mettrait en sécurité à Fontaine mieux il se sentirait.

Chapitre 7

A l'hôtellerie, Francesca, Marie et Bastian se changèrent avant de disposer leurs vêtements mouillés sur un étendoir devant le feu. Ils prirent ensuite leur souper, et la portion de Tristan, recouverte d'un couvercle, fut placée près du foyer afin de rester chaude jusqu'à son retour.

Laissant Marie et Bastian converser à table à voix basse, Francesca explora la salle, étonnée de se sentir si mal à l'aise.

Son inquiétude n'avait rien à voir avec leur logement. L'hôtellerie de Saint-Michel était l'une des plus agréables de la chrétienté. Bâtie en pierre, c'était une salle longue et étroite pourvue d'une immense cheminée. A chaque extrémité de la pièce, d'épais rideaux de laine étaient retenus par des crochets de fer. Une fois tirés, ils serviraient de paravents pour les gens qui dormiraient ainsi derrière en toute tranquillité. Voilà qui était la bienséance même.

Francesca arpenta la pièce d'un rideau à l'autre. Non, décidément, son malaise n'avait rien à voir avec l'hôtellerie. La vérité, c'était que la pensée de Tristan ne la quittait pas. Pourquoi était-il retourné vers cette auberge à l'aspect si délabré ? N'aurait-il pas dû les informer de ce qu'il comptait faire ? Il lui cachait quelque chose. Encore. Elle laissa échapper un soupir. Une barrière de plus entre eux !

De toute évidence, elle l'avait irrité en le questionnant obstinément sur son père, mais elle n'avait pas pu s'en empêcher.

Les réticences de Tristan à lui ouvrir son cœur constituaient sûrement une cause essentielle de leur mésentente.

Ce n'était pas tant le fait qu'il l'eût abandonnée pour remplir son devoir envers sa Bretagne bien-aimée — tous les seigneurs avaient des responsabilités à assumer. Le comte Myrrdin ne lui avait pas enseigné grand-chose sur la politique locale, mais elle comprenait comment fonctionnait le système féodal. Les seigneurs tenaient leurs terres de leur suzerain et de nombreuses obligations leur incombaient en échange de ce privilège. Ils devaient assister à d'interminables conseils, et surtout, si leur suzerain avait besoin d'hommes pour défendre sa cause, il faisait alors appel à ses vassaux.

La loyauté était la base même sur laquelle reposait tout le système. Actuellement, le roi Henry d'Angleterre était le duc de Bretagne, aussi les Bretons, théoriquement, auraient-ils dû lui être loyaux. Après leur mariage, Tristan avait été prompt à répondre à l'appel aux armes du Conseil. Certains nobles avaient comploté contre le roi, remettant en cause son droit à la couronne ducale de Bretagne. Mais pas Tristan. C'était le plus loyal des hommes. Il avait des principes. Francesca se rappelait l'avoir entendu dire que s'ils parvenaient à gagner ne fût-ce que la paix tout le monde en Bretagne en profiterait. C'était le bon sens même.

Non, ce n'étaient pas les devoirs seigneuriaux de Tristan qui avaient causé leurs difficultés.

Ni ces lettres perdues.

Ni non plus, si elle en croyait ce que lui avait affirmé Tristan la nuit dernière, leur différence de statut. Tristan restait un grand seigneur et elle n'était plus personne, certes. Mais si cela ne le troublait en rien, alors peut-être qu'elle non plus ne devait pas s'en inquiéter ?

Francesca se mordit la lèvre. Et s'il y avait de l'espoir pour eux, en fin de compte ? Son estomac se contracta. L'espoir, elle s'en rendait compte, était un sentiment très perturbant. Elle croisa les bras autour de sa taille. Pauvre sotte ! Pour

Tristan, la seule conduite raisonnable à tenir, c'était de la répudier pour trouver une noble dame bien dotée.

Elle se mit à marcher de long en large. Non, décidément, elle n'avait aucune raison d'avoir foi en lui. Pas tant qu'il lui dissimulerait des informations le concernant. C'était là l'origine de tous leurs problèmes et le plus grand obstacle qu'il lui fallait surmonter.

Tristan était si accoutumé à donner des ordres qu'il s'attendait à voir tout le monde lui obéir à la baguette. Il n'était pas dans ses habitudes de s'épancher et il détestait être questionné. Par fierté, sans doute.

Pourtant, il avait amorcé une confession en évoquant la mort de sa mère. Mais ce n'était pas suffisant, il ne lui faisait pas entièrement confiance. Francesca se renfrogna, le regard fixé sur la porte. Pourquoi était-il retourné dans cette horrible auberge ?

Elle se mordilla un ongle, en prit soudain conscience et repartit en sens inverse d'un pas vif, s'approchant de l'étendoir où étaient disposés les vêtements. D'un geste irrité, elle retourna leurs habits afin qu'ils sèchent plus rapidement.

Le loquet se souleva et un courant d'air aviva les flammes, tandis que la porte claquait. Tristan, enfin ! Il jeta sa cape sur le banc.

— Faut-il aller coucher Flint, mon seigneur ? s'enquit Bastian en étouffant un bâillement.

— Repos, mon garçon. Je m'en suis déjà occupé.

Bastian se leva et alla étendre la cape de son maître.

— Du vin, mon seigneur ?

Tristan interrogea Francesca avant de se décider.

— Est-il buvable ?

— Il est excellent, le rassura-t-elle. Avez-vous pu vous sécher convenablement ? Avec cette pluie…

— Je me suis assis près de la cheminée de l'auberge.

Remarquant la cuvette posée sur une petite table, il alla se laver les mains.

— Je meurs de faim.

Francesca esquissa un sourire.

— Bien sûr…

Prenant un linge, elle retira le plat du foyer et l'apporta sur la table.

— Ce devrait être encore chaud, déclara-t-elle en ôtant le couvercle.

Tristan s'attabla, tandis qu'elle saisissait la louche.

— Qu'est-ce donc ?

— Du poisson en sauce. Surtout de l'anguille.

Il fit la grimace.

— Nous devons être vendredi.

— Vous n'aimez pas l'anguille ? Il y a aussi du pain, du fromage et…

— Je peux aller au réfectoire voir si les moines n'ont pas autre chose, mon seigneur, proposa Bastian, qui bâilla de nouveau.

— Cela ira très bien. Allez vous coucher, Bastian, pour l'amour du ciel. Nous devons encore nous mettre en route très tôt demain matin.

Bastian hésita.

— Mon seigneur ?

— Oui ?

Le page se balança d'un pied sur l'autre, les oreilles cramoisies.

— Est-ce que madame et vous… Enfin, je me demandais… Je n'ai pas encore organisé les choses pour la nuit, mon seigneur.

— Dame Francesca et moi prendrons ce côté de la pièce, et Marie et vous dormirez à l'autre bout, décréta Tristan, qui tourna les yeux vers Marie. Je suppose que cela vous convient ?

A en juger par le ton de sa voix, l'ordre ne souffrait pas de discussion.

— Oui, seigneur Tristan, répondit Marie avec une douceur d'agneau.

Lorsque Tristan eut achevé son repas et que le feu eut été chargé pour la nuit, Francesca se munit, comme lui, d'une chandelle, et tous deux se retirèrent derrière le rideau de laine. Deux paillasses avaient été disposées l'une contre l'autre, sans doute par Bastian avant qu'il ne regagne sa propre couche.

Après avoir tiré le lourd pan d'étoffe, Tristan la débarrassa de son chandelier, qu'il plaça sur une étagère fixée au mur du fond. Une lumière dorée ourlait le rideau — le reflet du feu et celui d'une lanterne qu'ils avaient laissé brûler près de la cheminée. La chevelure noire de Tristan luisait à la lueur de la bougie. Il semblait songeur, mais son regard restait indéchiffrable.

— Venez…, murmura-t-il.

L'attirant vers lui, il glissa une main autour de sa taille sans l'étreindre vraiment, comme s'il s'attendait à la voir regimber. Après un instant, Francesca sentit des lèvres chaudes sur son cou et le contact râpeux d'une barbe naissante.

Elle s'écarta, les mains posées sur les épaules de Tristan.

— Tristan, que s'est-il passé à l'auberge ?

Consciente de la présence de Marie et Bastian, qui dormaient à l'autre extrémité de la salle, elle avait pris soin de ne pas hausser la voix.

— Pourquoi êtes-vous retourné sur vos pas ?

Une grande main lui enserra le visage, tandis que Tristan plongeait le regard dans le sien.

— Francesca…

— Tristan, de quoi s'agit-il ?

Il déglutit, et elle vit passer une ombre de vulnérabilité dans ses yeux. Oui, décidément, quelque chose le perturbait.

— Francesca, vous souvenez-vous de ce que je vous ai dit hier soir ? Au sujet de notre mariage…

— Oui. Vous avez déclaré que vous espériez le sauver.

— C'est cela. A présent, je voudrais vous demander — désirez-vous toujours le faire annuler ?

— Tristan, je n'ai jamais souhaité une annulation !

— C'est vrai ?

Avec un sourire, Francesca secoua la tête, resserrant son étreinte sur ses épaules.

— C'est la pure vérité. Même si je suis bien consciente qu'il vous faudrait un meilleur mariage, avec une femme qui vous apporterait des terres pour affermir votre position en Bretagne…

Et, déposant un furtif baiser sur sa joue, elle revint à ce qui la préoccupait :

— Que s'est-il passé à l'auberge ?

Tristan la relâcha et, sans répondre, commença à se dévêtir pour la nuit. Avec un soupir, Francesca suivit son exemple. Puis elle se glissa sous les couvertures, renonçant à tout espoir de conversation. Après avoir soufflé la chandelle, Tristan la rejoignit et l'attira de nouveau vers lui. Cette fois encore, elle le laissa faire. Il était nu, bien entendu, elle ne s'était même pas posé la question. Il dormait toujours nu. Et elle dut admettre que cela lui procurait un agréable frisson. Un corps éminemment viril, tout en muscles. Rassurant et dérangeant à la fois. Si chaud, si tentant, qu'elle eut le plus grand mal à s'empêcher de le caresser.

— J'avais remarqué des gens derrière nous sur la route, murmura-t-il enfin.

— Les autres voyageurs ? Je les ai vus aussi. Où est le problème ?

— Je suis retourné à l'auberge parce qu'il fallait que je sache qui ils étaient.

— Et ?

— Le chevalier avec qui vous parliez le soir de la fête se trouve parmi eux.

— L'homme qui m'a attirée dans le corridor ? Voilà qui est étrange.

— Francesca, il faut que je sache, que vous a-t-il dit ?

— Pas grand-chose. Vous avez tout vu, Tristan. Il a essayé de m'embrasser, puis vous êtes apparu et…

— Vous me jurez qu'il n'a rien dit d'autre ? Rien à mon sujet ?

— Tristan, que se passe-t-il ?

— Je suis inquiet, je vous l'avoue. Cet homme qui vous a accostée à la fête est breton, un certain Joakim Kerjean. Il possède un manoir dans la région du Léon.

Francesca retint son souffle. Tristan était-il enfin en train de lui parler franchement ? Sur des questions de politique ? Elle sentit son pouls s'accélérer.

— Vous pensez qu'il m'a délibérément recherchée ?

— J'en suis certain.

— Mais je portais un masque lorsqu'il m'a abordée.

— On avait dû lui dire qui vous étiez. Roparz m'a signalé que ce Kerjean avait été vu aux Iles. Cet homme s'informait à votre sujet et il est allé à Provins spécialement pour y rencontrer dame Francesca des Iles. Tout à l'heure, à l'auberge, il a prétendu qu'il s'était mis en tête de faire de vous sa maîtresse.

— Il n'a pas la moindre chance, je l'ai pris en grande aversion, le rassura Francesca.

Posant la tête sur la poitrine de Tristan, elle essaya d'ignorer le plaisir que lui causait ce contact — l'odeur de sa peau, le toucher légèrement rêche de ses poils…

— Vous pensez qu'il y a autre chose, n'est-ce pas ?

— Je commence à soupçonner cet homme de vouloir vous utiliser pour quelque machination, peut-être pour me forcer la main d'une façon quelconque. Je ne sais pas comment, et de toute façon, je crois que son plan n'est pas encore bien déterminé. De toute évidence, il ne s'attendait pas à me voir surgir à Provins au moment où il tentait de vous séduire.

Francesca fit entendre un petit rire.

— Il n'est pas très doué, en fait de séducteur !

Tristan saisit une boucle de ses cheveux et la tira doucement.

— Je suis ravi de l'entendre, mon cœur.

Il se mit à jouer avec sa natte, et un instant plus tard, Francesca sentit qu'il s'activait à la dénouer. Dans les jours qui avaient suivi leur mariage, libérer ainsi ses cheveux était toujours un prélude à leurs jeux d'amour. Elle sentit une délicieuse chaleur l'envahir, tandis que Tristan passait délicatement les doigts dans ses mèches soyeuses. Si seulement tout pouvait redevenir comme avant !

Elle inspira longuement.

— Tristan, qu'allons-nous faire ?

— Nous continuons vers Fontaine, ainsi qu'il était prévu. Kerjean retourne en Bretagne avec un groupe d'hommes qu'il présente comme de simples marchands. A mon avis, ils ressemblent plutôt à des mercenaires.

Francesca cessa de respirer.

— Des mercenaires ?

— Inutile de s'alarmer, je ne suis pas sûr de leur identité ni de ce qu'ils manigancent. Mais nous ne sommes pas nombreux et je ne veux pas vous faire courir le moindre risque. J'ai donc pris la précaution de parler à l'abbé. Il est d'accord pour qu'une délégation de moines nous escorte.

Francesca en resta bouche bée.

— L'abbé permet à ses moines de jouer les gardes ? Je croyais que les religieux n'avaient pas le droit de porter des armes.

Tristan rit doucement et elle sentit son souffle tiède sur sa joue.

— C'est inhabituel, en effet. Mais ces hommes-là ne sont pas tout à fait des moines, puisqu'ils n'ont pas encore prononcé leurs vœux.

— Verser le sang reste tout de même un péché, même pour un novice, non ?

— Je ne suis pas un théologien, Francesca. Tout ce que je peux dire, c'est qu'une donation conséquente à l'abbaye m'a aidé à convaincre l'abbé de nous fournir une escorte.

— Je vois.

Francesca plissa le front, songeuse. Il fallait vraiment que Tristan soit inquiet pour avoir recruté des gardes du corps.

— Des moines contre des mercenaires ? s'étonna-t-elle.

Les doigts de Tristan lui caressaient les cheveux, sensuels et apaisants. Doucement, il se mit à lui masser la tête.

— Tristan, pensez-vous vraiment que nous pourrions être attaqués ?

— Plus dans ces conditions. Les hommes que nous prête l'abbé n'étaient pas initialement destinés à l'Eglise. Il m'a précisé que parmi les novices on compte quatre anciens chevaliers, dont l'un était un champion aux armes, ainsi qu'un forgeron. Ce sont tous des hommes costauds. Je doute que les sbires de Kerjean aient connu dans leur vie un seul jour de véritable entraînement. En tout cas, ils ne tenteront rien tant que nous aurons quatre chevaliers à nos côtés.

— Vous croyez vraiment que nous serions en danger sans ces anciens guerriers ?

— Je ne peux pas dire, mais je ne veux pas vous faire courir de risques. Une fois que nous serons à Fontaine, vous serez en sécurité.

Tout en resserrant son étreinte autour d'elle, il ajouta :

— Nous discuterons de notre avenir quand vous aurez vu le comte Myrrdin.

Des sons étouffés leur parvenaient à travers le rideau de laine — les craquements du feu, la légère vibration de la porte secouée par le vent.

— Tristan, vous avez bien tiré le verrou ?

Il lui ébouriffa les cheveux.

— Oui, ne vous inquiétez pas. Nous ne craignons rien ici. Les murailles du monastère sont hautes et bien entretenues, et si quiconque s'avisait de les escalader, les chiens-loups de l'abbé donneraient l'alarme. Sans parler des oies !

Rassurée, Francesca ferma les yeux, et tournant légèrement la tête déposa un baiser presque imperceptible sur la poitrine de Tristan. Elle pensait qu'il ne s'en apercevrait pas, mais une légère accélération dans le rythme de sa respiration lui apprit qu'il n'en était rien.

— Tout est en train de changer, murmura-t-elle. On croit que le monde qui nous entoure va continuer indéfiniment de la même façon, et soudain tout est bouleversé.

— Le comte Myrrdin a atteint un bel âge. Il ne peut pas vivre éternellement.

— Ce n'était pas à papa que je pensais.

Tristan tourna son buste vers elle.

— Ah bon ?

— Je pensais à vous. A nous.

La poitrine de Tristan se soulevait et retombait calmement sous sa main. Puissante, musclée, et douloureusement familière. C'était leur troisième nuit ensemble après une si longue séparation. Elle ne supporterait pas d'être arrachée à lui une nouvelle fois.

— J'ai quitté Fontaine parce que j'avais honte de mon héritage, ou plutôt de son absence. Du moins croyais-je que cela était l'unique raison de mon départ. Mais à présent, je me rends compte qu'il y avait autre chose. Je suis partie de Fontaine parce que…

Francesca hésita, cherchant ses mots avec soin.

— Parce que je pensais que vous et moi ne pourrions jamais être vraiment proches.

Il mit sa main en coupe autour de sa tête.

— Francesca, notre mariage m'a apporté beaucoup de joie. Bien plus que je ne l'imaginais possible. Vous m'avez manqué et je regrette de ne pas vous avoir exprimé tout ce que vous représentiez pour moi.

— Je voulais que vous m'ouvriez votre cœur. Je brûlais de tout savoir sur vous — vos espoirs, vos rêves, tout.

Silence. Elle sentait le souffle chaud de Tristan sur sa joue.

— Vous étiez très jeune, mon cœur.

Francesca lui effleura les lèvres d'un baiser.

— Il est vrai que je n'avais que seize ans et que j'étais incroyablement ignorante. Papa m'avait surprotégée, en partie parce qu'il se faisait vieux et que son esprit n'était plus aussi alerte que par le passé.

— Ce n'est pas nouveau.

— Tristan, tout ce qui manque aux gens pour grandir, parfois, c'est d'avoir quelqu'un qui leur fasse confiance. Comme vous ce soir, qui m'avez fait part de ce qui vous préoccupait.

Elle embrassa sa bouche à nouveau, puis s'écarta au moment où il s'apprêtait à l'attirer plus près.

— Les choses évoluent en fin de compte et je m'en réjouis. Vous me parlez enfin. Je sais à quel point cela est difficile pour vous.

— Difficile ? répéta-t-il, la voix teintée de surprise. Il est aisé de se livrer. Ce qui n'est pas facile, c'est de choisir ses confidents.

Mais Francesca ne fut pas dupe. Son séduisant mari n'était généralement pas loquace, ce qui n'avait rien d'étonnant, avec l'éducation qu'il avait reçue. Il avait été envoyé très jeune au loin et ses parents étaient morts avant qu'il ne soit adoubé et ne retourne à la maison. La gorge de Francesca se serra à cette pensée.

— Messire Roparz est-il un ami proche pour vous ?

— Bien entendu ! Il est mon bras droit aux Iles, mon régisseur. C'est plus qu'un ami.

— Et vous lui racontez tout ?

— Francesca, où voulez-vous en venir ?

— Messire Roparz sait-il que vous détestez votre père ?

Tristan se raidit.

— Que voulez-vous dire ?

— J'aimerais que vous vous entreteniez avec moi aussi intimement que vous le feriez avec messire Roparz.

Une main tiède lui caressa l'épaule avec une lenteur délibérée.

— J'ai été bien plus intime avec vous, Francesca.

— Ce n'est pas ce que je veux dire et vous m'avez très bien comprise. Il y a quelque chose à propos de votre père que vous ne voulez pas me dire — quelque chose qui suscite en vous de la colère et du chagrin.

Silence.

Elle lui embrassa la joue.

— Vous pouvez vous fier à moi, Tristan. Quoi qu'il advienne ensuite, je ne trahirai pas votre confiance. Parlez-moi de votre père.

Tristan resta un instant immobile avant de prendre une profonde inspiration.

— Comment avez-vous deviné ?

— C'est tellement évident. Vous détournez la conversation dès qu'il est question de lui. S'il vous plaît, racontez-moi.

Elle sentit de nouveau la caresse des doigts de Tristan dans ses cheveux et son souffle sur son visage.

— Je ne déteste pas mon père, vous vous trompez sur ce point.

Elle l'entendit déglutir.

— Ce n'est pas une histoire plaisante et je serai bref. Ma mère est morte de maladie, comme vous le savez. Mon père l'a suivie un an plus tard, vous ne l'ignorez pas non plus. Mais sa mort n'était pas naturelle. Je ne vais pas faire de circonlocutions — père a mis fin à ses jours.

Francesca en eut le souffle coupé. Le comte Bedwyr s'était suicidé ? Elle voulut intervenir, mais Tristan l'arrêta en posant un doigt sur sa bouche.

— J'ai presque terminé. Roparz était alors le page de mon père et c'est lui qui a trouvé son corps. L'intendant du château, messire Isidore, ainsi que le seigneur Morgan, ont pris l'affaire en main. Ils ont dissimulé la façon dont mon père était mort et ont juré de ne jamais dévoiler à quiconque les circonstances de sa disparition. Roparz, Dieu le bénisse, a prêté le même serment.

— Oh ! Tristan…

Francesca l'attira contre elle, en essayant d'imaginer ce qu'il avait pu ressentir.

— Je suis vraiment désolée.

Tristan s'écarta.

— Le suicide est un terrible péché. Il ne faut en parler à personne, Francesca.

— Comme si j'en avais l'intention !

— Père a été enterré à côté de ma mère et il perdrait le droit de reposer en terre consacrée si l'Eglise apprenait ce qu'il a fait.

Elle l'étreignit de nouveau.

— Je comprends.

— Le secret a été bien gardé. Messire Isidore a quitté ce monde sans avoir jamais révélé, même à moi, ce qui s'était réellement passé.

— C'est le seigneur Morgan qui vous en a parlé ?

Tristan secoua la tête.

— Non, c'est Roparz. Nous avions quinze ans. Le seigneur Morgan en était furieux contre lui, mais moi… Eh bien, je lui ai toujours été reconnaissant de m'avoir appris la vérité.

Le cœur serré de compassion pour ce chagrin que Tristan avait si longtemps caché et la honte qu'il devait éprouver, Francesca noua ses deux bras autour de lui.

— Merci de m'avoir fait cette confidence, Tristan. Votre confiance m'honore vraiment.

— Dormez, à présent.

Elle acquiesça, fermant les yeux bien qu'elle sût qu'elle ne pourrait s'endormir sur-le-champ. La révélation de Tristan l'avait bouleversée. Le comte Bedwyr s'était suicidé. Quel terrible fardeau il avait légué à son fils !

Contre toute attente, elle ne tarda pas à sentir Tristan se détendre dans ses bras. Il s'était déchargé le cœur. C'était bon de penser que cette confession lui avait procuré un peu de soulagement.

Les moines guerriers, ainsi que Francesca nommait leur nouvelle escorte dans son for intérieur, se révélèrent plutôt taciturnes. Ils se rendaient chez les Bénédictins et il était étrange de les voir avec des épées sur leurs habits sombres. Deux des novices chevauchaient en tête devant Francesca et Tristan, tandis que les trois autres fermaient le cortège derrière Marie et Bastian. Ils se montraient très vigilants, tournant constamment la tête d'un côté et de l'autre en observant la campagne qui défilait sous leurs yeux. Sans doute surveillaient-ils les alentours au cas où apparaîtraient messire Joakim et ses compagnons. Ils parlaient rarement, excepté à Tristan. En fait, ils se comportaient comme s'ils effectuaient une retraite.

Une semaine plus tard, ils suivaient ainsi une sente cavalière, lorsque Francesca, regardant autour d'elle, crut reconnaître les lieux. Son pouls s'accéléra, ils se trouvaient au cœur de la forêt de Brocéliande. Ce chemin conduisait directement au château de Fontaine.

Les arbres noueux et tortus déployaient leurs branches centenaires. Au-dessus d'eux, le soleil printanier dardait ses rayons à travers la canopée verdissante. Sur le sentier, une épaisse couche de faines amortissait le bruit des sabots. Des ruisselets jaillis du sol serpentaient entre les arbres avant de disparaître aussi soudainement qu'ils étaient apparus.

La dernière fois que Francesca avait chevauché à cet endroit, c'était dans la direction opposée. Elle faisait partie du cortège de dame Claire, sur la route qui devait la conduire au manoir champenois de Tristan. Elle était encore sous le choc à ce moment-là, accablée de chagrin.

Aujourd'hui aussi elle était en proie à l'affliction, mais pour une autre raison — la pensée du comte Myrrdin ne la quittait pas un seul instant. Bientôt, elle allait faire ses adieux au meilleur homme de la Terre. Elle savait qu'elle ne serait pas la seule à déplorer sa perte, bien sûr. Le comte était très aimé et sa mort en affecterait plus d'un. Mais savoir cela n'allégeait en rien sa propre peine. Ses paupières picotaient et elle détourna la tête pour que Tristan ne voie pas briller les larmes dans ses yeux.

Sans la présence apaisante de son mari, elle aurait été certainement au comble de la détresse. Ces derniers jours, elle avait découvert Tristan sous un jour beaucoup plus tendre. Elle avait également pris du temps pour l'introspection, tâchant d'y voir clair malgré le trouble qu'elle éprouvait toujours en sa compagnie. Un trouble qui naissait d'une profonde et insatiable attraction pour sa personne. C'était là un sentiment qu'il lui fallait réprimer, pour le bien même de Tristan. Elle avait besoin de réfléchir, et cela calmement.

La nuit, c'était impossible. Tristan insistait pour qu'ils partagent le même lit. Il en avait été ainsi à chacune des étapes qui avaient jalonné leur route — Chartres, Nogent, Laval, Rennes… Ni l'un ni l'autre ne pouvaient goûter de repos tant que Tristan ne l'attirait pas dans ses bras. Et elle était incapable de se concentrer sur un sujet avec le corps chaud et tentateur de Tristan contre le sien. Son odeur virile et musquée — familière et terriblement séduisante — s'insinuait dans tous ses rêves. Non, être allongée dans les bras de Tristan n'incitait pas à étudier de façon rationnelle le pour et le contre de leur nouvelle relation.

Il ne lui restait donc plus qu'à tâcher d'éclaircir tout cela de son mieux pendant la journée, tandis qu'ils parcouraient les lieues qui les séparaient encore du château du comte Myrrdin. Les pensées de Francesca tournaient en rond, hélas. Ses journées se révélaient presque aussi frustrantes que ses nuits. Plus elle essayait de méditer, plus ses idées s'embrouillaient.

La décision de Tristan de la garder pour épouse la touchait profondément, même si ce n'était pas tout à fait une surprise. Tristan possédait un sens de l'honneur particulièrement développé. Néanmoins, il devait bien voir qu'il compromettait sa propre position en prolongeant leur mariage. Francesca ressassait inlassablement la même idée : Tristan le Beau, comte des Iles, devait se marier en conformité avec sa situation. La garder pour épouse, elle, ne pouvait servir son intérêt. Ni celui de son comté. Elle ne comprenait pas pourquoi ses préoccupations politiques ne semblaient plus peser aussi lourd dans la balance. Tel n'aurait pas été le cas à l'époque de leur mariage. Ou peut-être que si ? L'avait-elle mal jugé ?

A ce moment-là, il se montrait distant, un seigneur orgueilleux dominé par ses ambitions politiques. Il semblait dépourvu de toute sentimentalité. Du moins l'avait-elle cru. A présent, alors que la confession de Tristan sur la fin tragique de son père résonnait encore dans sa tête, Francesca commençait à admettre qu'elle l'avait fort mal compris. Il était extrêmement affecté par la façon dont le comte Bedwyr avait fini ses jours. Il éprouvait une profonde honte, que les années n'avaient pas allégée. Tristan aimait son père, de cela elle était maintenant sûre — sinon, pourquoi son suicide lui serait-il encore aussi douloureux ?

Elle l'avait méjugé. Tristan n'était ni froid ni distant. Simplement, il n'était pas habitué à nouer de proches relations avec les autres. Son ami Roparz représentait peut-être l'exception, même si Tristan, le plus souvent absent des Iles depuis près de deux ans, ne devait guère se trouver souvent en sa compagnie.

Oh ! Seigneur, comme elle avait mésestimé l'homme qu'elle avait épousé ! Il semblait qu'elle se fût également trompée en imaginant qu'il pouvait l'écarter de sa vie sans état d'âme. Il lui avait écrit. Un homme froid, sans émotions, ne s'en serait pas soucié. Il honorerait ses vœux de mariage, avait-il assuré.

Si seulement elle avait un peu plus à lui offrir qu'un unique petit manoir !

Si au moins elle lui avait donné un enfant... Cela aurait tout changé, elle en était sûre. Elle se mordit la lèvre. Etait-elle stérile ? Ou n'avaient-ils pas eu de chance, tout simplement ? Peut-être — s'ils ressuscitaient leur mariage de ses cendres — pourrait-elle encore lui donner un héritier.

— Nous sommes presque arrivés, déclara Tristan, tirant sur ses rênes pour examiner les alentours à travers les arbres bourgeonnants.

Leur escorte de moines les suivait de près.

Dans les profondeurs du bois résonna soudain l'appel d'un coucou. Francesca fit mine de n'avoir pas entendu, mais ses doigts se crispèrent sur ses rênes. Quand le coucou fit entendre son cri une deuxième fois, elle tressaillit. Coulant un regard aigu vers Tristan, elle le vit grimacer. De toute évidence, elle n'était pas la seule à avoir entendu l'oiseau. A en juger par sa moue, Tristan était même au courant de ce surnom dont on l'avait affublée après l'apparition de dame Claire à Fontaine.

Elle releva le menton.

— C'est ainsi que les gens me nomment, vous savez. Je suis votre « comtesse Coucou ».

Tristan grimaça de nouveau.

— Je sais, j'ai entendu les commérages. J'espérais qu'ils n'étaient pas parvenus jusqu'à vous.

Francesca esquissa un sourire tremblant.

— Les commérages peuvent voyager loin, ils ont atteint le marché de Provins.

Tristan lui prit la main et la pressa légèrement.

— Ignorez-les.

Relâchant son étreinte, il lui montra le sentier.

— Regardez !

Entre les arbres, les murailles incrustées de lichen du château de Fontaine se dressaient, clairement visibles. Solides et massives, elles semblaient jaillir d'une clairière. Un château enraciné dans les profondeurs de Brocéliande. Comme la forêt, il semblait se trouver là depuis toujours.

L'estomac noué, Francesca leva les yeux vers les tours et les sentinelles postées sur le chemin de garde.

— Cela fait deux ans et rien n'a changé.

L'éclat d'un heaume attira son regard et elle vit un garde se déplacer dans l'allée en direction de la grande porte. Tristan observa l'homme un instant et s'éclaircit la gorge.

— Cela me fait bizarre à moi aussi. La dernière fois que j'ai séjourné ici, j'étais le régisseur du domaine.

Francesca lui jeta un regard surpris. Perdue dans ses pensées, elle avait oublié que revenir ici ne serait pas facile pour lui non plus. En tant qu'intendant du comte Myrrdin, il connaissait à fond le château, depuis les caves jusqu'au sommet des tours. Lui aussi avait cru qu'un jour Fontaine et ses terres lui appartiendraient.

Tristan lui jeta un regard significatif.

— L'étendard du comte Myrrdin flotte là-haut, observa-t-il en désignant du menton l'oriflamme vert et or suspendu à l'une des tours. C'est sûrement bon signe, il doit être encore vivant.

D'un geste négligent, il retira la housse de toile qui recouvrait son bouclier. Francesca vit apparaître son écusson — les trois potentilles noires sur champ d'argent. Elle sentit son cœur se serrer, oppressée par une nostalgie et une tristesse si poignantes qu'elle faillit gémir. Si seulement tout pouvait redevenir comme avant, quand Tristan et elle venaient juste de se marier et que le comte Myrrdin se trouvait en bonne santé !

Tristan adressa un signe à Bastian, qui détacha de sa

selle un bâton et déroula le morceau d'étoffe enroulé à une extrémité. L'étendard de Tristan se déploya lentement.

De nouveau, l'appel du coucou s'éleva dans les arbres. Francesca sentit un frisson lui parcourir l'échine. Les nerfs tendus à se rompre, elle se tourna vers la grande porte. On avait signalé leur approche et reconnu les couleurs de Tristan. La herse se leva. Le sergent Léry se tenait sous l'arche, un sourire de bienvenue éclairant ses traits austères.

Les deux moines guerriers qui ouvraient la marche éperonnèrent leurs montures en direction du pont-levis. Francesca rassembla ses rênes et Princesse s'élança après eux.

Chapitre 8

Retroussant ses jupes, Francesca gravit en hâte l'escalier à vis qui menait à la chambre du comte Myrrdin.

Tristan redoutait cet instant. Arrivaient-ils trop tard ? Le sergent Léry lui avait murmuré à l'oreille que le prêtre du village, le père Alard, venait juste d'être appelé. Peut-être n'était-ce plus qu'une question de minutes.

Tristan retint un soupir. Il avait espéré que l'état du comte n'était pas si précaire qu'on le leur avait rapporté, et Francesca s'était sans doute bercée du même espoir. Malheureusement, il semblait bien que leurs prières n'aient pas été exaucées.

La porte était entrebâillée. Juste devant lui, Francesca poussa le panneau de bois et s'arrêta sur le seuil. L'homme qu'elle appelait papa gisait dans un grand lit à colonnes, le torse relevé par une pile d'oreillers. Sa chevelure blanche était ébouriffée, et derrière la barbe neigeuse son visage semblait réduit, sa peau aussi blafarde que du parchemin. Il avait les yeux clos et des veinules bleues striaient ses paupières. Tristan retint sa respiration. Mon Dieu ! Etait-il déjà mort ?

Puis il vit la poitrine du comte se soulever et retomber légèrement. Le comte Myrrdin vivait encore, même si ce n'était sans doute plus pour très longtemps.

Un homme et une femme étaient assis de chaque côté du lit. De toute évidence dame Claire et son époux, messire Arthur Ferrer. Dame Claire avait enfoui sa tête dans ses mains et le père Alard se tenait debout près d'elle, en train de prier, la tête inclinée.

Messire Arthur se leva à leur entrée. C'était un homme grand et bien bâti, à la chevelure sombre. D'un geste silencieux, Tristan lui saisit le bras avant de reporter son attention vers le lit.

Dame Claire serrait la main noueuse du comte dans la sienne et la caressait, comme pour en détendre les doigts recroquevillés. Une mèche de cheveux roux dépassait de son voile d'une blancheur immaculée.

Voyant que Francesca n'avait d'yeux que pour le comte Myrrdin, Tristan tourna la tête vers Claire et, rencontrant son regard, lui adressa un sourire.

— Dame Claire ? fit-il en s'inclinant. Tristan des Iles, à votre service.

— Comte Tristan, grand merci d'avoir accédé à notre requête et d'avoir ramené ma sœur à la maison. C'est très aimable à vous.

Elle effleura la main de Francesca, qui lui dédia un sourire anxieux.

Tristan se dirigea vers le pied du lit.

— Je suis parti pour Provins dès que j'ai reçu votre message et nous avons fait diligence. Comment va-t-il ?

Le voile de dame Claire fut agité d'un tremblement.

— Son état est variable, mais c'est ainsi depuis un certain temps, n'est-ce pas ?

Tristan émit un son évasif. Il savait parfaitement ce qu'elle entendait par là. Les dernières années du comte Myrrdin avaient été marquées par une alternance de périodes lucides et de ce qu'on pouvait charitablement nommer des moments de distraction.

— Il est changeant, commenta-t-il.

— Oui, c'est exactement cela. Il retrouve parfois des forces, mais de façon générale, il s'affaiblit.

Dame Claire se remit à caresser la main de son père.

— Aujourd'hui n'est pas un bon jour. Papa ne s'est pas réveillé et nous n'arrivons pas à le tirer de sa léthargie. Certains jours, il peut ouvrir les yeux et se sustenter un peu. Il lui arrive même de parler. Malheureusement, cela se fait de plus en plus rare.

Dame Claire ajouta quelques phrases, remerciant le ciel d'avoir eu la chance de pouvoir connaître un peu son père avant que sa maladie ne s'aggrave.

Tristan s'approcha, et tandis qu'elle lui souriait tristement, il put enfin observer les yeux de Claire, des yeux vraiment peu communs — l'un gris et l'autre vert. On l'en avait prévenu et il n'aurait pas dû la dévisager ainsi, mais il ne put s'en empêcher. Il n'avait rencontré ce genre de prunelles qu'une fois dans sa vie et leur vue lui ôta les derniers doutes qu'il avait pu nourrir sur les origines de Claire. En effet, bien que le comte Myrrdin eût à ce moment les yeux clos, Tristan se rappelait qu'ils possédaient la même particularité. Incontestablement, il était bien son père. Quant à la chevelure rousse qu'on apercevait sous le voile, c'était celle de la comtesse Mathilde, célèbre pour ses boucles couleur de feu. La jeune femme qui se tenait assise devant lui incarnait la preuve irréfutable que Francesca n'avait jamais eu le moindre droit sur les terres de Fontaine.

Une vague de tristesse s'empara de lui. A présent que dame Claire était devant lui, il comprenait mieux à quel point Francesca avait dû souffrir. Claire semblait pleine de bonté. Francesca avait affirmé qu'elle l'aimait beaucoup et Tristan, à en juger par ce qu'il pouvait voir, lui donnait entièrement raison. Mais cela avait-il été une consolation pour Francesca de trouver Claire sympathique ? Ou cela n'avait-il fait qu'empirer les choses au contraire ? Francesca avait dû se sentir profondément blessée par l'injustice du sort. A sa place, il aurait été furieux. Et comme il n'était jamais facile de défouler sa colère sur quelqu'un qu'on aimait bien, la malheureuse avait dû ressentir la plus grande confusion.

Il examina furtivement Francesca, dont le visage lui parut

encore plus pâle que celui de son père bien-aimé, si c'était possible. La veillée s'annonçait éprouvante. Francesca était si absorbée par le comte Myrrdin qu'elle n'avait sans doute même pas remarqué le père Alard. Lorsqu'elle s'apercevrait de sa présence, elle en serait bouleversée, car elle comprendrait alors combien le comte Myrrdin approchait de sa fin. Tristan se réjouit d'être là pour la soutenir.

La poitrine du comte Myrrdin se soulevait et retombait en cadence. Une inspiration. Puis une autre. Sa respiration, bien qu'indéniablement faible, n'avait rien de laborieux. Dieu merci, il n'avait pas l'air de lutter. A l'époque où il exerçait les fonctions d'intendant à Fontaine, Tristan avait appris à bien connaître le comte. En dépit de toutes ses excentricités, c'était un homme chaleureux et sympathique. Aussi fut-il soulagé de constater qu'il ne paraissait pas souffrir.

Son père à lui était parti dans des circonstances bien différentes. Seul dans une écurie. Quelles pensées lui avaient traversé l'esprit au dernier moment ?

Irrité, Tristan repoussa la question. A quoi bon ? Elle ne trouverait jamais de réponse. Faisant un effort sur lui-même, il reporta son regard sur Claire.

— Je suis vraiment désolé de voir votre père aussi mal, madame.

— Merci.

Claire parut se reprendre et désigna d'un geste le chevalier à la stature imposante.

— Comte Tristan, voici mon époux, messire Arthur Ferrer.

Tristan et Arthur s'écartèrent un peu du lit afin d'échanger leurs salutations. Messire Arthur était un homme plaisant, aux manières affables, et Tristan l'apprécia d'instinct. Les présentations achevées, Tristan tourna les yeux vers le lit pour constater que Francesca s'entretenait avec le père Alard. La jeune femme avait le teint livide. Tristan tendit l'oreille, et en entendant le prêtre prononcer les mots redoutés de « derniers sacrements », il alla les rejoindre. Francesca se tordait les doigts. Doucement, Tristan s'empara de sa main. Elle ne réagit pas, son attention étant focalisée sur le père Alard.

— Lui avez-vous donné l'extrême-onction, mon père ? s'enquit-elle dans un murmure.

— Oui, madame.

Les épaules de Francesca s'affaissèrent.

— Alors il n'en a plus pour longtemps.

Le père Alard sourit avec tristesse.

— Je crains que non.

Tristan guida sa femme vers le tabouret le plus proche, sur lequel elle se laissa tomber.

— Père Alard, en êtes-vous certain ? s'enquit Francesca d'une voix tremblante. Comment pouvez-vous le savoir ?

— J'ai vu beaucoup de gens rendre leur âme à Dieu, madame.

— Est-ce que cela sera pour ce soir ?

Le prêtre écarta les mains.

— On ne peut jamais prédire le moment exact, c'est Dieu qui décide.

Les yeux de Francesca demeuraient secs. Depuis leur arrivée, elle n'avait pas versé une seule larme.

Claire contourna le lit et Tristan s'écarta pour la laisser entourer de son bras les épaules de sa sœur.

— C'est bon de vous revoir, Francesca. Vous m'avez manqué.

Le visage de Francesca se détendit. Elle prit la main de Claire et la pressa dans la sienne.

— C'est gentil à vous de me dire cela.

Tristan secoua la tête, surpris par l'évidente affection qui unissait les deux femmes. S'il ne l'avait pas vu de ses yeux, il aurait eu du mal à y croire. Certes, Francesca lui avait affirmé qu'elle aimait beaucoup dame Claire, mais il s'était dit qu'elle se leurrait elle-même. Et pourtant, elles se tenaient là, enlacées avec une chaleur qui semblait sincère. Ah, les femmes ! Il ne les comprendrait jamais. Comment était-il possible d'éprouver de la tendresse pour quelqu'un qui vous avait dépouillée de votre droit de naissance ?

— Je le pense vraiment, Francesca, affirma dame Claire. J'espérais vous revoir plus tôt.

Le regard gris de Francesca restait fixé sur le comte Myrrdin.

— Je suis désolée. C'était difficile de revenir ici.

— Je suis heureuse que vous soyez enfin là. Père vous a demandée, déclara Claire.

Elle se redressa et alla rejoindre son mari.

— Venez, Arthur, lui intima-t-elle en posant une main sur son bras. Dame Francesca et le seigneur Tristan voudront sans doute faire leurs adieux au comte en privé.

Parvenue sur le seuil, elle jeta un regard derrière elle.

— Père Alard ? Puis-je vous dire un mot ?

Quand la porte se fut silencieusement refermée sur eux, Tristan s'assit sur le tabouret placé de l'autre côté du lit, en face de Francesca. Les yeux de la jeune femme brillaient de larmes contenues.

— Vous n'êtes pas obligé de rester, Tristan.

Il s'éclaircit la gorge.

— Si, murmura-t-il.

Ce fut alors que ce qu'ils attendaient se produisit. Le comte Myrrdin prit une profonde inspiration, un muscle palpita dans sa joue émaciée et ses paupières se soulevèrent.

— Tristan ? Tristan, mon garçon, est-ce vous ?

Tristan se pencha vers le moribond.

— Oui, mon seigneur. Je suis là.

Les yeux de Francesca s'embrumèrent. Elle ouvrit la bouche et porta une main à sa gorge, sans doute trop émue pour parler.

— Tristan, mon garçon, je dois voir Francesca. Voulez-vous aller la chercher pour moi ?

— Elle est ici, mon seigneur, répondit Tristan, bouleversé lui-même.

Le comte Myrrdin était la seule personne au monde qui

l'eût jamais appelé affectueusement « mon garçon ». Son propre père ne l'avait jamais fait.

Francesca saisit la main du comte.

— Je suis ici, papa.

— Où étiez-vous donc ?

— Je suis désolée, papa. Si j'avais su que vous étiez malade, je serais revenue plus tôt.

Une grosse larme coula sur son visage. Sentant ses yeux picoter aussi, Tristan se leva brusquement.

— Si vous avez besoin de moi, je serai dehors.

Francesca se pencha pour arranger les oreillers du comte Myrrdin et il douta qu'elle l'ait entendu. Lorsqu'il quitta la chambre, elle caressait doucement la chevelure blanche et hirsute du comte.

L'aube.

On avait monté dans la chambre deux grands fauteuils pour Claire et elle. Des coussins avaient été empilés dessus et ce fut là qu'elles passèrent une nuit sans sommeil, se relayant pour tenir la main du comte Myrrdin chaque fois qu'il s'endormait. Lorsqu'il s'éveillait, elles tâchaient de l'encourager à boire. Mais c'était une vaine bataille.

De temps à autre, Francesca portait une coupe à ses lèvres.

— Papa ? Voulez-vous goûter un peu de bière ?

Chaque fois, la tête blanche se détournait.

Francesca se mordait la lèvre.

— Du vin peut-être ?

Le comte devait avoir soif, ses traits étaient tellement tirés ! Elle avait l'impression que de nouvelles rides se formaient d'instant en instant sur sa peau parcheminée de vieillard.

— Du lait peut-être ? Ou du posset ? Papa, il faut boire quelque chose.

Mais tout cela ne servait à rien. Le comte Myrrdin se

contentait de secouer la tête. Bien qu'il refusât de boire, son visage s'illuminait chaque fois qu'il regardait de son côté.

Francesca faisait de son mieux pour cacher son anxiété. Elle gardait un sourire aux lèvres, aussi lumineux que possible. Quand elle croisait le regard de Claire, elle lisait dans ses yeux le reflet de sa propre angoisse.

— Il est fatigué, murmura enfin Claire. Peut-être boira-t-il demain.

Le comte ferma les yeux et parut s'endormir aussitôt.

— Peut-être, répondit Francesca, qui étouffa un bâillement.

— Vous devriez vous reposer, lui dit Claire. Vous devez être éreintée après tant de journées sur la route.

Francesca s'étira et déplaça un coussin pour être plus confortable.

— Je vais me reposer ici. Je ne veux pas le quitter.

Elle voulut reprendre la main du comte et le trouva étrangement tranquille. Ses doigts étaient si froids... Elle commençait à les frotter, quand quelque chose dans son immobilité attira son attention. Les yeux écarquillés, elle regarda sa poitrine, attendant qu'elle se soulève.

Rien. Pas un mouvement. Pas un souffle.

— Papa ?

Ses doigts remontèrent vers le poignet du comte, cherchant le pouls.

— Papa ?

Un frisson la parcourut. Effrayée, elle se tourna vers Claire.

La bouche serrée, Claire pressa ses doigts dans le cou du comte Myrrdin, à l'endroit où aurait dû battre une artère.

— Oh ! Non...

Lentement, elle porta sa main à sa bouche et se rassit. Francesca et elle se regardèrent. Le cœur de Francesca cognait à se rompre.

— Il est parti, murmura-t-elle à grand-peine.

Claire déglutit convulsivement.

— Oui. Dieu le bénisse, il est parti.

Cela avait été une journée triste et épuisante, d'autant plus éreintante que presque personne à Fontaine n'avait fermé l'œil durant la nuit qui avait précédé le décès. Tristan avait passé la plus grande partie du temps dans la chapelle, soutenant Francesca tandis qu'elle et dame Claire se relayaient pour veiller le comte Myrrdin. Il attendait maintenant que Francesca sorte de la chapelle, assis à la table principale de la grande salle.

Pour la première fois, il se retrouvait simple témoin dans un château où il avait jadis donné des ordres. Homme d'action, il ne se sentait pas confortable dans le rôle d'observateur, n'en ayant guère l'habitude. Il pianotait sur la table, en fixant d'un air morne un plateau de pain et de fromage. Bon sang, il se sentait nerveux. A l'autre bout de la salle, il pouvait voir Bastian, qui semblait avoir lié amitié avec l'un des garçons d'écurie du château.

Tristan jeta un coup d'œil vers la porte qui menait à la chapelle. Il aurait dû demander à Francesca si elle comptait y rester longtemps. Pourvu qu'elle n'eût pas l'intention d'y passer la nuit ! Elle était tellement épuisée…

Les événements avaient tourné de bien étrange façon. Après leur mariage, tout le monde pensait qu'il hériterait un jour de Fontaine. Jamais il n'aurait imaginé qu'il se retrouverait un jour dans cette salle à regarder messire Arthur Ferrer donner des ordres aux chevaliers de Fontaine.

Non pas qu'il lui enviât son avancement. De toute évidence, messire Arthur — bientôt comte Arthur — était à la hauteur de ses responsabilités. Il suffisait de voir la façon toute naturelle dont les serviteurs du comte Myrrdin s'adressaient à lui. L'homme semblait populaire ici et on se fiait à son jugement. Tant mieux. Fontaine avait besoin d'un maître compétent à la barre.

Tristan observa Ferrer en train de donner ses instructions aux envoyés chargés d'apporter à Rennes la nouvelle du décès de Myrrdin et l'approuva d'un signe de tête. La succession avait été modifiée après que le comte Myrrdin eut reconnu dame Claire, et il était vital que le baron Rolland ratifie promptement la nomination de messire Arthur à la tête de Fontaine. La hiérarchie devait être clairement établie. Sans doute n'y aurait-il aucune objection. Le comte Myrrdin ayant été malade tous ces derniers temps, messire Arthur avait déjà pris le commandement de fait.

Des messagers allaient et venaient. On avait allumé des chandelles, jeté des bûches sur le feu, et quelques chevaliers s'étaient rassemblés près de la cheminée, où ils devisaient à voix basse. Dans tout le château, on échangeait des propos étouffés. Des servantes à la mine morose circulaient avec des plateaux de nourriture pour les habitants affligés. Tout le monde dans la maisonnée devait éprouver du chagrin. Tristan avait toujours su que le comte Myrrdin était aimé de ses gens, mais à voir l'expression abattue des visages, il comprit qu'il avait sous-estimé à quel point. Les gens de Fontaine avaient adoré leur excentrique seigneur. Il doutait que son propre père eût jamais été tenu en si haute estime. Il se surprit à se demander ce que les serviteurs des Iles pensaient à présent de leur actuel seigneur et secoua la tête avec impatience. Quelle importance ? Son rôle, c'était d'accomplir son devoir de son mieux. Mais son cœur se serra malgré tout.

Une servante s'approcha de lui, une cruche à la main. Elle avait les joues rougies par les larmes.

— Un peu plus de bière, seigneur Tristan ?

— Non, merci.

La fille se dirigea vers le chevalier assis à côté de lui.

— De la bière, messire… Brian ?

Sa voix se brisa sur ces mots. La mort du comte Myrrdin n'avait rien d'inattendu. Et pourtant, il était clair que tout le monde ici le pleurait.

Tristan allait retourner dans la chapelle pour inciter Francesca à aller se coucher, quand la porte donnant sur l'un des escaliers s'ouvrit, livrant passage à Marie. A la grande surprise de Tristan, elle se hâta vers lui et le salua d'une révérence.

— Dame Francesca a terminé sa veille, mon seigneur. Je me suis permis de demander qu'on vous monte à souper dans votre chambre. Elle ne veut pas manger, j'ai pensé qu'il valait mieux vous en informer.

S'approchant de lui, elle baissa la voix pour ajouter :

— Elle n'a pas pleuré non plus et je doute qu'elle arrive à dormir. Si vous pouviez la persuader de se restaurer un peu, peut-être pourrait-elle ensuite s'endormir. C'est surtout de sommeil qu'elle a besoin.

— Merci, Marie. Je ferai mon possible.

On leur avait attribué la chambre qui jouxtait le solarium. Elle n'était pas très grande, mais c'était le luxe si on la comparait aux pièces où ils avaient dormi pendant leur voyage depuis Provins. Le matelas était rempli de plumes, deux chandelles brûlaient sur la table soigneusement cirée et les murs ainsi que le plafond s'ornaient d'un motif récurrent de fleurs bleues.

Lorsque Tristan pénétra dans la chambre, il remarqua que Francesca devait s'être baigné le visage, car elle avait ôté son voile et se tenait assise au bord du lit, pliant et dépliant un morceau d'étoffe humide. Il la releva avant de la serrer dans ses bras.

Avec un soupir, elle s'appuya contre lui, tandis qu'il lui frictionnait le dos.

— Je suis vraiment désolé, mon cœur.

Elle hocha la tête et ils restèrent là en silence jusqu'au moment où Tristan se rappela les recommandations de Marie. Il s'écarta et jeta un coup d'œil au plateau sur la table.

— Quelqu'un a apporté le souper.

— Je n'ai pas faim.

— On dirait que c'est du canard, votre plat favori. Vous devriez manger quelque chose.

— Tristan, je ne pourrai pas.

Il entendit résonner les paroles de Marie.

« C'est surtout de sommeil qu'elle a besoin. »

La jeune femme demeurait près du lit, le visage blême et la bouche pincée, visiblement en proie à une profonde détresse. Voyant qu'elle tenait à peine debout, Tristan lui ôta le linge humide des mains et la fit asseoir près de lui sur le bord du matelas.

— Essayez quelques bouchées, murmura-t-il en lui passant un bras autour de la taille. L'odeur me semble alléchante.

— Tristan, j'en suis incapable.

Il lui effleura la joue.

— Une boisson alors ?

Elle le dévisagea, ses beaux yeux gris si débordants de chagrin qu'il en eut le cœur navré.

— J'aurais dû être présente à ses côtés, Tristan. Tous ces longs mois…

— Il ne faut pas vous blâmer, vous ignoriez qu'il était malade. De toute façon, la culpabilité ne sert à rien, vous ne pouvez pas changer le passé.

Du bout du pouce, il traça le contour de sa bouche. Etait-ce son imagination ? Il eut l'impression que les muscles se décontractaient imperceptiblement sous sa caresse. Encouragé, il se leva.

— Je vais vous servir du vin. Je suppose que Marie y a fait ajouter des épices pour vous.

« C'est surtout de sommeil qu'elle a besoin. »

Il se prit à souhaiter que Marie eût mêlé beaucoup d'herbes calmantes au breuvage. Si quelqu'un avait besoin d'être apaisé ce soir, c'était bien Francesca. Même s'il ne contenait pas de soporifiques, le vin l'aiderait sûrement à se détendre.

— Croyez-moi, mon cœur, cela atténuera un peu votre peine. En tout cas, vous devez le boire.

Elle regimba.

— Je *dois* ?

Tristan sourit.

— J'ai des instructions très strictes de Marie, qui m'a

ordonné de vous faire boire et manger. Si je n'y réussis pas, elle aura ma tête !

Le regard de Francesca s'éclaira un peu et Tristan se dirigea vers la table pour verser le vin. Lorsqu'il lui tendit le gobelet, elle ne le refusa pas. Réprimant un soupir de soulagement, il reprit sa place à côté d'elle sur le lit et attendit qu'elle ait absorbé une petite gorgée.

— C'est bon ?

— Très, murmura-t-elle.

Et, lui jetant un regard par-dessus le bord de sa timbale, elle ajouta :

— Vous êtes en train de faire sa conquête, savez-vous ?

— Marie ?

Il fit la moue.

— Je n'en suis pas si sûr.

— Oh ! Que si ! Autrement, elle ne vous ferait pas marcher ainsi à la baguette…

Un peu de couleur lui remontait aux joues et ses lèvres n'étaient plus aussi pincées. Au moins, il avait réussi à la distraire un peu, songea-t-il. Elle semblait déjà bien mieux que lorsqu'il avait franchi le seuil de la chambre.

Avec un soupir, elle reposa le verre.

— Merci, Tristan.

Elle conclut avec un faible sourire :

— J'aimerais me reposer à présent.

— Très bien. Je vais desserrer vos lacets.

Une minuscule ride plissa le front de la jeune femme, dont le regard, ne put-il s'empêcher d'observer, se posa un instant sur sa bouche. Doucement, il la fit pivoter pour atteindre les liens et défit le nœud.

« C'est surtout de sommeil qu'elle a besoin »…

De sommeil ?

Dissimulant un sourire, Tristan se rappela la première fois qu'il avait ôté les cordons de sa robe. Ensuite, ils étaient devenus amants — les meilleurs des amants. A cette époque-là, Francesca dormait paisiblement, sans se tourner et se retourner dans le lit ni rester couchée dans le noir les yeux grands ouverts, heure après heure.

Séduis-la !

L'injonction avait jailli malgré lui dans sa tête. Il se figea un instant.

Hum… Pouvait-il vraiment ? Son cœur se mit à battre la chamade. Il déglutit, la bouche sèche.

Précautionneusement, il la prit d'une main par la taille, tout en délaçant sa robe. Il ne se hâtait pas, trop occupé à réfléchir. A s'interroger. Elle était sa femme et il ne voulait pas que cela change. Mais la séduire alors qu'elle avait tant de peine ?

C'eût été immoral. Déplacé.

Cette pensée ne voulait cependant pas le quitter. Et pour empirer les choses, la nuque de Francesca était exactement comme elle avait toujours été, éminemment adorable et appelant le baiser. Avalant sa salive, Tristan tâcha de se contrôler. Non, il ne l'embrasserait pas, à moins d'être certain qu'elle le désirait aussi.

D'un autre côté, cela l'aiderait à dormir, il en était sûr. Son cœur s'emballa. Il sentit une onde de chaleur lui parcourir les veines.

Francesca lui jeta un regard par-dessus son épaule. Ses yeux s'étaient assombris, incroyablement attirants. Séducteurs. Il retint un gémissement. Ce regard, même s'il n'était pas délibéré, équivalait à une pure invite.

L'étoffe bruissa, tandis que le dos de la robe s'ouvrait, révélant des dessous de linge fin. Tristan laissa ses doigts glisser sur la peau tiède de la nuque, dont il effleura la courbe, cherchant ces petits frisons noirs qui se trouvaient autrefois sous sa natte. Ah, voilà…

Un élancement de désir lui poignit le ventre. Cette peau crémeuse l'appelait littéralement. Il brûlait de l'embrasser. Il voulait s'étendre avec Francesca, chair contre chair, il voulait…

Elle se retourna brusquement.

— Tristan ?

Il déglutit convulsivement, les pensées en déroute. Jamais il n'avait perdu la tête à ce point, ni ressenti tant de désir, tant d'ardeur. Il allait mourir s'il ne la possédait pas. Ils allaient en mourir tous les deux…

— Ce ne serait pas bien, murmura-t-il. Evidemment, cela vous aiderait à dormir. Mais ce serait très mal, juste ce soir. N'est-ce pas ?

— Tristan ! Mais de quoi parlez-vous ?

Chapitre 9

Tristan délaça sa robe avec une sensualité qui accéléra le rythme de son pouls. Sa peau réagissait au contact de celle de son mari, exactement comme s'ils étaient revenus en arrière. A quoi jouait-il ? Francesca se retourna pour l'interroger du regard, en vain. Les bougies qui brûlaient derrière lui sur la table laissaient son visage dans l'ombre.

— Tristan ?

Il se releva, se frottant les yeux comme s'il émergeait d'un rêve.

— Oubliez cela. Vous êtes toujours aussi belle et j'ai un peu perdu la tête. Disons que cela fait trop longtemps…

Jadis, elle serait tombée dans le piège de cette évidente flatterie. Mais ce fut un autre détail qui retint son attention.

— Trop longtemps ?

Elle le regarda marcher vers la table et pincer une chandelle. Sa main tremblait. Oui, elle tremblait. Et sa voix rauque le trahissait.

Il me désire. Et je le désire aussi.

Et alors ? Ils se désiraient comme toujours, ce n'était pas nouveau. Pourtant, Tristan semblait sous-entendre que c'était plus que cela. Ce qu'il était en train de lui signifier, c'était qu'il lui était resté fidèle. Etait-ce possible ? A Provins, elle avait attendu indéfiniment des lettres qui n'étaient jamais arrivées. Persuadée qu'il ne demandait pas mieux que d'oublier son épouse de basse extraction, elle avait vécu dans la crainte d'une répudiation. Il avait dû prendre des maîtresses, s'était-elle mis dans la tête.

C'était affreux d'imaginer Tristan avec une autre femme, et elle avait essayé d'écarter cette vision de son esprit. Mais elle n'avait pas pu. Tristan n'était pas un moine, elle savait qu'il avait eu des maîtresses avant de l'épouser, et supposait qu'il avait dû en avoir depuis leur mariage, même si elle n'avait rien entendu dire à ce propos. Ne s'était-il pas montré au lit le plus ardent des compagnons ? Pour un homme vigoureux comme lui, et aimant les plaisirs de la chair, la chasteté devait représenter une épreuve. En toute franchise, elle ne l'en aurait jamais cru capable.

Francesca se mordit la lèvre. Ces derniers jours, il s'était passé beaucoup de choses qui l'incitaient à changer d'opinion sur son mari. Elle était sûre à présent qu'elle l'avait mal jugé au sujet des lettres. Peut-être s'était-elle également trompée en se persuadant qu'il avait eu des relations avec d'autres femmes pendant leur séparation.

— Tristan, êtes-vous en train de me dire que vous avez respecté nos vœux de mariage ?

Elle-même lui avait été fidèle, bien sûr. Cela ne lui avait guère été difficile. Elle avait souffert d'être séparée de lui et la seule pensée de se donner à quelqu'un d'autre la révulsait. Elle l'aimait, c'était tout naturel. Tristan, lui, ne lui avait jamais fait de déclaration en ce sens, aucun sentiment d'amour avoué ne le liait à elle. Francesca était certaine qu'il avait dû trouver d'autres partenaires consentantes. S'était-elle méprise sur son compte ? Elle retint son souffle, tandis qu'il revenait vers elle, sa haute silhouette aux larges épaules occultant la lumière de la seule bougie encore allumée. Il baissa les yeux vers elle et elle s'aperçut que son corsage délacé bâillait sur le devant. Agrippant l'étoffe, elle la maintint sur sa poitrine.

— Vous et aucune autre, murmura-t-il. Il en a été ainsi depuis notre mariage. Je n'ai pas trahi nos vœux de mariage, Francesca.

Elle déglutit, la bouche sèche.

Tristan lui avait été fidèle. Un sourire lui monta aux lèvres — grâces en soient rendues au ciel, il ne l'avait pas trompée. S'apercevant qu'il attendait sa réponse, elle lui tendit la main.

— Moi aussi.

Elle se tut, avalant sa salive.

— Moi aussi, je vous ai été fidèle.

Une main chaude se referma sur la sienne et elle sentit son cœur s'emballer. Lui retournant la main, Tristan déposa un baiser dans sa paume. Tandis qu'il l'aidait lentement à se lever, la lumière tomba en plein sur son visage et elle put lire l'ardeur qui brûlait dans ses yeux.

Avec un sourire prudent, il posa les mains sur ses épaules et la fit pivoter.

— Allons, mon cœur, il faut que vous dormiez. J'ai des ordres.

D'une secousse, il abaissa sa robe sur son buste et la fit glisser sur ses hanches jusqu'à ce qu'elle ait chu sur le sol.

— Au lit !

Laissant sa robe à l'endroit où elle était tombée, Francesca grimpa sur la couche. Avant l'entrée de Tristan dans la chambre, elle était plongée dans l'abîme du désespoir. Sa présence — si puissamment masculine, si irrésistiblement séduisante — était exactement la distraction dont elle avait besoin.

Je le désire. Et il me désire aussi. Peut-être, pour quelques instants au moins, pourrait-il m'aider à oublier ?

Songeuse, elle l'observa tandis qu'il se dévêtait, enveloppant du regard sa silhouette virile, si parfaite. Sa hanche gauche portait une petite cicatrice. Elle se rappelait cette marque-là, mais il semblait qu'il en eût récolté quelques autres, une sur l'avant-bras gauche et une autre sur le torse. Elle examina ses puissantes épaules de guerrier. Tristan était mince et fort, tout en muscles. Un seul coup d'œil sur son corps et déjà elle brûlait de retrouver tout ce qu'ils avaient perdu. Oubliant toute pudeur, Francesca baissa les yeux vers le bas-ventre viril ombré d'une toison noire et ses joues s'empourprèrent. Il ne pouvait nier qu'il la désirât, son envie d'elle était flagrante.

Le regard de Tristan rencontra le sien. Une légère rougeur teintait ses pommettes. Le désir, supposa-t-elle. Ou la gêne ? Mais en quoi l'aveu de sa fidélité pouvait-il bien l'embarrasser ? Elle lut dans ses yeux une tristesse qui ne s'y trouvait pas jadis.

— Préférez-vous que je laisse la chandelle allumée ?

Francesca remua, terriblement consciente de l'intensité de son propre désir. Serait-ce aussi merveilleux qu'autrefois, ou la séparation avait-elle tué la passion d'antan ?

— Cela m'est égal.

— Alors je la laisse.

Il la rejoignit dans le lit et elle attendit que ses bras se referment sur elle.

Mais il ne se passa rien. Tristan était couché sur le dos, apparemment absorbé dans la contemplation des fleurs bleues peintes sur le plafond.

— Vous ne me prenez pas contre vous ?

Un bras se tendit vers elle.

— Si vous voulez.

Elle se rapprocha, se nichant contre lui.

— Je veux plus que cela, murmura-t-elle en déposant un baiser sur son torse. Et vous aussi.

— J'aurais du mal à le nier.

Un léger sourire étira ses lèvres, tandis qu'il lui caressait la tête.

— Francesca, vous avez du chagrin, ce serait déplacé.

— Même si je le désire ?

— Je ne veux pas profiter de la situation.

Elle l'embrassa de nouveau sur la poitrine, effleurant sa taille avant de laisser ses doigts s'égarer sur son ventre. Elle l'entendit reprendre brusquement sa respiration et sourit.

— Vous êtes trop chevaleresque. Ne peut-on voir les choses sous un autre angle ? Et si c'était moi qui profitais de la situation ?

Laissant glisser sa main plus bas, elle prit fermement possession de lui.

Il m'a affirmé qu'il voulait me garder pour épouse, même si je ne lui apporte presque rien. Si je porte son enfant, son héritier, alors je lui donnerai quelque chose qui vaille vraiment la peine. Oh ! Seigneur, j'étais folle de m'imaginer que je pourrais épouser quelqu'un d'autre. Il n'existe qu'un seul homme pour moi.

— Tristan ?

Une main puissante se posa sur la sienne.

— Francesca, chuchota-t-il d'une voix tendue. Vous m'éprouvez au-delà du supportable.

— J'ai besoin de vous, Tristan.

Il secoua la tête, la respiration oppressée.

— Ce serait mal. Trop de choses demeurent irrésolues entre nous.

D'un geste sensuel, elle pressa doucement sa main autour de son sexe.

— Ce n'est pas mal à mes yeux.

Lentement, elle lui caressa la jambe du bout du pied, exhalant un soupir de pur désir.

— C'est… Oui, c'est tout simplement parfait. Votre corps… Vous.

Il lui souleva le menton, plongeant en elle son regard bleu étincelant.

— Francesca, vous ne savez pas ce que vous dites. Vous êtes accablée de chagrin. Vous…

— Je sais que je vous désire — je vous ai toujours désiré.

Elle promena sa main sur le membre viril de Tristan en une subtile, intime, tentatrice caresse. Tristan tressaillit dans sa paume et lorsqu'il positionna son corps vers elle elle comprit qu'elle avait presque gagné.

Elle sourit, mutine.

— Marie nous le recommanderait sans nul doute.

— Allons donc ! Cette femme me vouerait aux gémonies.

— Je n'en suis pas si sûre.

Un nouveau baiser sur le torse.

— Tristan, je vous en prie. Cela m'aiderait à dormir.

Une grande main lui enserra le visage. Un instant, il joua avec le lobe de son oreille et tout le corps de Francesca en frémit d'excitation, des pieds à la tête. Ses muscles se détendirent et elle se laissa aller contre lui. Il faiblissait, elle le sentait. Son regard assombri le trahissait, et cette rougeur plus foncée sur ses pommettes. Elle entendit son souffle s'accélérer.

Avec un gémissement, il la poussa contre les oreillers et glissa une jambe entre les siennes. Puis il lui souleva doucement la main pour lui faire lâcher prise et lui embrassa les doigts, les entrelaçant aux siens.

— Pas encore, mon cœur, sinon ce sera fini avant d'avoir commencé.

Et plongeant de nouveau les yeux dans les siens :

— J'espère que vous ne regretterez pas.

Comme si je pouvais ! songea-t-elle.

Il eut un sourire malicieux.

— Que ne ferais-je pas pour vous aider à dormir !

Il pencha la tête et Francesca se haussa vers lui, même si c'était inutile, car déjà les lèvres de Tristan s'emparaient des siennes. Il l'embrassa lentement, la taquinant comme s'il avait l'éternité devant lui. Mais c'était beaucoup trop lent pour elle ! Avide d'en obtenir davantage, elle lui ouvrit sa bouche, l'invitant à la découverte, à l'exploration. Leurs langues s'enlacèrent, tous les sens de Francesca entrèrent dans la danse, et ce fut ainsi qu'il en avait toujours été entre eux.

Il la transformait en catin, une catin qui n'avait plus qu'une seule idée en tête, coucher avec Tristan le Beau. Plus de chambre ornée de fleurs bleues, plus de lit à colonnes. Tristan seul existait, l'homme le plus désirable du monde.

Il lui ôta sa chemise, qu'il jeta sur le sol, et soupira en refermant les paumes sur ses seins. Sa bouche ferme la tentait comme autrefois, la faisant vibrer de désir, onduler contre lui.

L'odeur musquée de Tristan, masculine, émouvante et familière sinua jusqu'à sa conscience. Tout ce qu'elle voulait, c'était sentir sa peau contre la sienne. Elle lui caressa les flancs, laissant ses mains s'imprégner de lui comme si elle avait voulu l'absorber tout entier en elle.

Enfin, il émit un son rauque.

Enhardie, Francesca noua les bras autour du cou de son amant et fit pleuvoir les baisers sur son menton, ses joues et sa bouche, l'embrassant partout où ses lèvres pouvaient l'atteindre. Elle avait tant de baisers à rattraper ! Et ce soir au moins, Tristan ressentait la même émotion qu'elle, sans aucun doute possible.

Elle engloba dans ses mains ses fesses musclées, puis laissa courir ses paumes sur son corps. Un baiser dans son cou puissant lui valut un autre gémissement sensuel.

D'un geste empressé, Tristan lui écarta les jambes. Il semblait avide de la toucher, de reprendre possession d'elle. Le monde s'était aboli autour d'eux. Il ne restait que Tristan et Francesca, seuls dans un univers de soupirs brûlants, de phrases entrecoupées.

— Et ceci ? Vous aimez toujours ?

— Oh ! Oui !

— Et ça ?

— Oui. Encore, s'il vous plaît. Encore.

Lorsqu'elle eut atteint une frénésie de désir si intense qu'elle pensa en mourir, il la pénétra enfin d'une poussée.

Puis il s'immobilisa et elle sentit ses mains chaudes lui enserrer le visage.

— Francesca.

Sa voix l'atteignit jusqu'au tréfonds d'elle-même.

— L'amour avec vous m'a manqué. Dieu, comme cela m'a manqué !

Le cœur trop débordant pour prononcer un seul mot, Francesca laissa ses mains et son corps parler pour elle. Elle caressa les larges épaules de Tristan et embrassa son cou.

Puis elle lui ceignit les reins pour l'attirer davantage en elle, se cambra vers lui, et le monde, de nouveau, ne fut plus que mouvement et passion.

Le rythme n'avait pas changé, ils le retrouvèrent instantanément. Une impression de plénitude envahit Francesca.

Ce fut fini beaucoup trop vite. Tristan passa une main entre eux — une caresse juste où il fallait, puis deux, un éblouissant éclair de plaisir, et ce fut le septième ciel.

Un instant plus tard, il la rejoignait.

Une tristesse bien naturelle régnait au château de Fontaine. Francesca avait accepté de passer la matinée dans le solarium avec dame Claire pour l'aider à préparer les funérailles du comte Myrrdin. Tristan savait que ce ne serait pas facile pour elle. Claire avait beau être la plus aimable des femmes, il n'en restait pas moins qu'elle avait pris la place de Francesca. De quelque côté qu'on l'envisageât, c'était une situation délicate.

Conscient des difficultés qu'elle allait devoir affronter, Tristan lui avait donné rendez-vous près des écuries à midi. Quand la porte de la grande salle s'ouvrit enfin et que la jeune femme sortit dans la cour, il poussa un soupir de soulagement. Il avait hâte d'échapper au confinement dans le château et Francesca devait ressentir la même chose, il n'en doutait pas.

Elle avait besoin d'un répit, loin de la mélancolie ambiante et des complications. Le château des Iles avait-il baigné lui aussi dans cette atmosphère de sombre détresse après la mort de son père ? Tristan grimaça. C'était étrange à quel point il manquait de souvenirs. Puis il repoussa cette constatation. Ce qui s'était passé après la mort de son père n'était en rien comparable à ce qui se déroulait ici.

Francesca s'avança vers lui, les traits tirés. Il se réjouit malgré tout de voir son regard s'adoucir à sa vue et se détendit lui-même. Les barrières entre eux semblaient enfin tombées. Toute la matinée, il avait revécu en pensée leurs ébats nocturnes, en priant pour que Francesca n'en éprouve pas de regret. Dieu merci, il ne lut rien de tel sur son visage.

Un sourire aux lèvres, il s'avança dans la cour à sa rencontre, au moment où la herse se levait pour laisser entrer une patrouille. Francesca lui tendit la main, ce qui acheva de le réconforter. Il s'inclina pour déposer un baiser sur ses phalanges.

— Tout va bien ?

— Aussi bien que possible.

— Les arrangements funéraires ?

— Les funérailles auront lieu dans trois jours.

Avec un soupir, elle entrelaça ses doigts aux siens.

— Je ne devrais sans doute pas dire cela, mais... D'une certaine façon, c'est pire que ce à quoi je m'attendais en revenant ici. Je... J'ai du mal à adapter mon comportement et ma présence trouble les serviteurs. Ils ne savent pas s'ils doivent s'adresser à dame Claire ou à moi. C'est très embarrassant.

Voilà exactement ce que Tristan avait craint.

— Vous avez besoin de prendre l'air, affirma-t-il. Bastian est en train de seller les chevaux. J'ai pensé que vous aimeriez chevaucher jusqu'à Saint-Méen, où nous pourrions inspecter votre manoir. Si tout est en ordre, nous pourrions y rester jusqu'après les funérailles. Cela vous rendrait peut-être les choses plus faciles.

Elle lui pressa la main.

— Merci. Cela me semble une excellente idée.

Ils s'étaient hissés sur leur monture et se dirigeaient vers le portail avec Bastian, quand un garçon d'écurie leur courut après, un paquet sous le bras.

— Seigneur Tristan ?

Tristan tira sur ses rênes.

— Bonjour. Vous vous appelez Conan, n'est-ce pas ?

— Oui, mon seigneur.

Non loin de là, les gardes qui venaient juste de rentrer

s'affairaient près d'un abreuvoir. Conan les désigna d'un geste du menton.

— J'étais avec la patrouille, mon seigneur. Je voulais vous montrer ce que j'ai trouvé dans un fossé près du corps de garde.

Joignant le geste à la parole, il lui passa le ballot. Une étoffe, apparemment, lourde et humide comme si elle avait été exposée à la rosée toute la nuit… Avec des gestes précautionneux, pour ne pas effrayer Flint, Tristan déroula la pièce de tissu et écarquilla les yeux de surprise en découvrant ses armoiries soigneusement brodées sur ce qui avait dû être une tapisserie murale. Plusieurs entailles zébraient son écusson. La gorge nouée, il enroula promptement la toile. Pas assez vite cependant. Francesca avait vu.

Avec un léger cri, elle tendit le bras.

— Mais c'est mon ouvrage ! Laissez-moi voir.

Silencieusement, Tristan lui passa l'objet.

— Tristan, j'ai confectionné cette tapisserie juste après notre mariage. Elle était suspendue dans le solarium de Saint-Méen.

— Oui, je me souviens.

Les sourcils froncés, Francesca se tourna vers Conan.

— Où l'avez-vous trouvée ?

— Dans le fossé, près de la route, madame. A quelques mètres de l'autre côté du portail.

— Vous n'avez rien vu d'autre ?

— Non. Seulement ce bout d'étoffe. Mon regard a été attiré par les couleurs du comte Tristan.

Francesca replia la tapisserie.

— Merci, Conan. Montrez cela à messire Arthur, voulez-vous ? Et demandez-lui s'il veut bien autoriser quelques-uns des chevaliers de céans à nous escorter, le seigneur Tristan et moi, jusqu'à Saint-Méen. Nous attendrons ici sa réponse.

Nous ?

Tristan serra les mâchoires. Il ne pouvait pas laisser Francesca se rendre à Saint-Méen, plus maintenant. De toute évidence, l'endroit n'était pas sûr. Les sourcils froncés, il considéra le rouleau de toile. Il craignait d'alarmer Francesca, mais cet incident était l'œuvre de Kerjean, il l'aurait parié. Leur escorte de moines avait peut-être empêché l'homme de les attaquer pendant le voyage, mais visiblement cela ne l'avait pas dissuadé de les suivre jusqu'à Fontaine.

Kerjean avait pénétré dans le manoir de Francesca. Qui d'autre cela aurait-il pu être ? En abandonnant la tapisserie dans le fossé extérieur, où il savait qu'on la trouverait à coup sûr, Kerjean envoyait un message à Tristan. Ou plutôt une menace. Messire Joakim lui signifiait ainsi que Francesca n'était pas en sécurité, même à Fontaine.

Kerjean essayait sans doute de ressusciter l'alliance des rebelles.

Oui, c'est un message. Un message pour moi.

Francesca se mordillait la lèvre, tout en regardant Conan se hâter vers la grande salle.

— Quelqu'un s'est introduit à Saint-Méen.

— Oui, il semblerait.

Elle tapota d'un geste nerveux l'encolure de Princesse.

— Papa m'avait promis que l'endroit demeurerait bien gardé. Qui cela peut-il être ?

Tristan retint un grognement. Leur fragile passion venait à peine de renaître de ses cendres et il ne voulait pas la mettre en danger en fâchant Francesca. Mais il devait lui faire comprendre qu'elle ne pouvait pas se rendre à Saint-Méen.

— Francesca, il faut aller à Saint-Méen pour voir ce qui s'est passé, je suis bien d'accord. Mais cela ne peut être vous, comprenez-le.

La jeune femme se raidit.

— C'est mon manoir, c'est donc ma responsabilité.

— Personne ne remet cela en question. Mais quelqu'un s'est introduit là-bas, mon cœur, et nous ne savons pas ce que nous allons y trouver. Je ne vous laisserai pas approcher du lieu tant que je ne serai pas certain que vous n'y courrez pas de danger. Il faut d'abord sécuriser l'endroit.

Le regard gris vira à l'orage.

— Vous m'interdisez de visiter mon propre manoir ?

— Quand je saurai qu'il n'existe aucun risque, vous pourrez y aller comme bon vous semble.

Elle lui jeta un regard pénétrant.

— Vous me cachez quelque chose.

Tristan hésita. Il était certain que le voleur de la tapisserie était bien Kerjean, mais l'admettre eût été une erreur. Francesca avait assez à endurer sans apprendre en plus qu'une bande de hors-la-loi avait décidé de se servir d'elle pour leur propre cause.

Au diable, Joakim Kerjean ! Francesca n'était plus en sécurité à Fontaine. Et si c'était le cas ici, que dire de Saint-Méen ?

— Francesca, tant que je n'aurai pas visité Saint-Méen moi-même pour voir de quoi il retourne, vous n'approcherez pas de cet endroit.

A Saint-Méen, Tristan se tenait dans le solarium avec le régisseur, examinant les marques sur le mur blanchi à la chaux et les crochets qui avaient servi à suspendre l'ouvrage de Francesca.

— Messire Nicolas ?

— Oui, seigneur Tristan ?

— Saviez-vous que cette tapisserie n'était plus là ?

Messire Nicolas se passa une main sur la nuque.

— Oui, mon seigneur.

— Et vous n'avez pas songé à informer messire Arthur que quelqu'un s'était introduit en fraude dans le manoir de mon épouse ?

Messire Nicolas s'empourpra.

— C'est seulement ce matin que j'ai remarqué la disparition de l'ouvrage. Je n'inspecte pas le solarium tous les jours. Vous n'ignorez pas que nous sommes à l'écart de la route et que c'est très tranquille, ici. Nous avons seulement un minimum de serviteurs et ils n'ont relevé aucun signe d'effraction.

Tristan haussa un sourcil.

— Aucun ?

— Pas le moindre, mon seigneur.

Tristan fixa les crochets vides. Bien que la tapisserie n'eût laissé que les contours d'un rectangle à peine perceptibles sur le mur, son image restait très vive dans son souvenir. C'était un ouvrage magnifique qui avait requis beaucoup d'habileté — des chevaliers et des dames festoyant sur un fond boisé. De grands chênes déployaient leur canopée au-dessus d'une table couverte de damas. Des chiens batifolaient parmi les fleurs. Francesca avait entouré le tableau d'une bordure argentée, comme sur son écusson, et brodé les trois potentilles noires dans les coins. Et maintenant, ce chef-d'œuvre n'était plus qu'un tas mouillé et tailladé, impossible à réparer.

— J'aimais cette tapisserie.

— Oui, mon seigneur. Je suis vraiment désolé.

— Pourquoi diable n'avez-vous pas donné l'alerte dès que vous avez découvert le vol ?

— J'allais le faire, mon seigneur, mais cela ne m'a pas semblé urgent. Nous venions tout juste d'apprendre la nouvelle du décès du comte Myrrdin. Qu'il repose en paix.

Tristan se passa une main sur le visage.

— Oui, je comprends. Qu'est-ce que la perte d'une tapisserie à côté de cela ?

— En tout cas, on n'a touché à rien d'autre, mon seigneur.

— En êtes-vous certain ?

— Quand j'ai constaté que la tapisserie avait disparu, vous pouvez être sûr que j'ai inspecté Saint-Méen de fond en comble, mon seigneur. On a procédé à un inventaire complet et tout le reste est intact.

Tristan promena ses doigts sur le plâtre et repéra quelques marques — de légères empreintes, comme si quelque chose avait été gravé sur le mur. Il se pencha pour mieux voir et jura entre ses dents.

— Messire Nicolas ?

— Oui, mon seigneur ?

— Et ceci alors ?

Messire Nicolas jeta un coup d'œil vers le mur.

— Mon Dieu, je n'avais pas remarqué cela ! C'est à peine visible, mais on dirait un écusson.

— C'en est un. Reconnaissez-vous le dessin ?

— Je n'en suis pas sûr. Ce pourrait être un chaudron ou une bouilloire. Plutôt une bouilloire.

Le régisseur se frotta le menton.

— Je ne connais aucun chevalier qui ait une bouilloire pour devise !

— Moi si, rétorqua Tristan, rembruni.

Messire Joakim Kerjean avait bien une bouilloire sur son écu. Son dernier doute s'envola à cette vue. Le vol de la tapisserie représentait bel et bien une menace.

Kerjean s'était introduit dans le manoir de Francesca, puis en était ressorti sans encombre. Saint-Méen n'était plus un lieu sûr pour la jeune femme.

Tristan se frotta le front. Que cherchait Kerjean ? Il devait bien se rendre compte qu'en menaçant directement Francesca il inciterait son mari à redoubler d'efforts pour la protéger. Cherchait-il à lui extorquer de l'argent ? Un argent qui servirait à reconstruire l'alliance ? Si tel était le cas, il fallait qu'il fût vraiment stupide.

Il doit savoir que je ne peux pas laisser passer cela. Il va falloir surveiller le manoir de cet homme. Je vais demander à messire Arthur de me prêter quelques hommes — des hommes capables de discrétion. Il faut que je sache ce que manigance ce Kerjean.

Furieux, Tristan considéra les marques sur le mur. Il devait alerter le baron Rolland — des hors-la-loi couraient la campagne et il se pouvait que l'alliance des rebelles cherche à renaître de ses cendres. Oui, il fallait envoyer d'autres messagers à Rennes, et promptement.

Il revit en pensée des yeux gris frangés de longs cils.

Où irons-nous en quittant Fontaine ?

La réponse lui parut évidente. Francesca devait venir aux Iles avec lui. Pour sa propre sécurité, elle ne pourrait pas assister aux funérailles du comte Myrrdin.

C'était loin d'être l'idéal et elle allait être dans tous ses états quand il lui apprendrait cela. Dieu, quel gâchis !

Lorsqu'il l'avait revue à Provins, Francesca avait évoqué une possible annulation de leur mariage. Or, à l'abbaye Saint-Michel, elle lui avait avoué qu'elle n'avait jamais désiré cela. C'était un progrès, mais tant qu'elle n'aurait pas abandonné l'idée de le voir contracter une union plus avantageuse, il ne pouvait pas baisser sa garde. Qu'avait-elle en tête ? Après ce qui s'était passé la nuit précédente, Tristan ne savait plus trop que penser.

Il était allé à Provins accomplir une mission qui consistait à ramener Francesca, afin qu'elle puisse rendre les derniers devoirs à l'homme qu'elle avait toujours considéré comme son père. Leur voyage étant parvenu à sa triste et inévitable conclusion, il avait songé ce matin-là qu'il ne restait plus qu'une alternative — ou Francesca et lui se réconciliaient, ou il la laissait à Saint-Méen et retournait lui-même aux Iles.

Le matin, la réconciliation lui avait paru tout à fait envisageable et il s'était promis de ne pas brusquer Francesca. Il avait l'espoir de regagner son cœur et sa confiance petit à petit, se disant que s'ils vivaient ensemble à Saint-Méen ils pourraient retrouver un peu de la magie d'antan. La nuit précédente s'était révélée prometteuse, mais Francesca était accablée de chagrin. Avait-il été plus qu'une distraction pour elle ? Il n'en était pas certain. En résidant tranquillement à Saint-Méen, ils auraient pu parvenir à mieux se comprendre. Malheureusement, l'interférence de Kerjean anéantissait ses projets en entraînant des mesures drastiques.

En effet, il ne pouvait laisser Francesca retourner à son manoir, c'était trop risqué. Il n'était guère facile de veiller sur elle à chaque instant, et même si on plaçait des gardes autour d'elle, il n'était pas dit que cela tiendrait Kerjean à distance. Tristan frissonna. Kerjean avait déjà pénétré une fois dans l'enceinte de Saint-Méen et pouvait fort bien recommencer. Non, décidément, aller vivre là-bas était hors de question. Il n'aurait pas un seul moment de paix s'il devait s'inquiéter sans cesse pour Francesca.

Ce qu'il devait faire, c'était l'emmener au château des Iles. Là-bas, il ne pourrait rien lui arriver.

Le domaine des Iles — entouré sur trois côtés par la mer — était une forteresse pratiquement imprenable. Une attaque directe — surtout si elle était lancée par un seul chevalier et une bande douteuse de hors-la-loi — n'était pas envisageable. Kerjean ne pourrait jamais rassembler assez d'hommes. Oui, Francesca devait partir pour les Iles et le plus tôt serait le mieux. Tristan fit la moue, le regard toujours fixé sur le blason gravé dans la chaux.

Ce ne serait pas facile. Aux Iles, nombreux seraient les obstacles à leur réconciliation — à commencer par Esmerée.

Comment réagirait Francesca en apprenant que la femme qui avait été autrefois sa maîtresse vivait là-bas ? Exigerait-elle qu'Esmerée soit envoyée ailleurs ?

Quant aux autres aveux, ceux qui concernaient son plus précieux secret — sa fille —, ils devraient attendre. Il n'avait pas le choix, il lui fallait procéder par étapes.

Songeur, Tristan se frotta le nez. Que dirait Francesca si elle venait à découvrir qu'Esmerée et lui avaient une fille ? Il n'en avait pas la moindre idée, le ciel lui vienne en aide. Seuls Esmerée et Roparz savaient que Kristina était de lui. Il avait espéré tout avouer à Francesca, mais la renaissance de l'alliance lui liait les mains une fois de plus.

Au diable ! La trêve de la nuit précédente, entre Francesca et lui, était bien trop fragile pour être si vite mise à l'épreuve. Pourtant, il allait devoir prendre ce risque, pour la sécurité de Francesca.

Il fallait qu'il l'emmène aux Iles, afin qu'il ne lui arrive rien de fâcheux. Quant à Kristina… Eh bien, il pouvait retarder le moment des aveux. Mais en ce qui concernait Esmerée, il allait devoir parler, et le plus tôt possible.

Adressant un signe de tête à messire Nicolas, il se dirigea vers la porte. Parvenu sur le seuil, il jeta un regard en arrière.

— Il est évident que vous allez avoir besoin de renforts.

Messire Nicolas se balança d'un pied sur l'autre.

— Je suis vraiment navré, seigneur Tristan.

Tristan balaya ces excuses d'un geste.

— Dame Francesca et moi allons partir promptement pour les Iles. Dès que je serai là-bas, je vous enverrai d'autres gardes. En attendant, je vais requérir l'aide de messire Arthur.

Messire Nicolas inclina la tête.

— Merci, mon seigneur.

— Me rendre aux Iles avec vous ? Grand Dieu, Tristan ! Et quand cela ?

C'était un peu plus tard dans la soirée et Francesca, assise au milieu des oreillers, peignait ses cheveux.

Tristan appuya son épaule contre l'une des colonnes du lit.

— Nous partons demain matin.

Francesca se raidit.

— Auriez-vous perdu la raison ? Il faut attendre que les funérailles de papa soient terminées !

Tristan étudiait le bout de sa chaussure.

— Je crains que ce ne soit plus possible. Nous devons nous mettre en route à l'aube.

Francesca lutta pour garder son calme.

— Soyez raisonnable, Tristan, je ne peux pas partir demain.

Manquer les funérailles de papa ? Jamais !

Elle reposa son peigne sur une étagère près du lit.

— Si des affaires urgentes vous appellent aux Iles, il vous faudra partir seul. Personne ne vous en voudra si vous n'assistez pas à l'enterrement. Mais moi, je ne peux pas faire cela, vous le comprenez bien !

— Vous viendrez avec moi.

— Tristan, j'assisterai aux funérailles de mon père.

Les yeux bleu roi la fixaient, si durs et déterminés qu'ils en étaient presque méconnaissables.

— Non, fut la ferme réponse qu'elle obtint.

Le regard de Francesca se posa sur la tapisserie déchirée pliée au pied du lit. La toile avait été aérée et on avait brossé les plus grosses taches de boue, en attendant un examen plus approfondi des dégâts. S'ils étaient irréversibles, elle tâcherait de procéder à un raccommodage.

Tournant la tête vers Tristan, elle croisa à nouveau ce regard d'acier qu'elle ne lui avait jamais connu.

Il est inquiet, songea-t-elle.

— Tristan, que s'est-il passé à Saint-Méen ? Qu'avez-vous découvert ?

— Rien, je vous l'ai déjà dit. Un cambriolage sans importance. Messire Nicolas m'a assuré que rien n'avait été dérangé, à part la tapisserie.

— Il paraît bien étrange que quelqu'un cambriole un manoir pour prendre seulement une tapisserie. Tout cela pour l'abandonner ensuite sur le bord de la route ! Tristan, il n'y a pas que cela. Vous me cachez quelque chose.

Tristan se redressa, le visage impassible.

— Vous allez m'accompagner aux Iles.

Francesca lui lança un regard acerbe. C'était là un aspect de sa personnalité qui ne lui était pas encore familier — Tristan dans toute son intransigeance. Le grand seigneur et commandant dont les ordres ne souffraient pas de discussion. Elle le dévisagea, la gorge serrée. A le voir ainsi, lui refusant l'opportunité d'assister aux funérailles du comte Myrrdin, il était difficile d'imaginer que la nuit précédente il s'était adouci au point de lui prodiguer tant de réconfort.

— Vous êtes une brute, protesta-t-elle, au bord des larmes.

J'ai besoin de pleurer mon père. Assister à son enterrement m'aidera à faire mon deuil.

Il haussa les épaules, impavide.

— Vous pouvez aussi bien pleurer aux Iles.

— Et si je refuse de vous suivre ?

— Oh ! Vous viendrez, même si je dois vous ligoter pour cela.

Francesca sentit une larme brûlante rouler sur sa joue. Elle détourna la tête pour l'essuyer furtivement.

Soudain, le matelas s'incurva et Tristan toucha sa main.

— Francesca, murmura-t-il, nous ne sommes pas obligés de nous quereller.

Et d'un ton plus amène :

— Moi aussi je suis malheureux de ne pouvoir assister à la cérémonie, mais il le faut. J'ai besoin de votre confiance ! Vous n'êtes pas en sécurité ici.

Francesca lui jeta un regard furibond à travers le brouillard de ses larmes.

— Ce serait plus facile si vous me confiiez ce qui vous tracasse ! Je ne suis pas stupide, je sais qu'il y a autre chose et que c'est relié à votre visite à Saint-Méen.

Avec un soupir, Tristan tendit la main vers elle pour écarter une mèche de cheveux de son visage.

— Je ne voulais pas vous alarmer. Mais je crois connaître l'identité de l'homme qui a volé la tapisserie.

— Comment l'avez-vous découverte ?

— Nous avons trouvé de légères marques sur le mur du solarium, à l'endroit exact où était suspendue votre œuvre. Le dessin représente un écu de chevalier et l'emblème est étrangement semblable à celui de Joakim Kerjean.

— C'est messire Joakim qui a pris la tapisserie ? Ce goujat aux cheveux jaunes ? Pourquoi ?

Tristan lui saisit la main sur la courtepointe, sans cesser de la regarder dans les yeux.

— Kerjean me délivre ainsi un avertissement. Il veut que

je sache qu'il peut vous atteindre, même dans votre propre manoir.

— Mais pourquoi ?

Tristan grimaça un sourire.

— Du diable si je le sais ! Peut-être croit-il être amoureux de vous ?

Son expression s'adoucit.

— Francesca, je ne pense pas que son intention soit de vous faire la cour.

Francesca frissonna.

— Oh ! Non. Tout cela n'était qu'un mensonge.

Elle dévisagea Tristan, songeuse. Elle n'était jamais allée aux Iles et à n'importe quel autre moment elle aurait été curieuse de découvrir le château. Mais manquer les funérailles ?

— Vous me ligoteriez vraiment pour m'obliger à vous accompagner ?

— S'il en était besoin, oui.

Il y eut un silence. Francesca contempla d'un air morne la tapisserie déchirée, puis prit sa décision.

— Ce sera inutile. Je veux bien croire que vous avez vos raisons et ne vous combattrai pas. Je vais vous accompagner aux Iles.

Tristan lui pressa la main.

— Merci, mon cœur. Je ferai mon possible pour que vous ne le regrettiez pas.

Francesca déglutit.

— Avez-vous informé Bastian que nous quittions Fontaine ?

— Oui, c'est fait.

— Et Marie ?

Il esquissa un sourire amusé.

— Naturellement.

Puis son regard se posa sur leurs mains entrelacées et toute trace d'humour déserta son visage.

— Francesca, avant que nous ne partions, il faut que je vous parle.

Sa voix avait beau être calme, quelque chose dans son attitude alerta Francesca, qui sentit un frisson sur sa nuque.

Elle ignorait ce qu'il s'apprêtait à lui dire, mais son instinct l'avertissait qu'elle n'allait pas aimer cela.

Chapitre 10

Le regard bleu de Tristan se troubla et Francesca retint son souffle.

— J'ai une confession à vous faire, commença-t-il. Avant notre mariage, j'avais une maîtresse.

Elle accueillit l'aveu d'un sourire.

— Voilà qui ne me surprend guère, Tristan. Beaucoup de jeunes seigneurs ont des maîtresses. J'avais beau être candide, je voyais bien que vous aviez de l'expérience.

Une rougeur teinta les pommettes de Tristan.

— J'aurais dû vous parler d'elle. Et aussi vous préciser qu'elle vivait au château des Iles. Lorsque nous serons là-bas, vous la rencontrerez inévitablement.

Francesca cilla. Rencontrer l'ancienne maîtresse de Tristan ? Elle sentit les doigts de son mari se crisper sur les siens, et si elle n'avait pas été aussi choquée par ses propos, elle aurait pu penser qu'il éprouvait des remords.

Son estomac se noua.

— Comment... Comment s'appelle-t-elle ?

— Esmerée.

Esmerée...

— Tristan, vous m'avez affirmé que vous aviez respecté nos vœux de mariage. Votre relation avec elle est-elle terminée ?

— Bien entendu ! Elle s'est achevée quand nous nous sommes fiancés, vous et moi.

— Mais elle vit tout de même au château ? Pourquoi ? Espère-t-elle que vous la reprendrez un jour ?

— Mais non, pas le moins du monde. Esmerée a épousé mon ami Roparz. Il est fou d'elle et ils sont insolemment heureux.

Tristan s'éclaircit la gorge et son regard se fixa sur le mur derrière elle.

— Esmerée attend son deuxième enfant.

Francesca écarquilla les yeux, tâchant d'assimiler ce qu'elle apprenait là. L'ancienne maîtresse de Tristan, mariée à messire Roparz ?

— C'est la fille d'un chevalier, je suppose ?

Il secoua la tête.

— Le père d'Esmerée était marchand.

— Et messire Roparz l'a épousée quand même ? Votre régisseur ?

Un chevalier jouissait d'un statut bien supérieur à celui d'un marchand et on s'attendait généralement à ce qu'il se marie avec quelqu'un de son rang. C'était très inhabituel d'en trouver un qui choisisse une femme d'une classe inférieure.

— Son père était riche ?

— Non pas. Mais c'était elle que Roparz voulait, il n'en aurait épousé aucune autre. Dès qu'il est devenu clair que ma relation avec Esmerée touchait à sa fin, Roparz s'est mis sur les rangs et a demandé sa main.

Il esquissa une grimace avant de poursuivre :

— J'ai été le roi des imbéciles, je l'avoue. Roparz m'a avoué qu'il l'aimait depuis toujours. Et je n'avais rien remarqué !

— Vous auriez renoncé à elle plus tôt si vous l'aviez su ?

— Bien sûr. Ma relation avec elle n'était rien d'autre qu'un arrangement.

— Un arrangement..., répéta Francesca en écho.

Le ton semblait si froid. Si distant. Pire encore, à l'arrière-plan de sa conscience, une ignoble voix lui chuchotait que son propre mariage avec Tristan avait été aussi un arrangement — un arrangement qui s'était révélé caduc dès l'instant où dame

Claire avait été proclamée l'héritière du comte de Fontaine. Jusque-là, Tristan avait pensé que les terres du comte Myrrdin s'ajouteraient un jour à la liste de ses biens. Il régissait le domaine et connaissait Fontaine dans ses moindres recoins.

Et maintenant ? A présent que le comte Myrrdin était mort, Tristan regrettait-il encore plus vivement la perte de ces terres ?

Francesca déglutit. Il aurait fallu que Tristan fût un saint pour que ces pensées-là ne lui soient pas venues à l'esprit. Et Tristan le Beau était tout sauf un saint.

— Combien de temps Esmerée est-elle restée votre amante ?

— Un an ? Deux peut-être ? Bon sang, Francesca, je n'ai pas compté les jours !

Elle hocha la tête comme si elle comprenait, sauf qu'elle ne comprenait pas, mais alors pas du tout. Tristan avait beau prétendre que sa liaison avec Esmerée était achevée, il devait éprouver un sentiment pour elle. Sinon, pourquoi l'aurait-il gardée aux Iles ? L'avait-il mariée à son ami pour la conserver à portée de main ? Etait-elle vraiment heureuse avec Roparz ? Tout cela semblait un peu trop commode.

Doucement, elle lui retira sa main.

— Cela me semble très gênant.

— Quoi donc ?

— Eh bien, qu'Esmerée habite aux Iles.

Tristan haussa les épaules.

— Ah bon ?

Il semblait perplexe. Comme s'il se demandait pourquoi elle énonçait une chose pareille !

— C'est une situation très bizarre, insista-t-elle. Vous devez bien vous en rendre compte ?

Il détourna les yeux, visiblement mal à l'aise.

— Je ne suis pas le seul homme à avoir eu une maîtresse, que je sache.

— Non, certes. Mais l'établir aux Iles, dans votre principale résidence… Ne voyez-vous pas comme c'est incongru ?

Quand vous séjournez là-bas, vous devez sans cesse vous cogner à elle.

Il haussa à nouveau les épaules.

— Rappelez-vous que je n'y ai pas passé beaucoup de temps ces deux dernières années. Du reste, comme je vous l'ai dit, mon histoire avec elle n'était rien d'autre qu'une transaction. J'aime beaucoup Esmerée, mais je n'ai jamais été amoureux d'elle. Notre relation était purement physique.

— Vous avez payé pour ses services.

— Elle était consentante, si c'est à cela que vous pensez.

Francesca le dévisagea, enveloppant d'un regard ces cheveux d'ébène, ces yeux bleus qui l'avaient autrefois contemplée avec tant de passion, du moins l'avait-elle cru.

Que suis-je pour vous ? Une transaction qui a raté ? Une autre femme avec qui satisfaire vos besoins physiques ? Ou y a-t-il plus que cela entre nous ?

Elle soupira, incapable de détourner les yeux de ces mâchoires fermes, de cette bouche bien modelée. Tristan le Beau. Malgré toute son arrogance et sa froideur, il restait toujours d'une séduction diabolique.

— Oui, je m'en doute, murmura-t-elle.

Il fixa de nouveau sur elle un regard perplexe.

— Francesca, je vous demande pardon de ne pas vous avoir parlé d'Esmerée il y a deux ans. Sur mon honneur, elle a cessé d'être ma maîtresse le jour où j'ai décidé de me marier.

— Pourquoi ne m'avez-vous jamais dit qu'elle vivait aux Iles ?

— Cela fait-il une différence ?

Francesca agrippa les couvertures.

— Bien sûr que oui ! Je vous ai dit que je vous accompagnerais aux Iles, mais je n'ai pas la moindre envie de vivre sous le même toit que votre ancienne maîtresse. Comprenez que c'est impossible !

— Elle est à présent dame Esmerée de Fougères, l'épouse de mon régisseur. Je ne peux pas la renvoyer.

— Le château des Iles n'est pas votre seul manoir, que je sache.

Il plissa les yeux.

— Vous attendez de moi que je me débarrasse de Roparz ? Il est le plus efficace des régisseurs, en plus d'être mon ami. Je veux que mon meilleur intendant soit en charge de mon principal domaine.

— Ce que je vous demande, c'est d'avoir la décence de loger ailleurs votre ami et sa femme. Dieu sait que vous avez l'embarras du choix avec tous vos châteaux !

— Je ne peux pas faire cela.

— Pourquoi donc ?

Tristan se passa la main dans les cheveux et jeta un regard fulminant — il n'existait pas d'autre mot — vers la tapisserie déchirée posée au pied du lit. Francesca frissonna malgré la chaleur des couvertures. Jusqu'ici, elle n'avait jamais vraiment croisé le fer avec Tristan et elle n'aimait pas cela. Etait-ce seulement l'arrogance d'un grand seigneur accoutumé à commander les autres ? Il y avait quelque chose d'étrange dans ses façons, une réticence qu'elle ne parvenait pas à cerner. De quoi s'agissait-il ? Etait-ce à propos de Roparz ?

Ce dernier avait fait preuve d'une grande loyauté à l'égard de Tristan, qui de toute évidence le considérait presque comme un frère. Roparz représentait peut-être le seul élément stable dans la vie de Tristan, aussi ne fallait-il pas s'étonner qu'il lui soit si précieux. Les parents de Tristan ne lui avaient jamais manifesté beaucoup de tendresse et le lien entre Roparz et lui avait peut-être compensé cette indifférence. Roparz était la personne sur qui il pouvait s'appuyer.

Etait-ce pour cela qu'il refusait de l'envoyer prendre un poste ailleurs, loin de lui ? Si tel était le cas, et même si elle haïssait l'idée de se retrouver face à face avec dame Esmerée de Fougères, elle devrait tout de même accepter.

Elle savait bien, au fond, que Tristan n'était pas aussi froid qu'il voulait bien le montrer. La nuit précédente, il lui avait fait l'amour avec tant de douceur… Sûrement, cela n'avait pas été qu'un simple soulagement physique pour lui. Il s'était montré tendre et aimant. Un homme capable d'aimer ainsi ne pouvait pas être insensible. Aussi indéfinissable qu'elle fût, cette flamme entre eux représentait bien plus qu'une vulgaire transaction. Leur mariage avait été contracté pour des raisons politiques, mais dès l'instant où elle avait posé les yeux sur lui, elle avait su qu'il n'existait qu'un homme au monde à ses yeux. Tristan le Beau. Et cela n'avait pas changé.

Tristan, je vous aime.

Ces mots résonnèrent en elle. Elle l'aimait depuis le début, elle le lui avait même avoué. Néanmoins, elle était la première à admettre que son amour avait manqué de maturité, qu'il avait été essentiellement basé sur la beauté de Tristan et l'attraction charnelle qui avait flambé entre eux — aussi inattendue que ravageuse. Les sentiments qu'elle éprouvait à présent étaient bien plus forts, sa toquade de jeune fille s'était épanouie pour donner naissance à un amour profond.

Si je veux le garder, je vais devoir me battre pour lui.

Elle prit une longue inspiration.

— Tristan, pourquoi êtes-vous venu me chercher à Provins ?

Il lui jeta un regard étrange.

— Vous connaissez déjà la réponse — pour vous apprendre que le comte Myrrdin était très malade.

— Vous n'étiez pas obligé de venir en personne, vous auriez pu envoyer quelqu'un d'autre.

— Je voulais que ce soit moi qui vous l'annonce.

— Pourquoi ?

Elle vit un muscle palpiter dans sa joue.

— Je l'ignore. Disons que c'était une impulsion que je commence à regretter, ajouta-t-il d'un ton sec.

Vous mentez, mon seigneur.

Francesca se mordit la lèvre, refoulant son désappointement. Elle aurait tant voulu lui faire admettre qu'il s'était inquiété pour elle, et avait tenu à l'informer lui-même de la mauvaise nouvelle parce qu'il savait à quel point elle en serait bouleversée. Elle attendait qu'il dise quelque chose — n'importe quoi — qui lui montrerait qu'elle comptait vraiment pour lui. Son cœur se serra. Leur mariage avait commencé comme une transaction politique, certes, mais elle avait imaginé qu'il se transformerait en une union plus profonde. Puis dame Claire était arrivée, et tout ce que Francesca avait vu à cette époque, c'était que le comté pour lequel Tristan l'avait épousée ne serait jamais sien.

Elle se rendit compte soudain à quel point elle avait changé durant les longs mois de leur séparation. Elle était plus âgée désormais, et, du moins l'espérait-elle, un peu plus réfléchie. A présent, elle avait quelques raisons de penser que Tristan tenait à elle, même si leur relation ne faisait suite qu'à un simple arrangement. Sinon, pourquoi serait-il venu à Provins en personne au lieu d'envoyer quelqu'un d'autre ?

Il n'était pas du genre à exprimer ses sentiments, mais il se montrait loyal envers ceux qu'il aimait. Il éprouvait un profond sentiment d'amitié pour Roparz, la façon dont il refusait de l'envoyer dans un château éloigné, aux confins de son comté, en représentait la preuve flagrante.

Si elle voulait garder Tristan, Francesca devait prouver que ce qui les liait était bien plus qu'un traité poussiéreux, conçu par le comte Tristan des Iles et le comte Myrrdin de Fontaine parce que leurs comtés respectifs se jouxtaient.

Lorsque Tristan, au palais, l'avait entraînée loin de la fête, elle lui avait accordé le bénéfice du doute, en songeant que sa rude éducation de chevalier et la façon dont son père l'avait traité étaient sans doute responsables de son apparente froideur.

A l'époque de leur mariage, candidement persuadée d'être l'héritière de Fontaine, elle avait senti qu'elle pouvait le changer. Ou plutôt non. En fait, elle était convaincue qu'il possédait en lui tout ce qu'il fallait pour faire un époux attentionné et aimant. Et au fond de son cœur, elle ressentait toujours la même chose. La flamme entre eux brûlait toujours, la nuit écoulée en avait été la preuve. Francesca ne pouvait s'imaginer faisant l'amour avec un autre homme aussi ardemment qu'avec Tristan. Lorsqu'ils s'unissaient, elle s'abandonnait complètement et il en allait de même pour lui, elle n'en doutait pas. Tous les maris se comportaient-ils ainsi avec leur femme ? Elle avait beau avoir une expérience limitée en la matière, elle était sûre que non.

Pendant son séjour à Paimpont, elle avait eu tout le temps de réfléchir. Beaucoup d'hommes mariés, avait-elle observé, se souciaient peu de l'affection de leurs épouses et faisaient l'amour ici et là, au gré des occasions. Tous n'étaient pas ainsi, bien entendu, certains étaient capables de se montrer fidèles en honorant leurs vœux de mariage. Tristan jurait qu'il les avait respectés, tout comme elle-même.

Oui, il tenait à elle. Il ne savait peut-être pas exprimer son affection avec des mots, mais la tendresse qu'il lui manifestait au lit parlait pour lui. Elle n'avait qu'à se raccrocher à cela, en priant pour qu'il apprenne à admettre ses propres sentiments.

Sans doute considérait-il l'amour comme une faiblesse. Si elle voulait rester avec lui, elle devrait lui apprendre que, loin d'être une faille dans sa cuirasse, l'amour pouvait se révéler une source de grande force.

Mais d'abord il y avait une chose qu'elle devait lui faire comprendre… C'était qu'elle n'avait pas l'intention de se laisser piétiner par lui !

— Tristan, je n'ai vraiment aucune envie de rencontrer votre ancienne maîtresse.

Le silence régna un instant.

— Je suis désolé, répondit-il enfin d'un ton préoccupé, mais dame Esmerée et messire Roparz ne quitteront pas les Iles.

Francesca crispa les mains sur les couvertures. Fasse le ciel qu'elle ne se trompe pas en attribuant l'obstination de Tristan à sa loyauté et à son affection pour messire Roparz, car si elle se fourvoyait, si réellement il était incapable de tels sentiments, alors il ne resterait plus aucun espoir pour eux.

Un mariage sans amour n'était pas fait pour elle. Si Tristan n'avait que cela à lui offrir, alors il lui faudrait se montrer forte. Elle disparaîtrait calmement de sa vie, le laissant libre de conclure ailleurs une brillante union de convenance.

Les yeux picotant de larmes, Francesca se laissa rouler sur le flanc, tournant le dos à Tristan. Elle l'entendit soupirer. Puis il se leva, imprimant au lit un léger mouvement, et elle l'écouta se dévêtir — le léger cliquetis de son ceinturon, le bruit de ses bottes tombant sur le sol.

La tapisserie de Saint-Méen gisait en travers du lit, aussi lourde qu'une pierre. D'un geste agacé, Francesca l'écarta d'un coup de pied et l'objet atterrit par terre avec un bruit sourd. Du coin de l'œil — même si elle ne l'observait pas ! — elle vit Tristan se courber et la ramasser.

— Qu'est-ce que cela fait ici ? marmonna-t-il en la posant sur un coffre.

— Je pensais la raccommoder, mais je crois qu'elle n'est pas réparable.

Tristan se contenta de lui jeter un bref regard. Un muscle frémit dans sa joue. Puis il grimpa silencieusement dans le lit.

Le lendemain matin, la cour était baignée de soleil quand Francesca et Tristan prirent congé de dame Claire et de messire Arthur. Prêtant l'oreille aux propos hâtivement échangés entre Arthur et Tristan, Francesca comprit que ce dernier avait persuadé messire Arthur d'envoyer une petite délégation d'hommes surveiller le manoir de messire Joakim. Les hommes d'Arthur auraient pour mission de signaler tout mouvement inhabituel. Plus que le reste, ce détail lui prouvait combien Tristan s'inquiétait de la menace que représentait Kerjean.

Quant aux novices bénédictins, on n'en voyait plus trace. Ils s'étaient mis en route à la pointe du jour pour regagner l'abbaye de Saint-Michel. Après avoir fait leurs adieux à leurs hôtes, Francesca et Tristan se dirigèrent vers le pont-levis au milieu d'une imposante troupe, constituée par des chevaliers de messire Arthur.

Au bord des larmes, Francesca se tenait raide sur sa selle, sans jeter le moindre regard en arrière. Elle arrivait à peine à croire qu'elle n'assisterait pas aux funérailles du comte Myrrdin.

En dépit du soleil, la forêt de Brocéliande semblait faire écho à sa tristesse. Les arbres défilaient, sentinelles sombres aux troncs tachés de lichen gris. Sous le feuillage naissant, les sentiers restaient plongés dans l'ombre. L'appel strident d'un épervier retentit, évoquant une âme en peine. Détournant son attention de ce qui l'entourait, Francesca continua à chevaucher silencieusement, se recroquevillant dans le brouillard de ses pensées.

Enfin, quelque part près de la frontière est de la Bretagne, les arbres s'espacèrent et elle émergea de son état second pour écouter les propos qu'échangeaient deux chevaliers.

— Le voyage tire à sa fin, observa l'un d'eux. La mer se trouve juste devant nous.

— Ce n'est pas trop tôt, répliqua l'autre. J'ai l'estomac dans les talons.

Le sentier se rétrécit. A travers un buisson d'aubépines, Francesca entrevit l'Océan, une immensité grise qui lui coupa le souffle. Elle en resta bouche bée. C'était la première fois qu'elle voyait la mer. On lui avait bien dit qu'elle était vaste, et dans son esprit elle avait imaginé une sorte de grand lac. Mais ceci… Dieu, mais c'était une étendue d'eau sans fin !

Ils ralentirent les chevaux et, à la queue leu leu, suivirent la piste qui longeait le bord d'une imposante falaise de granit.

Du côté des terres, le sentier était bordé par des ajoncs hérissés d'épines, dont les fleurs étincelaient, pareilles à de l'or dans la lumière du crépuscule. La sente semblait sûre, mais la mer s'étendait si loin au-dessous d'eux que Francesca sentait son estomac se nouer chaque fois qu'elle jetait un coup d'œil en contrebas. Un âpre vent soufflait, des vagues couronnées d'écume blanche déferlaient vers la grève et Francesca les entendait s'écraser dans quelque crique rocheuse, à des centaines de pieds plus bas. De petites îles, sombres et boisées, parsemaient la baie. L'air était chargé de sel.

Là, sur la falaise, le vent ébouriffait les crinières des chevaux et Francesca sentit des mèches de cheveux s'échapper de son voile. Des mouettes criaient en fendant l'air de leur vol rapide. Ce son lugubre et lancinant lui serra le cœur.

Esmerée.

Francesca aurait voulu ne pas vivre les heures qui allaient suivre.

— Nous y voilà, déclara Tristan.

Tirant sur ses rênes, il désigna le promontoire devant eux.

— Je vous ai fait passer par ici, pour que vous puissiez le découvrir sous son meilleur jour.

Le château des Iles.

Francesca écarquilla les yeux. Un mur d'enceinte se dressait tout le long de la falaise, son extrémité est reflétant les dernières lueurs du soleil couchant. Derrière les merlons et les créneaux se dressaient les tours et tourelles d'un château gigantesque, qui aurait pu servir de décor à n'importe quelle ballade. Le château des Iles était immense — une masse complexe de maçonnerie qui se découpait sur l'horizon. Le château de Tristan dominait tout le paysage et semblait absolument imprenable. Tourelles, chemins de ronde, tours fortifiées, toits en pente et toits coniques se succédaient… Le regard ne savait où se poser.

— C'est grandiose !

Ils continuèrent à chevaucher. Francesca s'efforçait de cacher sa surprise. Le château de Tristan faisait deux fois la taille de celui de Fontaine. En fait, il était même plus grand que le palais du comte Henri à Provins. Il aurait dû paraître déplacé, ici à l'extrémité de la Bretagne, et pourtant il n'en était rien. Francesca leva les yeux vers les nuages blancs que le vent du large poussait vers eux et, l'espace d'un instant, le château des Iles lui fit penser à un bateau voguant dans une mer d'écume en direction des îles éparpillées dans la baie.

Léchant le sel sur ses lèvres, elle montra l'archipel.

— Ces îles sont-elles inhabitées ?

Tristan se tourna vers elle, faisant craquer sa selle.

— Un ermite vivait sur l'une d'elles au temps de mon père, mais je ne suis pas sûr qu'il s'y trouve encore. Il y a deux chaumières de pêcheurs. Sinon, seulement des oiseaux.

Francesca reporta son attention vers le château. Même si elle avait entendu parler de sa taille imposante, elle n'avait pas imaginé qu'il fût aussi grand.

Le sentier de la falaise s'élargit, tandis qu'ils approchaient de la bâtisse dressée sur son promontoire rocheux, se dirigeant vers l'entrée. Tristan tira sur ses rênes afin qu'elle puisse chevaucher près de lui. Avec un sourire malicieux, il tendit la main vers elle pour effleurer le pli entre ses sourcils.

— Vous vous inquiétez au sujet d'Esmerée. Il ne faut pas.

La tête haute, Francesca pénétra dans la cour à son côté.

Tristan prit Francesca par la main.

— Je vais vous conduire à notre chambre, puis je vous demanderai la permission de vous laisser. Je dois m'entretenir avec Roparz.

— Bien sûr. Vous devez avoir beaucoup de choses à vous dire.

Tristan la vit observer les alentours, tandis qu'il lui faisait traverser promptement la grande salle, sous le regard curieux des serviteurs. Le temps des présentations viendrait plus tard. Enfilant le corridor à grands pas, il s'arrêta au pied de l'escalier.

— Il va falloir gravir de nombreuses marches, je vous préviens. Notre chambre est située tout en haut.

— Très bien.

Pourvu qu'elle lui ait pardonné de lui avoir fait manquer les funérailles du comte Myrrdin, s'inquiétait-il. Elle s'exprimait d'une voix calme, beaucoup trop polie, et ses joues semblaient bien pâles. Redoutait-elle le moment de sa rencontre avec Esmerée ? Il espérait bien que non, même si la réaction de Francesca en apprenant qu'Esmerée habitait aux Iles rendait la chose fort probable.

Tristan retint un soupir. Que pouvait-il y faire ? Il fallait qu'il parle à Roparz sans attendre. Tous deux avaient conclu un accord et il n'allait certainement pas procéder à des changements sans en référer d'abord à Roparz.

Francesca était hors d'haleine lorsqu'ils atteignirent leur chambre. Le soleil se couchait et dardait par la fenêtre une flèche de lumière incandescente. La jeune femme lâcha la main de Tristan et marcha vers l'embrasure.

— Une fenêtre à triple ogive face à la mer, murmura-t-elle. Dieu du ciel, on peut voir à des lieues !

— Vous aimez ?

— Comment pourrais-je ne pas aimer ? C'est à couper le souffle !

Tristan se tut, la poitrine serrée. Francesca dans sa chambre, enfin. Sa silhouette — si féminine et attirante — était la tentation même, avec chacune de ses courbes soulignées par la lumière. Avait-il eu raison de l'amener ici sans en informer d'abord Roparz ? Il ne lui restait plus qu'à le souhaiter.

Il s'éclaircit la gorge.

— C'est mon père qui a fait élargir la fenêtre. Cette chambre est située si haut qu'elle n'a nul besoin d'une ouverture défensive.

Francesca posa sa main dans l'encadrement.

— Quel est ce grondement ?

— Ce sont les vagues.

— On croirait le tonnerre.

Tristan vint se placer à côté d'elle et plaça sa main sur la sienne.

— C'est vrai.

Elle découvrait la baie sous son plus bel éclairage. Le ciel flamboyait, avec ses nuages éclaboussés d'écarlate et d'or.

Tandis qu'ils contemplaient ce spectacle, le bord du soleil atteignit l'horizon et les îles parurent flotter dans une mer dorée. La surface était ondulée de vagues roulant vers la grève.

— C'est magnifique, murmura-t-elle.

Le soleil couchant se reflétait dans ses prunelles grises, faisant étinceler les paillettes d'or et d'argent que Tristan aimait tant. Il brillait sur sa natte couleur d'ébène et rosissait ses joues.

— Oui, magnifique, murmura-t-il en écho.

Respirant à fond, Francesca se retourna et examina la chambre.

La courtepointe ancienne sur le grand lit portait les couleurs du blason des Iles, trois grandes potentilles brodées sur de la soie argentée. Elle était usée par endroits et Tristan s'attendait à une remarque sur sa vétusté, mais Francesca ne fit aucun commentaire. Elle la contemplait, clouée sur place, et il crut comprendre pourquoi. La soie d'argent reflétait les nuances du soleil couchant — or, abricot et écarlate.

Puis elle détourna les yeux, jetant un coup d'œil rapide à la table de chevet, ainsi qu'à la porte donnant sur une petite pièce que Tristan utilisait parfois comme bureau. Son regard se posa ensuite sur les portemanteaux fixés au mur. Soudain, elle écarquilla les yeux.

— Mais ce sont mes coffres de voyage ! Vous les avez fait apporter de Provins !

Francesca se campa devant lui, les mains sur les hanches, et Tristan comprit qu'il allait passer un mauvais quart d'heure.

— Vous aviez décidé depuis le début que je viendrais aux Iles ? Avant d'obtenir mon accord ?

Il se rapprocha d'elle, un sourire aux lèvres.

— J'espérais vous convaincre, c'est vrai.

— Vous avez beaucoup présumé ! Avant la fête, j'avais projeté de quitter Paimpont pour me rendre à Montfort.

— Chez des amis, oui.

Francesca se renfrogna.

— Messire Ernis a bavardé, à ce que je vois.

Tristan haussa les épaules.

— Il a simplement mentionné que vous aviez là-bas des amis.

— J'ai *une* amie, oui, et elle a besoin de moi. Elle a sollicité mes conseils.

— Oh ?

— Sur la façon de diriger un manoir. Vous ne comprendriez pas.

D'un geste, elle désigna la fenêtre en ogive et le grand lit avec sa courtepointe de soie.

— Tristan, vous êtes né là-dedans, mais pas mon amie. Elle s'est vu confier le poste de gouvernante à Montfort, mais ses origines sont des plus humbles. Elle est anxieuse de plaire et a requis mon aide. Messire Guy…

— Messire Guy ? Je croyais que Montfort appartenait à messire Eric, le chevalier qui a épousé dame Rowena de Sainte-Colombe ?

— C'est exact. Messire Guy est son régisseur.

L'expression de Francesca s'adoucit.

— Messire Guy s'est montré très aimable avec Helvise. C'est mon amie, Tristan, et les choses n'ont pas été faciles pour elle. Elle se sent heureuse à Montfort et ne veut pas perdre sa place. Je lui ai offert de l'aider en lui enseignant comment gérer un manoir, afin que messire Guy lui permette de rester.

Tristan hocha la tête comme s'il comprenait, même s'il demeurait en réalité perplexe.

— Pourquoi messire Guy la mettrait-il à la porte ?

— Elle n'a pas été formée pour diriger un manoir. Et elle a un enfant.

Cette fois, Tristan saisit à demi-mot.

— Et elle n'a pas de mari, c'est cela ?

Les femmes non mariées avec des enfants se retrouvaient souvent ostracisées. Tristan ne connaissait pas messire Guy, aussi ne hasarda-t-il aucun commentaire sur le fait que l'homme puisse faire exception à la règle en confiant à Helvise la charge de la maisonnée.

— Exactement, répondit Francesca. Vous savez combien les gens sont enclins à juger. Je me sens certaines affinités avec Helvise. Comme elle, je suis de basse extraction, même si, grâce au comte Myrrdin…

Le visage assombri, elle déglutit convulsivement avant de poursuivre :

— Grâce au comte Myrrdin, j'ai reçu une certaine éducation. Je m'entends à la gestion d'un manoir et je puis donc lui venir en aide. Je n'ai sans doute pas de sang aristocratique dans les veines, mais j'ai appris à diriger une maisonnée, et cela, du moins, me servira toujours.

— Je n'en doute pas. A Paimpont, messire Ernis m'a raconté que vous n'aviez pas votre pareille pour les comptes du domaine. Et que les celliers n'avaient jamais été si bien approvisionnés.

Tristan avait pu constater par lui-même que les toiles d'araignée n'avaient plus droit d'asile à Paimpont. Il avait pu voir les tables bien cirées, les fleurs, et la jonchée fraîche sur le sol de la grande salle.

Le visage de la jeune femme s'éclaira.

— Merci. J'ai fait de mon mieux pour me rendre utile. Au moins, une partie de mon éducation aura porté ses fruits.

Tristan ne pouvait nier qu'elle avait fait merveille à Paimpont. Pourtant, quelque chose dans le ton de sa voix lui fit dresser l'oreille.

— *Une* partie ?

Francesca le regarda dans les yeux.

— Je ne suis pas noble.

— La noblesse n'est pas déterminée par la naissance, mais par les actes.

Il lui prit la main et la porta à ses lèvres avant d'ajouter :

— Vous êtes une dame jusqu'au bout des ongles, mon cœur. Vous l'avez toujours été, et le resterez toujours pour moi.

L'expression de Francesca s'adoucit.

— Vous vous montrez chevaleresque, voilà tout.

— Au diable, la chevalerie ! Je suis sincère. Vous êtes une vraie dame.

Elle lui dédia un faible sourire, tempéré de mélancolie.

— Je vois où vous voulez en venir, Tristan. Vous voulez coucher avec moi de nouveau.

Tristan ne répondit pas. Bien sûr qu'il voulait coucher avec elle ! Mais son sourire — cette note de tristesse qu'on y décelait — l'inquiétait d'autant plus que cela n'avait visiblement rien à voir avec la mort de Myrrdin, mais avec leur mariage et la place de Francesca dans le monde.

— Je ne suis ni chair ni poisson, mon seigneur. Et votre ardeur à mon égard le prouve bien.

Il la dévisagea, interloqué.

— Je vous demande pardon ?

— Ne voyez-vous pas ? Je suis incapable de vous résister et vous le savez bien.

S'il n'avait décelé cette ombre dans son regard, Tristan aurait souri.

— Vous semblez penser que c'est une mauvaise chose.

Elle hocha vigoureusement la tête.

— Oui. Et cela me conforte dans mon opinion. Je ne sais pas vous résister. Je n'ai jamais pu. Vous m'amenez à me comporter d'une façon tout à fait inconvenante et vous faites de moi une véritable catin. Quand je suis avec vous, j'ai du mal à me reconnaître.

— Je suis votre mari. Les choses sont comme elles doivent être.

— Vraiment ?

— Mais bien sûr ! Songez au comte Myrrdin. Lui et la comtesse s'adoraient, tout le monde le sait à Fontaine.

Elle fronça les sourcils.

— C'est vrai qu'il n'a jamais cessé de la pleurer.

— Exactement.

Tristan prit une profonde inspiration.

— C'était la même chose avec mes parents. Ils n'avaient d'yeux que l'un pour l'autre, et quand ma mère est morte, mon père a eu tant de chagrin qu'il est devenu indifférent au reste du monde.

Le regard gris de Francesca s'emplit de compassion. Elle l'agrippa par le devant de sa tunique.

— Tristan, je suis certaine que votre père vous aimait !

Il s'écarta d'un geste brusque. Bon sang, c'était elle qu'il essayait de réconforter ! Sa pitié était bien la dernière chose qu'il souhaitât.

— Tout ce que j'essaie de vous dire, c'est que le plaisir que nous nous donnons mutuellement au lit ne fait pas de vous une catin. Vous êtes une femme généreuse et passionnée et j'ai beaucoup de chance de vous avoir pour épouse. Francesca, je ne veux plus jamais entendre de pareilles sornettes !

Réprimant un accès de colère, il se tourna vers la fenêtre. Aussi, c'était sa faute. S'il n'avait pas si radicalement disparu de la vie de Francesca !… Mais non, il n'était pas entièrement à blâmer, se reprit-il. Il y avait eu ces lettres perdues. Cela n'empêchait pas qu'il avait manqué à ses devoirs d'époux…

Francesca avait un cœur chaleureux. Pour s'en convaincre, il suffisait de l'entendre parler de son amie de Montfort, qui avait besoin d'aide. Elle méritait mieux qu'un mari qui ne l'avait épousée que pour déserter aussitôt le foyer conjugal et aller servir le duché. Il s'était montré orgueilleux. Arrogant. Il avait trop présumé d'elle, sans prendre en compte son extrême jeunesse. Elle n'avait que seize ans quand il l'avait épousée. Une enfant !

Ces maudites lettres égarées avaient causé bien du mal…

Eh bien, il réparerait cela. Il le fallait, car lui aussi avait besoin d'elle. Son désir pour elle flambait chaque fois qu'il la regardait et son cœur se serrait à la seule pensée de la perdre. Il ne *voulait* pas la perdre. Il devait la convaincre de sa propre valeur. Il devait lui prouver qu'elle pouvait lui faire confiance. Et pour cela, il allait lui parler de Kristina.

Seulement, il ne pouvait pas le faire avant d'avoir prévenu Roparz qu'une nouvelle personne allait partager leur secret. Il lui fallait s'entretenir avec Roparz sans délai.

— Francesca, nous reparlerons de cela plus tard. Pour le moment, messire Roparz a dû être informé de notre arrivée. Il m'attend sans doute pour me présenter son rapport.

Il faut que je demande à Roparz ce qui a pu se passer avec ces lettres. Puis nous devrons discuter de Kristina.

Son estomac se noua à cette pensée. Francesca lui pardonnerait-elle jamais de lui avoir caché un secret de cette importance ? Il devait tout lui dire et il n'y manquerait pas. Dès qu'il aurait parlé à Roparz.

La jeune femme considérait ses malles, les sourcils froncés. Bon, sur ce point-là au moins, il pouvait arranger les choses.

— Je vous présente mes excuses pour avoir fait emporter vos affaires de Paimpont sans votre accord.

Elle rencontra son regard.

— Vous me laisserez retourner en Champagne ?

— Je préférerais que vous choisissiez de rester aux Iles. Si cela pouvait vous y décider, j'offrirais même une place ici à votre amie Helvise !

Francesca se figea.

— Vous lui offririez un poste ici ? C'est très généreux à vous.

— Francesca, je ne suis pas totalement dépourvu de cœur. La vie peut être dure pour les femmes qui ont eu des enfants hors mariage.

Il haussa les épaules.

— De toute façon, c'est un mince prix à payer, si cela peut vous encourager à demeurer ici. Mais si vous tenez à repartir, je ne vous retiendrai pas, bien sûr.

Il parvint à esquisser un sourire contraint, qui le gêna

lui-même. Sans doute en serait-il ainsi tant qu'il n'aurait pas mis son cœur à nu devant Francesca. Lui parler de Kristina serait assurément la meilleure façon de lui prouver combien il avait confiance en elle.

Il ne lui restait plus qu'à prier pour que cet aveu ne l'éloigne pas définitivement de lui. Lui apprendre qu'il avait une fille allait représenter pour leur mariage une mise à l'épreuve bien pire que tout ce qu'ils avaient affronté jusque-là.

— J'espère pouvoir vous convaincre de rester, Francesca. Il faut que je vous quitte un moment, j'ai à m'entretenir avec Roparz. Je reviendrai vous chercher pour le souper. S'il vous plaît de vous joindre à nous dans la grande salle, vous pourrez faire la connaissance de tout le monde.

— Merci, Tristan.

Le regard fixé sur ses malles, Francesca écouta décroître le bruit des pas de Tristan dans l'escalier. C'était un abus d'autorité de sa part que d'avoir fait ôter ces coffres de Paimpont sans son accord, mais elle ne parvenait pas à lui en vouloir, surtout depuis qu'il lui avait proposé de trouver une place pour Helvise aux Iles. C'était bien la dernière chose à laquelle elle aurait pensé !

Il veut vraiment de moi, en fin de compte.

Bien entendu, le désir ne suffisait pas, c'était trop proche de la lubricité. Pour construire un mariage durable, ils auraient besoin d'amour. Des deux côtés.

Bon, ils se trouvaient enfin ensemble aux Iles. Ici, peut-être parviendraient-ils à se comprendre l'un l'autre — à *s'aimer*. Elle s'octroierait jusqu'à la fin de l'été. D'ici là, elle saurait sans nul doute si Esmerée tenait encore une place dans le cœur de Tristan.

Oui, elle lui accorderait jusqu'à la Saint-Michel. Si à ce moment-là Tristan et elle ne s'étaient pas rapprochés, elle repartirait pour la Champagne. Elle donnerait un coup de main à Helvise, et lorsqu'elle serait certaine que son amie pouvait se débrouiller seule, elle se retirerait dans son propre manoir, à Saint-Méen.

Chapitre 11

Le soleil venait de se coucher lorsque Tristan pénétra dans le bureau du régisseur. Une très faible lueur filtrait encore par l'étroite fenêtre. Roparz était assis à sa table, occupé à lire un parchemin à la lumière vacillante d'une lanterne.

Laissant tomber le document sur le bureau, l'intendant se leva et vint poser une main sur son épaule.

— Bienvenue à la maison, mon seigneur. Le sergent Olier m'a informé de votre retour. Vous avez été prompt. Je ne m'attendais pas à vous revoir avant deux semaines au moins.

Et, haussant un sourcil, il ajouta d'un air inquiet :

— Le comte Myrrdin ?

Tristan se rembrunit.

— Le comte a rendu son âme à Dieu. Il est décédé le jour de notre arrivée à Fontaine. A mon avis, il a attendu de revoir Francesca.

— C'est probable. Je sais que dame Francesca et lui étaient très proches. Qu'il repose en paix.

Roparz lui lança un regard pénétrant.

— Les funérailles sont déjà achevées ? Non, bien sûr. Vous avez dû partir avant, sinon c'eût été trop court.

— En effet.

Tristan referma la porte avec son pied, afin que personne ne puisse entendre leur conversation.

— Nous avons pris la décision de ne pas assister à la cérémonie.

Roparz tressaillit.

— Nous ?

— Francesca est avec moi, le sergent ne vous l'a pas précisé ?

— La comtesse Francesca se trouve ici, aux Iles ? Grand Dieu, est-elle au courant pour Esmerée ?

— Oui, je lui en ai parlé.

— Et ?

Tristan se frotta l'arête du nez.

— Comme vous l'imaginez, cela a créé quelques difficultés.

Roparz serra les mâchoires.

— Et pour Kristina ?

— Pas encore. Je voulais d'abord vous consulter.

Roparz se détendit visiblement.

— Merci.

— Comment va-t-elle ?

— Kristina ? D'une santé insolente, comme d'habitude.

Tristan marcha jusqu'au bureau, saisit machinalement le parchemin sur lequel travaillait Roparz, puis le laissa retomber sur la table.

— Roparz, il faut que nous parlions de Kristina, mais d'abord... Ne s'est-il rien passé d'inhabituel depuis mon départ ?

Roparz secoua la tête.

— Au contraire, tout a été remarquablement tranquille. Pourquoi ?

— C'est une longue histoire. Je crains que l'alliance rebelle ne soit pas entièrement matée.

Roparz darda sur lui un regard intense.

— Oh ?

— Lorsque j'ai retrouvé Francesca à Provins, elle venait d'être accostée par messire Joakim Kerjean.

— Bon sang ! Il a dû se rendre tout droit en Champagne après avoir appris où elle séjournait. Que s'est-il passé ?

— Francesca assistait à une fête masquée au palais, expliqua Tristan. Kerjean a tenté de la séduire. Par hasard, je suis arrivé juste au bon moment.

Il grimaça.

— Cet homme est d'une hardiesse qui frise la témérité. Quand Francesca et moi nous sommes mis en route pour Fontaine, il nous a suivis. Et il n'était pas seul.

Roparz arqua les sourcils.

— Il a des hommes à lui ?

— Seulement des hors-la-loi. Une bande de gueux de mauvaise mine. Je doute qu'il se trouve qui que ce soit de valable parmi eux, mais cela peut changer. J'ai dû promettre une donation à Saint-Michel pour payer le détachement de novices qui nous a amenés sains et saufs à Fontaine.

— Des novices ?

Tristan balaya la question d'un geste.

— Oh ! Des chevaliers qui ont eu leur content du monde. Ce n'est pas chose rare.

Le regard de Roparz pétilla.

— Oui, mais les novices portent rarement des armes. Votre donation doit avoir été plus que généreuse.

Tristan lui adressa un sourire amusé.

— En effet. Mais même avec notre escorte de fortune, j'ai compris que nous n'étions pas en sécurité. Kerjean a réussi à s'introduire dans le manoir de Francesca à Saint-Méen, en laissant derrière lui un message très clair — Francesca courait un danger là-bas.

— C'est donc pour cela que vous l'avez amenée aux Iles ! Que diable ce Kerjean manigance-t-il ?

— Son but, j'imagine, est de susciter des troubles afin de nous affaiblir, ici en Bretagne. Le duché ne signifie rien pour lui. Cet individu est un vautour qui se nourrit du désordre. De toute évidence, il espère que nous nous déchirerons de nouveau et qu'il pourra jouer les charognards. Je le soupçonne de vouloir reconstruire cette maudite alliance.

Roparz émit un léger sifflement.

— Combien d'hommes croyez-vous qu'il pourra réunir ?

Tristan se frotta le visage d'un geste las.

— Je n'en ai pas la moindre idée. Il lui faudra de l'argent s'il veut attirer des gens d'importance. Nous devons être sur le qui-vive. Les hommes de messire Arthur ont l'œil sur le manoir de Kerjean et j'ai envoyé un message au baron Rolland à Rennes pour l'informer de mes soupçons.

— Je vais faire doubler la garde.

— Merci. Il nous faudra aussi d'autres informateurs pour ouvrir l'œil et les oreilles dans les tavernes et sur les marchés.

— C'est comme si c'était fait.

Roparz tapota sur son bureau d'un air préoccupé.

— Tristan, tant que nous ne serons pas certains que ces bandits sont hors d'état de nuire, je vous conseille de ne pas reconnaître publiquement Kristina.

— Vous l'aimez autant que moi, n'est-ce pas ?

— Comment le nier ? Elle est si adorable ! J'espère que vous ne songez pas à en parler à Francesca ?

— Et si tel est le cas ?

— Je dois vous le déconseiller. Kerjean voudra tirer parti de vos points faibles pour vous attaquer. Supposez qu'il découvre que Kristina n'est pas ma fille mais la vôtre ? Il est capable de se servir d'elle contre vous. C'est la vie même de Kristina qui peut se trouver en péril.

— Bon sang, Roparz, je ne songe pas à faire une déclaration officielle ! Pas tant qu'il existe le moindre soupçon de complot de cette vermine contre le duché. C'est de Francesca que je me soucie, elle doit savoir.

Roparz lui agrippa le bras.

— Tristan, vous ne pouvez pas lui parler de Kristina. Dieu sait ce qui arriverait si cela venait à filtrer. Nous avons gardé ce secret si longtemps, pourquoi ne pas attendre jusqu'à ce que nous soyons sûrs qu'il n'y ait plus de danger ?

Tristan fronça les sourcils.

— Francesca n'en soufflera mot à âme qui vive si je le lui demande.

— C'est trop tôt, nous ne pouvons pas prendre ce risque. Au nom du ciel, Tristan, c'est de Kristina qu'il s'agit !

Tristan se passa une main sur le front.

— Mais Francesca doit savoir. Il faut que je le lui dise.

— Pourquoi ?

— Je veux qu'elle comprenne que je lui fais confiance.

— Et est-ce le cas ?

— Sur ma vie !

Roparz le dévisagea, la bouche entrouverte. Puis il partit d'un gros éclat de rire.

— Seigneur, jamais je n'aurais cru voir arriver ce jour !

— Quel jour ?

— Mais cela a fini par se produire, marmonna Roparz, jurant entre ses dents. Il faut avouer que vous ne pouviez pas trouver un meilleur moment !

Tristan le regarda sans comprendre.

— De quoi diable parlez-vous ?

— Vous l'aimez. Ce que l'on imaginait impossible est survenu, Tristan le Beau est tombé amoureux !

Tristan cilla, brusquement figé.

Je l'aime.

Ces mots sonnaient juste, ils s'enfonçaient en lui sans soulever la moindre objection. *Je l'aime.*

C'était donc cela. Voilà pourquoi la pensée d'une séparation lui était si insupportable. Pourquoi il voulait la mettre en sécurité à tout prix. Pourquoi il avait constamment besoin d'elle à son côté. Il ne se contentait pas de la désirer, il l'aimait.

Otant la plume de son support, il la fit machinalement tourner entre ses doigts.

— Elle m'a écrit, vous savez.

Roparz secoua la tête, le regard dubitatif.

— Ce n'est pas vrai. Je n'ai jamais vu sa lettre.

— Elle n'a pas écrit juste une fois, apparemment, mais plusieurs.

Roparz eut un geste d'impatience.

— En avez-vous la preuve ? Je n'ai vu passer aucune missive.

— Roparz, je la crois.

— Pardonnez-moi, Tristan, mais il est clair que vous n'êtes pas objectif.

— Moi ?

— Vous êtes épris.

Tristan entendit la voix de son père résonner dans sa mémoire. « L'amour ? Un synonyme de faiblesse. Un guerrier ne devrait jamais y céder. » Il repoussa ce souvenir. Ce n'était pas le moment de se rappeler ce que le chagrin avait poussé son père à commettre après la mort de sa mère.

— Vous oubliez quelque chose, Roparz. Moi aussi, j'ai écrit à Francesca. Et elle n'a jamais reçu mes lettres non plus.

Roparz écarta les mains dans un geste navré. Tristan le regarda bien en face.

— Oh ! Je sais que vous n'y êtes pour rien. J'ai confiance en vous. Tout comme j'ai confiance en Francesca.

Roparz demeura un instant silencieux, serrant et desserrant les poings, tandis que l'ombre s'épaississait autour d'eux. Enfin, il s'éclaircit la gorge.

— Mon seigneur… Tristan… Je comprends que vous deviez en parler à dame Francesca, mais je vous supplie d'attendre que les hors-la-loi soient sous les verrous.

Il observa une pause, le visage sévère, puis reprit :

— S'il arrivait quelque chose à ce petit bout de chou, vous ne vous le pardonneriez jamais.

Les mâchoires de Tristan se contractèrent à cette sombre perspective. Roparz avait peut-être raison.

— J'y réfléchirai. Il faudra bien que Francesca l'apprenne à un moment ou à un autre et je préférerais que ce soit le plus tôt possible.

— Naturellement, approuva Roparz.

Une ride se creusa sur son front.

— Tristan, quelqu'un doit avoir intercepté ces lettres. Kerjean ? Mais comment ?

— Il est possible que ce soit lui, admit Tristan. Pour faire parvenir des messages à ses alliés, il a dû emprunter les mêmes routes de Champagne que nous.

Il soupira avant d'ajouter :

— Nous en reparlerons plus tard. J'ai besoin de prendre un bain et de me raser. Comment va Esmerée ?

— Elle se plaint de devenir grosse comme une baleine. Mais en dehors de cela, elle se porte parfaitement.

— Je suis heureux de l'entendre.

Et regardant son régisseur dans les yeux :

— Merci pour tout, Roparz. Il n'existe pas beaucoup d'amis comme vous.

Debout devant la fenêtre de la chambre, Francesca regardait le soleil glisser sous l'horizon et la mer changer peu à peu de couleur, du doré au gris argent. Des ombres violettes s'amassaient dans les creux entre les vagues, la baie des Iles rayonnait d'une beauté à couper le souffle et cette vue aurait dû l'apaiser.

Malheureusement, il n'en était rien. Elle avait les mains tremblantes et l'estomac noué. L'heure du souper approchait et cette pensée l'emplissait d'appréhension. Il était déjà assez intimidant de rencontrer pour la première fois les gens de Tristan. Mais son ancienne maîtresse !

Elle devait trouver un moyen d'être en position de force. Enroulant une mèche de cheveux autour de son doigt, elle contempla les coffres que Tristan avait fait apporter de Paimpont. Tandis qu'elle se dirigeait vers eux, elle entendit quelqu'un gravir l'escalier en marmonnant et grommelant.

Essoufflée, Marie pénétra dans la pièce.

— Quelle ascension, par tous les saints ! Voici votre sac de selle, madame.

— Merci, Marie.

Marie se posa un instant pour reprendre son souffle, les

mains sur les hanches. Une expression intriguée se peignit sur son visage à la vue des malles.

— Que font-elles ici ?

— Le seigneur Tristan les a fait envoyer de Champagne.

La personne qui avait procédé à l'expédition avait dû les fermer à clé pour le voyage, mais Francesca observa avec plaisir que les clés avaient été remises dans les serrures. Elle ouvrit le plus volumineux des coffres.

Marie se tenait près d'elle, les yeux emplis de curiosité.

— Saviez-vous que vous les retrouveriez aux Iles, madame ?

— Non. Mais en l'occurrence, je suis très heureuse de les y voir. Nous allons devoir descendre d'ici peu pour le souper. Je voudrais de l'eau pour un bain. Ensuite, vous m'aiderez à passer ma meilleure robe.

— Celle en soie lavande que vous portiez pour votre mariage ?

— Oui, elle fera l'affaire.

Francesca ne pouvait confier à Marie combien elle redoutait sa rencontre avec dame Esmerée de Fougères. Marie devait ignorer les liens qui avaient autrefois uni cette femme à Tristan. Dieu merci, elle n'avait pas besoin de savoir.

Le regard de Marie s'illumina.

— Vous voulez faire impression, n'est-ce pas ? Vous avez tout à fait raison, madame.

Se penchant sur le coffre, elle ajouta :

— Il ne faut pas que la maisonnée du seigneur Tristan aille s'imaginer qu'il ramène à la maison une bande de péquenots en haillons. Nous devons retrouver le diadème d'améthyste qu'il vous a offert, il va parfaitement avec cette robe.

Tristan s'arrêta à l'entrée de la grande salle, le temps de passer son bras sous le sien.

— Vous êtes ravissante ce soir.

— Merci.

— Je vais vous présenter collectivement avant que nous ne prenions nos sièges. Demain, vous pourrez rencontrer les personnes individuellement.

— Très bien.

Levant le menton, Francesca s'efforça de sourire. Elle avait l'impression que des papillons voletaient dans son estomac et son cœur battait à grands coups. Une sensation bizarre s'empara d'elle, comme si elle participait à la scène, tout en l'observant de l'extérieur.

La pièce était bordée de longues tables recouvertes de nappes neigeuses. Une armée de convives étaient installés sur les bancs et tout un vacarme résonnait dans la pièce — le grondement du feu derrière l'estrade où était dressée la table d'honneur, le brouhaha des conversations et les éclats de rire, le bruissement de la jonchée d'herbes sous les pas.

La grande salle des Iles, plus vaste que celle de Fontaine, baignait dans la lumière scintillante des bougies. Une forte odeur de cire d'abeille imprégnait l'air. Des torchères en fer s'alignaient le long des murs et d'autres chandelles étaient disposées au milieu de chaque table.

Tristan adressa un signe à un serviteur et le bruit des conversations mourut sur-le-champ. Une seconde plus tard, des douzaines de bancs raclèrent le sol, tandis que tout le monde se levait. Tous les regards se fixèrent sur les nouveaux venus. On n'entendait plus dans la pièce que les craquements du feu.

Avec douceur, Tristan prit Francesca par la main.

— Mes amis, j'ai le grand plaisir de vous présenter madame mon épouse, la comtesse Francesca des Iles. Je suis sûr que vous la servirez aussi loyalement que vous m'avez toujours servi moi-même.

Pendant le court silence qui suivit, Francesca sentit ses yeux s'emplir de larmes. Sur le mur en face d'elle, la bannière de Tristan se brouilla sous son regard, le noir et l'argent fondus dans une brume. Elle continuait à sourire, en tâchant d'oublier qu'on la dévisageait avec curiosité.

Enfin, quelqu'un sur l'estrade poussa un hourra. Ce fut le signal d'un chaos général et toute la salle explosa en cris et en vivats.

— Bienvenue, dame Francesca !

— Comtesse Francesca, bienvenue !

Tristan se tourna vers elle, le visage illuminé d'un sourire.

— Là, vous voyez ? Tout le monde attend de vous connaître !

Quand le vacarme se fut apaisé, Tristan la conduisit vers les deux chaises capitonnées à haut dossier réservées pour eux au bout de la table d'honneur.

— Je vous en prie, madame, prenez votre place à mon côté.

Francesca grimpa sur l'estrade et s'assit en fixant son tranchoir d'un regard absent. Le moment qu'elle redoutait était arrivé.

Elle se tourna pour observer l'homme installé à sa droite, que Tristan lui désignait en se penchant en avant.

— Francesca, ce réprouvé près de vous est mon régisseur, messire Roparz de Fougères.

Messire Roparz avait une chevelure châtaine, des yeux gris, un air ouvert et franc.

— Bonsoir, madame. Je me réjouis de vous voir enfin ici.

— Bonsoir, messire Roparz, répondit Francesca, soulagée de constater que sa voix ne tremblait pas. C'est un plaisir de faire votre connaissance. Tristan m'a souvent parlé de vous.

Messire Roparz inclina la tête. Puis il se recula un peu, et à son tour présenta la personne qui se tenait près de lui — une jolie jeune femme aux cheveux et au regard bruns, enceinte jusqu'aux yeux.

— Comtesse Francesca, voici mon épouse, dame Esmerée.

Le sourire de Francesca se figea.

— Bonsoir, dame Esmerée.

— Bonsoir, comtesse.

Dame Esmerée l'étudia un instant avant de la saluer légèrement de la tête. Francesca se demanda ce que cela signifiait. Peut-être était-ce son imagination, mais elle avait l'impression que le sourire de dame Esmerée était aussi contraint que le sien.

Cela n'aurait rien eu de surprenant, du reste, elle aussi devait se sentir gênée. Près de dame Esmerée se tenait une petite fille. Francesca fut soulagée de pouvoir porter son attention vers elle. Agée d'environ trois ans, la fillette avait les plus beaux yeux bleus que Francesca ait jamais vus, bordés de cils extraordinairement longs et noirs. Elle tira sur la jupe de sa mère.

— A moi, maman !

Le sourire de Francesca s'adoucit.

— Et qui est cette petite personne ?

— Ma fille, madame.

Dame Esmerée coula un regard oblique à Tristan qui observait la scène, le visage étrangement inexpressif.

— Son nom est Kristina. Elle était particulièrement impatiente de vous connaître.

Francesca leva la main vers l'enfant.

— Bonsoir, Kristina.

La petite fille s'avança pour toucher la main de Francesca, puis s'éloigna en dansant et disparut à nouveau derrière les jupes de sa mère.

— Quelle enfant ravissante ! s'exclama Francesca. Messire Roparz et vous devez en être très fiers.

Dame Esmerée arqua un sourcil en se tournant vers Tristan, et ses lèvres s'incurvèrent en un étrange sourire.

— Oh ! Je le suis, madame. Tout le monde adore Kristina.

Elle compléta, après avoir observé une courte pause :

— Surtout son père.

Messire Roparz s'éclaircit la gorge.

— Bon, c'est assez, intervint Tristan avec humeur. Il est tard, dame Esmerée. Kristina ne devrait-elle pas être au lit ?

— Comme vous voudrez, mon seigneur. Elle désirait tellement rencontrer votre comtesse !

D'un geste, Tristan appela une servante. Kristina tendit obligeamment les bras et fut emportée hors de la salle, le pouce dans la bouche.

Le reste du repas s'écoula comme dans un rêve. Tristan et son escorte étaient arrivés au domaine sans tambour ni trompette, mais les serviteurs du château avaient tout de même réussi à produire un vrai festin. Les plats se succédaient devant eux, si nombreux que Francesca en avait le vertige.

Elle s'obligea à avaler une bouchée de la tourte au poisson de la baie. Il lui était difficile de manger tant elle se sentait épuisée, à cran. Le chagrin, le voyage de Fontaine aux Iles, la rencontre avec dame Esmerée — tous ces événements l'avaient éreintée. Elle parvint à grignoter un peu de gibier provenant de la forêt voisine, qu'on avait fait mijoter dans du vin. Elle goûta de l'oie farcie et écarquilla les yeux devant un immense plateau de fromages, hochant la tête tandis qu'on les lui désignait par leur nom. Un fromage de chèvre local, un peu aigre, un fromage de brebis légèrement crémeux, une variété fumée provenant de Rennes et qu'elle ne connaissait pas... Elle sirota son vin.

Les bougies se consumaient, des larmes de cire coulaient le long des chandeliers. Assise sur son siège en forme de trône, Francesca observait la compagnie, le cœur au bord des lèvres. Dieu, qu'il était difficile de continuer à sourire ! Elle se sentait morte de fatigue. A quoi devait-elle mentalement se préparer ? A prendre la direction de cette immense maisonnée, ou à affronter un avenir solitaire ?

La salle devant elle n'était plus qu'un brouillard lumineux et un confus mélange de sons, quand Tristan lui effleura la main.

— Il est temps de nous retirer, je pense.

Avec un regard de gratitude, Francesca accepta son aide pour se lever et tous deux quittèrent la salle.

Francesca se réveilla, seule. Elle sentit tout de suite que la journée était déjà bien avancée et s'étonna d'avoir dormi aussi profondément. Peut-être avait-elle été bercée par l'incessant déferlement des vagues. Repoussant les couvertures, elle se dirigea à pas feutrés vers la grande fenêtre ogivale, dont elle écarta le rideau. Une crinière blanche dansait à la crête des vagues et des lambeaux de nuages parcouraient le ciel bleu. A en juger par la longueur des ombres, la matinée était finie depuis longtemps.

Voilà qui était étrange. Cela ne ressemblait pas à Marie de la laisser paresser au lit. Mais bien sûr Marie devait être elle-même couchée. Dieu savait qu'elle méritait un peu de repos ! Elle n'était plus très jeune et le voyage avait été éprouvant, avec beaucoup de chagrin à l'arrivée.

Une porte claqua et un bruit de pas pressés retentit dans l'escalier au-dessous. Quelque part, non loin de là, une femme pleurait. Francesca se hâta vers la porte, souleva le loquet et écouta. La malheureuse sanglotait à s'en rompre la poitrine. Grand Dieu, il avait dû survenir quelque drame !

Francesca attrapa une robe au hasard et l'enfila avant d'empoigner un châle. Puis elle courut vers l'escalier, sans même prendre le temps de lacer son corsage, tant ces lamentations la bouleversaient.

Quelques marches plus bas, elle rencontra Marie qui gravissait les degrés, le regard troublé. La servante lui saisit la main et jeta un coup d'œil par-dessus son épaule, vers le solarium.

— Oh ! Non, madame, n'y allez pas. Retournez là-haut…

Francesca se planta fermement sur la marche. Les geignements provenaient indéniablement du solarium.

— Que s'est-il passé ? Marie, lâchez-moi, s'il vous plaît !

Au lieu de cela, Marie resserra son étreinte et la tira même par le bras, comme pour l'obliger à remonter. Les traits crispés, elle intima d'une voix brève :

— Eloignez-vous, madame, votre place n'est pas dans le solarium en ce moment.

Francesca résista. Marie n'était pas une domestique très docile, mais elle ne l'avait jamais vue aussi obstinée.

— Qu'est-il arrivé ? Marie, au nom du ciel ?

La porte du solarium s'ouvrit brusquement et messire Roparz

en sortit à grands pas, le visage bouleversé. Francesca avait dû esquisser un geste, car il jeta un regard dans sa direction et lui adressa un bref signe de tête avant de descendre en trombe l'escalier.

De l'intérieur de la pièce monta un sourd gémissement, suivi de nouveaux sanglots. Francesca perçut un chuchotement. La femme n'était pas seule, quelqu'un s'efforçait de la réconforter.

— Marie, écartez-vous, je vous prie !

Marie voulut protester, mais Francesca se dégagea d'une secousse et franchit le seuil du solarium. Debout près de la cheminée, Tristan serrait dame Esmerée dans ses bras. Francesca se figea, clouée sur place. Trop occupé à consoler Esmerée, Tristan ne remarqua pas sa présence.

— Nous la retrouverons, était-il en train de promettre, en s'écartant un peu pour regarder son interlocutrice dans les yeux. Nous la retrouverons, Esmerée, répéta-t-il, même si nous devons retourner chaque pierre de ce duché.

Dame Esmerée exhala un cri de détresse.

— Vous m'aviez juré qu'il ne lui arriverait rien, gémit-elle, les doigts crispés dans la tunique de Tristan.

— Esmerée, selon toute probabilité, elle joue à cache-cache quelque part à l'intérieur du château. Avez-vous regardé dans les cuisines ? La chapelle ? Le jardin ?

— Oui, oui, partout. Tristan, nous avons fouillé tous ces endroits. Je vous dis qu'elle a été enlevée !

— Nous n'en savons rien du tout, protesta Tristan.

Et lui relevant le menton :

— Vous n'avez confié à personne son lien avec moi, n'est-ce pas ?

Francesca se sentit vaciller en entendant ces mots. C'était de Kristina qu'il était question. Elle revit la petite fille aux yeux bleus bordés de cils noirs, d'une beauté si étrangement familière, et la vérité l'atteignit de plein fouet. Kristina devait être la fille de Tristan. Oui, sa fille. Une nausée lui tordit l'estomac.

— Je n'en ai parlé à personne, affirma Esmerée.

Elle agrippa encore une fois la tunique de Tristan et son anneau de mariage étincela dans la lumière.

— Tristan, vous devez la retrouver ! Il le faut !

Sa voix se brisa dans un nouveau sanglot. En titubant, elle alla s'écrouler sur le siège le plus proche et enfouit son visage dans ses mains.

— Nous la retrouverons, Esmerée, n'ayez crainte.

Francesca prit une profonde inspiration et s'avança dans le solarium, l'esprit en proie à un tourbillon de pensées.

Tristan l'avait trompée, il avait une fille. La veille au soir déjà, elle aurait dû faire le lien, et elle n'y aurait pas manqué si elle n'avait été si épuisée. Même si Tristan n'avait pas ouvertement reconnu Kristina, sa parenté avec l'enfant crevait les yeux. Il suffisait de voir ces prunelles d'un bleu incroyable que la petite tenait de son père. De Tristan.

Et elle qui avait cru qu'elle était en train d'apprendre à le connaître ! Un goût amer lui envahit la bouche. Comme elle s'était méprise sur son compte ! Craignant d'être vraiment malade, elle plaça une main sur ses lèvres.

Dame Esmerée — l'ancienne maîtresse de Tristan et la mère de son enfant — sanglotait dans son fauteuil, en étanchant ses larmes avec son voile.

— Retrouvez-la, Tristan. Pour l'amour de Dieu, retrouvez-la !

Francesca avait l'impression que le ciel lui était tombé sur la tête. Il lui avait menti. L'honorable, le chevaleresque Tristan avait menti.

— Tristan ? fit-elle d'une voix saccadée.

Quelqu'un bougea derrière elle. Messire Roparz était revenu. Se dirigeant vers sa femme, il l'aida à se relever et glissa un bras autour de sa taille épaissie.

— Venez, mon amour, il faut vous reposer.

Avec un dernier regard en direction de Francesca, il entraîna Esmerée hors du solarium.

Les yeux de Tristan étincelaient dans son visage creusé. Il semblait totalement vidé de ses forces.

Francesca déglutit.

— Kristina est votre fille.

— C'est exact.

— Vous m'avez menti.

Tristan voulut tendre une main vers elle, mais elle l'écarta d'un coup sec.

— Tristan, vous avez menti.

Il secoua la tête.

— Non, je…

— Si vous n'avez pas menti, vous m'avez du moins volontairement induite en erreur en me faisant croire qu'elle était la fille de Roparz, rétorqua Francesca. C'est tout aussi mal.

Son cœur se fendait de douleur. Elle se sentait blessée. Manœuvrée. Elle dévisagea Tristan et se rendit compte qu'elle ne l'avait jamais vu aussi bouleversé. Il semblait si vulnérable qu'elle en éprouva un choc et sa colère tomba d'un coup. Elle reprit plusieurs fois sa respiration, luttant pour retrouver son calme.

— Par tous les saints, Tristan, vous êtes pâle comme la mort.

Tristan se passa la main dans les cheveux, en laissant échapper un grognement.

Aussi blessée et humiliée qu'elle fût, Francesca sentit qu'il lui fallait oublier pour l'instant ses propres sentiments. Une enfant avait disparu, c'était cela qui importait d'abord.

Elle redressa le dos.

— Qu'est-il arrivé à Kristina ?

Le regard bleu plongea dans le sien.

— Elle a disparu. Hors du château, apparemment.

— Comment est-ce possible ?

— Son lit était vide ce matin.

La voix de Tristan se brisa sur ces mots et Francesca le vit déglutir. Lorsqu'il lui tendit la main une deuxième fois, elle ne la repoussa pas. Il adorait Kristina et il était fou d'inquiétude, de toute évidence.

— Pour la sécurité de Kristina, nous n'avons révélé à personne sa parenté avec moi.

Francesca considéra un instant leurs deux mains unies.

— Votre action en faveur du duché vous a amené des ennemis et vous avez craint de la mettre en danger, n'est-ce pas ?

Tristan exhala un grand soupir.

— Vous comprenez, Dieu merci. Francesca, il faut me croire, je n'avais aucune intention de vous tromper. Je voulais vous en parler le plus tôt possible, mais j'avais peur pour elle.

— Pensez-vous que quelqu'un ait découvert qu'elle est votre fille ?

Tristan secoua la tête.

— Je ne vois pas comment, nous ne sommes que quelques-uns à connaître la vérité.

Mais le désespoir qu'on lisait dans ses yeux tenait un autre langage — il craignait que Kristina n'ait été enlevée.

— Y a-t-il eu une demande de rançon ?

— Non, rien.

Il l'attira vers lui.

— Francesca, je suis vraiment désolé que vous l'ayez appris ainsi. Je n'ai jamais voulu vous blesser.

Il se pencha pour lui embrasser la joue avant d'ajouter :

— Nous en reparlerons plus tard. Pour le moment, je dois vous laisser.

— Oui, pour partir à sa recherche…

Visiblement à regret, Tristan la lâcha et s'écarta d'elle.

— Kristina n'est pas toujours facile. Elle adore aller au village et elle a pu trouver un moyen de s'y rendre toute seule, par exemple en se glissant à l'arrière d'un chariot à l'insu de tous.

Son anxiété était palpable, le port était un endroit dangereux pour une enfant de cet âge. Si Kristina était partie là-bas, Tristan devait la retrouver promptement.

Parvenu sur le seuil, il se retourna pour lui jeter un dernier coup d'œil.

— A plus tard, mon cœur.

Chapitre 12

Marie attendait Francesca dans la chambre.

— Que diriez-vous de cette robe pour aujourd'hui, madame ? s'enquit-elle en montrant la robe de lin bleu étalée sur le lit. Celle que vous avez sur vous semble plutôt miteuse.

— Merci, Marie, celle-ci sera parfaite.

Francesca ôta son châle, qu'elle disposa sur un coffre. Affectant un calme qu'elle était loin de ressentir, elle se dirigea vers la cuvette pour procéder à ses ablutions. Son esprit n'était que confusion. Tout se mêlait en elle. La colère — Tristan l'avait trompée ; la souffrance — il ne l'avait pas mise dans la confidence pour Kristina ; le regret de n'avoir pas gagné sa confiance en fin de compte.

Bizarrement, cela ne la surprenait pas. De par la rude éducation qu'il avait reçue, Tristan avait appris à ne pas compter sur les autres, et même s'ils se connaissaient depuis quelques années maintenant, ils avaient vécu séparés la plupart du temps. Ce n'était que tout récemment qu'ils avaient commencé à s'apprivoiser et à se comprendre un peu. La confiance suivrait sans doute. Il le fallait, s'ils devaient envisager un avenir ensemble.

Mais était-ce possible ? Hier encore, il la présentait à ses gens avec tous les honneurs dus à son épouse, et aujourd'hui, voilà ce qui arrivait !

Les questions se bousculaient dans sa tête. Quel âge avait Kristina ? Quand était-elle née ?

Elle se rappela soudain cette froide matinée de décembre

où un messager des Iles était arrivé à Fontaine, et son sang se figea dans ses veines. C'était durant leurs premiers mois de mariage. Tristan lui avait annoncé qu'il devait retourner dans son château pour une affaire urgente. A cette époque-là, il n'était pas dans ses habitudes de discuter de la gestion des domaines avec elle. Il l'avait simplement informée que messire Roparz l'avait envoyé chercher. C'était le début de leur vie commune et Tristan l'intimidait trop pour qu'elle osât réclamer des détails.

Il était resté absent une semaine, et à son retour il lui avait simplement expliqué que Roparz s'était marié et qu'il avait voulu assister à la cérémonie. Ce qui était sans doute vrai, au moins en partie.

Francesca s'aspergea le visage d'eau, puis s'essuya avec la serviette. Kristina avait dû naître ce mois de décembre-là. Tristan s'était-il rendu aux Iles pour y assurer l'avenir de sa fille ? A l'en croire, Roparz avait épousé Esmerée de son plein gré. Francesca avait pu constater par elle-même que le régisseur traitait sa femme avec une extrême considération. Malgré tout, Tristan avait dû se faire du souci pour Kristina depuis la naissance de la petite.

Dame Esmerée lui a donné un enfant, et moi pas !

Le cœur de Francesca se serra douloureusement.

Suis-je donc stérile ?

Elle avait tant désiré donner un enfant à Tristan, et pendant les premiers mois elle avait simplement pensé que la chance n'avait pas été avec eux. Mais si c'était plus que cela ? De toute évidence, Tristan n'avait éprouvé aucune difficulté à engendrer un enfant. Le problème venait-il d'elle ? Si c'était le cas, Tristan ne voudrait pas d'une épouse stérile.

Oh ! Seigneur, tout cela n'était guère prometteur ! Plus elle pensait à son avenir avec Tristan, plus elle découvrait de nouvelles difficultés. Leur mariage était-il condamné ?

Elle s'était tellement employée à ce qu'il ait foi en elle, et pourtant, il continuait à avoir des secrets pour elle. Et elle qui croyait l'avoir enfin conquis, parce qu'il avait fini par lui parler de son père ! La vérité, c'était qu'il ne lui faisait pas réellement confiance — à elle, son épouse — du moins pas pour les choses qui lui tenaient vraiment à cœur.

Cettc confiance, la lui accorderait-il jamais ? Francesca esquissa une grimace. Au début de leur mariage, elle avait cru que son plus grand rival c'était le duché. Plus récemment, elle avait appris la vérité au sujet d'Esmerée. Et maintenant, il y avait Kristina. Cela faisait beaucoup à accepter. Mais elle devait essayer, car ces récentes révélations lui prouvaient à quel point elle s'était trompée sur le caractère de Tristan.

Elle l'avait cru insensible — un seigneur sans pitié, qui n'avait rien d'autre en tête que l'ambition et la politique. Mais elle savait maintenant qu'il s'était comporté de façon responsable avec Esmerée. Il ne l'avait pas chassée et s'était écarté pour permettre à Roparz de la conquérir. Et Francesca n'oublierait jamais la vulnérabilité qu'elle avait lue dans ses yeux un instant plus tôt dans le solarium. Tristan aimait sa fille. Il possédait un cœur, ce qui signifiait que tout espoir n'était pas perdu.

La voix de sa chambrière la tira de ses réflexions.

— Oui, Marie ? Vous avez dit quelque chose ?

Penchée sur un coffre, Marie maugréait entre ses dents.

— Je vous avais prévenue de ne pas aller dans le solarium, madame. Je savais qu'il n'en sortirait rien de bon.

Francesca sentit un frisson lui hérisser la peau. Tristan s'était montré clair, il ne voulait pas qu'on sache que Kristina était sa fille.

— Combien de temps êtes-vous restée à écouter derrière la porte ? Et qu'avez-vous entendu ?

Marie s'assit sur les talons.

— J'en ai assez entendu pour savoir que votre époux vous a trompée, madame. Je ne comprends pas comment il a eu le cran de marier sa maîtresse à son régisseur. Et cette pauvre petite Kristina ! Quel genre de vie va-t-elle avoir ? Vous avez épousé un monstre, madame.

Francesca ferma un instant les yeux.

— Ce n'est pas à vous de le juger. Marie, quand vous êtes passée devant le solarium, y avait-il quelqu'un d'autre à portée d'oreille ?

La servante secoua énergiquement la tête.

— Non, madame.

Pas tout à fait convaincue, Francesca saisit Marie par la main, l'obligeant à se lever.

— Ne vous hâtez pas de juger. Vous ne savez pas tout.

Marie lui jeta un regard acerbe.

— Je sais parfaitement quand un homme raconte des histoires. Et cet homme-là est un menteur.

Francesca suspendit la serviette à un crochet.

— Pour le bien de la petite Kristina, je vous demande d'oublier pour le moment votre antipathie.

Marie écarquilla les yeux.

— Vous éprouvez de la sympathie pour sa bâtarde ?

— Kristina n'est qu'une innocente. Ecoutez-moi, Marie. Tout le monde au château croit que messire Roparz est son père, et il y a des raisons à cela. Le seigneur Tristan a des ennemis qui n'hésiteraient pas à utiliser l'enfant pour obtenir de lui ce qu'ils désirent.

— Et si les gens croient qu'elle est la fille de Roparz, elle ne risque rien ?

— Exactement. Aussi je vous le redemande, quelqu'un d'autre a-t-il pu entendre ce qui se disait dans le solarium ?

— Non, madame, c'est impossible. Jusqu'au moment où vous êtes arrivée sur le palier, j'étais toute seule.

Francesca exhala un soupir de soulagement.

— Dieu merci ! Marie, je veux que vous me juriez — sur la tête de votre mère — que vous ne parlerez à personne d'autre que moi de ce que vous avez ouï. Pour vous, Kristina restera la fille de messire Roparz.

Marie hocha la tête.

— Très bien, ma bouche sera scellée. Je ne me trouvais pas près du solarium. Messire Roparz est le père de Kristina.

— Encore une chose…

— Oui, madame ?

— Vous n'écouterez plus jamais aux portes.

Marie s'empourpra et baissa la tête.

— Je suis désolée, madame. Cela n'arrivera plus.

En souriant, Francesca lui tendit son peigne.

— Merci. Aidez-moi à me coiffer, voulez-vous ? Puis nous descendrons. Une petite fille a disparu et on va avoir besoin de notre aide.

Marie prit le peigne et acquiesça.

— Bien sûr, madame.

Francesca demanda où se trouvait le bureau du régisseur, mais lorsqu'elles y parvinrent, ce fut pour trouver la pièce vide. Elle se tenait dans le corridor avec Marie, incertaine, lorsqu'une servante qui passait par là les aperçut.

La femme plongea dans une révérence.

— Je peux vous aider, madame ?

— Oui, merci.

Tristan avait parlé de se rendre au village pour y chercher sa fille, et en son absence Francesca avait pensé proposer son aide à Roparz. Il connaissait le château et saurait lui dire où elle pouvait procéder à des recherches.

— J'espérais parler à messire Roparz.

— Il se trouve au corps de garde, madame, où il dirige les opérations pour retrouver Kristina. Voulez-vous que je vous montre le chemin ?

— Merci. Nous voudrions aider. Quel est votre nom ?

— Adèle, madame.

Francesca et Marie suivirent Adèle, qui leur fit traverser

la grande salle. Des serviteurs couraient dans tous les sens, en appelant la petite.

— Kristina ? Kristina !

Apparemment, tous les gens valides que comptait le château cherchaient Kristina. De jeunes pages ouvraient promptement puis rabattaient bruyamment les couvercles des coffres, craignant sans doute que la petite fille ne se soit enfermée accidentellement à l'intérieur. On fouillait les placards, des pots et du linge gisaient épars un peu partout.

— Kristina ? Kristina ! répétaient tous les échos du château.

Dehors, la cour grouillait d'activité. Les chevaux avaient été sortis des écuries et les garçons passaient les stalles vides au peigne fin en criant le nom de la petite. En haut des remparts, des hommes d'armes marchaient deux par deux sur le chemin de ronde — l'un scrutant la cour et l'autre les falaises et les sentiers à l'extérieur du château.

Un vent frais faisait flotter la bannière de Tristan au sommet de la plus haute tour et Francesca sentit un goût de sel sur ses lèvres. Sous la cacophonie des hommes hurlant des ordres et des garçons d'écurie appelant Kristina s'élevait un son plus léger — le déferlement ininterrompu des vagues sur les rochers en dessous du château.

Lorsqu'elles atteignirent le corps de garde, Adèle leur montra une porte au sommet d'une courte volée de marches.

— Vous trouverez messire Roparz en haut, madame.

L'huis était entrouvert. Francesca remercia Adèle d'un sourire et s'engagea dans l'escalier. Parvenue au sommet, elle jeta un regard en bas.

— Marie, attendez-moi dans la cour, s'il vous plaît.

— Bien, madame.

A l'intérieur, un Roparz à l'air sombre et épuisé interrogeait un soldat en cotte de mailles.

— Vous avez regardé dans la chapelle, capitaine ?

— Oui, messire. Elle ne s'y trouvait pas.

— Avez-vous demandé au père Paol ?

— Oui, mais il ne l'a pas vue depuis le souper d'hier soir.

Le capitaine hésita, un pli au front.

— Messire Roparz, nous avons fouillé toutes ses cachettes habituelles, dans les cuisines, les écuries, partout. Pour moi, Kristina ne se trouve pas au château, c'est clair. Peut-être le seigneur Tristan la trouvera-t-il au village ?

Roparz se frotta le front.

— Nous allons chercher encore, capitaine. A nouveau partout.

Le capitaine cilla.

— Même là où nous venons juste de regarder ?

— Jusque dans les moindres recoins !

— Très bien, messire.

Le capitaine salua, et Francesca s'écarta pour le laisser sortir.

Messire Roparz décrocha un heaume suspendu au mur et le cala sous son bras. Puis il se tourna vers elle avec un sourire contraint.

— Si vous souhaitiez voir le comte Tristan, madame, il est descendu au village et je m'apprête à le rejoindre. Si vous voulez, je peux lui transmettre un message.

La tension sur son visage en disait plus long à Francesca que n'importe quelle parole. Le régisseur aimait Kristina comme si elle était sa fille.

Elle secoua la tête.

— Je ne venais pas m'enquérir de Tristan, messire Roparz. Je voudrais participer. Je sais que je suis nouvelle ici, mais vous pouvez sûrement me trouver un moyen de vous aider.

Messire Roparz se passa la main sur le visage.

— C'est aimable à vous, madame. Mais vous ne connaissez pas les lieux et ne sauriez par où commencer.

Francesca lui effleura la manche.

— Je peux quand même faire quelque chose ?

L'intendant tambourina sur le sommet de son heaume en la dévisageant d'un air songeur.

— Oui, en effet, mais cela risque d'être gênant. Je ne suis pas certain de pouvoir vous demander cela.

— Dites, je vous en prie. Je voudrais tellement me rendre utile !

— Eh bien, il s'agit de mon épouse. Elle est dans la chapelle, en train de se confesser au père Paol.

Francesca s'efforça de garder un visage impassible.

— Oui ?

— Je vais partir au village avec une petite troupe de soldats à cheval pour aider Tristan dans ses recherches et je risque d'être absent un certain temps. Je ne veux pas qu'Esmerée reste seule après sa confession. Elle approche de son terme et…

— Vous voulez que je tienne compagnie à dame Esmerée pendant que vous serez au village ?

C'était bien la dernière chose qu'elle eût envie de faire ! Apprendre que dame Esmerée avait porté un enfant de Tristan l'avait secouée et elle ne se sentait pas prête à affronter cette femme. Mais messire Roparz se tenait devant elle, le front plissé, et son cœur se serra pour lui. Elle le connaissait à peine, mais de toute évidence il se tourmentait pour sa femme et il aurait été grossier de lui refuser l'assistance qu'il réclamait de sa part.

— Si vous pouviez, madame…

Ecartant ses réticences, Francesca parvint à sourire.

— Bien entendu.

L'air soulagé, messire Roparz coiffa son heaume.

— Merci. Esmerée est folle d'inquiétude et je ne voudrais pas qu'il arrive quelque chose au futur bébé.

— Vous pouvez compter sur moi, promit Francesca.

Ce ne serait pas facile et elle allait devoir contenir sa propre souffrance pour ne pas amplifier la détresse d'Esmerée. Elle s'y efforcerait cependant. Dame Esmerée avait déjà assez à supporter sans qu'elle ajoute à son tourment.

Messire Roparz lui lança un long regard.

— Encore merci, madame. Vous êtes la générosité même.

Il s'inclina, puis fit signe à Francesca de le précéder et tous deux regagnèrent la cour.

Marie se tenait dans un coin ensoleillé, en train d'observer le déchargement d'un chariot de marchandises.

— C'est du vin qui vient de Champagne, expliqua-t-elle, tandis que le conducteur, un robuste gaillard barbu et hirsute, hissait la dernière caisse sur son épaule pour la porter dans la grande salle.

— Ah ?

Francesca, qui avait à peine écouté, jeta un regard distrait au chariot avant de tourner les yeux vers la chapelle, un strict bâtiment de pierre aux voûtes romanes, que surmontait une croix dorée étincelant au soleil.

Oh ! Seigneur, qu'allait-elle dire à dame Esmerée ? Perplexe, elle croisa les bras autour de sa taille. Il y avait mille questions dont elle aurait voulu connaître les réponses, mais pas une seule qu'elle puisse poser à une femme dont la petite fille avait disparu.

Dame Esmerée, quand avez-vous avoué à messire Roparz que vous portiez un enfant de Tristan ?

Aimez-vous Roparz ?

Combien de temps a duré votre liaison avec mon mari ? L'aimiez-vous ? L'aimez-vous encore ?

Saviez-vous que vous étiez enceinte de lui quand il m'a épousée ?

Avec un effort, Francesca repoussa ces questions à l'arrière-plan de son esprit. Dame Esmerée avait besoin de réconfort, pas d'un interrogatoire. Afin de ne pas céder à cette tentation, Francesca voulut s'assurer que d'autres personnes assisteraient à leur conversation. Ainsi, elle serait moins encline à commettre un impair.

— Marie, reconnaîtriez-vous la servante de dame Esmerée ?

— Oui, je pense.

— Sa maîtresse a besoin d'elle. Allez la chercher, voulez-vous ? Et amenez-la sous le porche de la chapelle.

— Nous retrouverons dame Esmerée à l'intérieur ?

Francesca hocha la tête.

— Son accouchement approche et la disparition de Kristina l'affecte terriblement. Messire Roparz ne veut pas qu'on la laisse seule.

— Très bien, madame.

Laissant Marie regagner le château, Francesca s'appuya contre un mur et ferma les yeux, le visage tourné vers le soleil. Kristina était-elle retrouvée ? Si elle était allée au village, les habitants n'avaient sans doute pas manqué de la remarquer — surtout s'ils la croyaient la fille du régisseur du château. Oh ! Dieu, elle l'espérait de tout cœur !

Un pas lourd s'approcha du chariot non loin d'elle. On entendit piaffer un cheval. Alertée par un léger déplacement d'air, Francesca rouvrit les yeux. Le charretier se tenait devant elle, une expression si froide dans les yeux qu'elle en eut le frisson. Il se tenait trop près — si près qu'elle aurait pu énumérer ce qu'il avait mangé au souper. De l'ail. De l'oignon.

Gênée, elle s'écarta du mur.

— Vous êtes dame Francesca ?

Le ton était impassible, mais elle décela une lueur calculatrice dans le regard fixé sur elle. Son cœur manqua un battement et elle jeta un coup d'œil vers le rempart pour s'assurer que les gardes étaient toujours à portée de voix.

Voyons, ne sois pas si nerveuse ! Tu es dans la cour du château de Tristan, en sécurité.

Un sourire torve retroussa les lèvres du conducteur. Il se pencha vers elle.

— Ça, c'est un coup de chance ! Nous espérions mettre rapidement la main sur vous, mais nous ne pensions pas réussir dès la première livraison.

Francesca sentit la peau de ses bras se hérisser. Au-dessus d'elle, une mouette cria, tandis que les gardes continuaient à arpenter le chemin de ronde. Inspirant à fond, elle s'apprêtait à appeler à l'aide, quand une grosse main se plaqua soudain sur sa bouche.

D'un geste brusque, le charretier la poussa dans l'ombre, entre le chariot et le mur.

— Du calme ! Si vous voulez que la gosse du chevalier ait la vie sauve, restez tranquille. Vous ne voudriez pas nous obliger à lui faire du mal, je suppose ?

Francesca s'immobilisa aussitôt. Dieu du ciel, Kristina avait bel et bien été enlevée ! Son esprit s'emballa. Il ne lui avait pas échappé que l'homme avait fait référence à Kristina en tant qu'enfant du *chevalier*. Dieu merci, les ravisseurs devaient penser que Roparz était son père. C'était déjà une bonne chose. D'un autre côté, qu'avaient-ils pu lui faire ? La pauvre petite devait être terrifiée.

Francesca soutint le regard du charretier en essayant d'écarter sa main. Cet homme était de mèche avec les ennemis de Tristan, elle en était sûre. Prenait-il ses ordres de messire Joakim ?

Le conducteur jeta un bref coup d'œil derrière lui, sans doute pour vérifier que nul ne les observait.

— Vous n'allez pas crier ?

Elle secoua la tête et il ôta sa main, mais en lui maintenant le poignet dans une étreinte d'acier.

— Vous détenez Kristina ? interrogea-t-elle à voix basse.

Et comme il inclinait la tête :

— Où est-elle ? Que lui avez-vous fait ?

— Elle est saine et sauve, affirma l'homme, le regard dur. Comme elle n'arrête pas de piailler, nous l'avons emmenée là où personne ne peut l'entendre. On ne peut guère espérer que la gamine gâtée d'un chevalier fasse preuve de courage.

Francesca imagina en un éclair la petite Kristina recroquevillée de terreur.

— Elle est encore un bébé, espèce de brute !

L'homme se rapprocha, apportant son relent d'oignons. Francesca nota qu'il lui manquait plusieurs dents.

— Vous voulez l'aider, madame ?

— Bien entendu !

Sans lâcher son poignet, il détacha une lanière de cuir crasseuse de sa ceinture.

Plaquant son dos contre le mur, Francesca regarda l'objet avec suspicion.

— Que comptez-vous faire avec cela ?

Le sourire de son interlocuteur la glaça jusqu'aux os.

— Comme ça, *vous* ne piaillerez pas !

Il s'apprêtait à la bâillonner ! Francesca le regarda droit dans les yeux.

— Je veux sauver Kristina. Vous avez ma parole que je ne crierai pas.

— Votre parole est sans prix à mes yeux, madame ! ironisa-t-il.

Une toile huilée fermait l'arrière du chariot. Il la poussa à l'intérieur.

— Grimpez là-dedans et taisez-vous.

Le cœur au bord des lèvres, Francesca monta dans le chariot, aussitôt suivie par le charretier.

Vidé de sa cargaison, le véhicule était jonché de paille et de toile à sac maculée de taches. Il y faisait très sombre. Francesca scruta les ténèbres, tâchant de distinguer le regard froid de son ravisseur. La seule idée d'être bâillonnée lui donnait des frissons.

Il lui adressa un sourire mauvais.

— On va s'assurer de votre silence, madame. Tenez-vous correctement si vous voulez que nous renvoyions la gamine saine et sauve. Sinon, ce chevalier pourrait bien ne jamais revoir sa morveuse.

Il ponctua ses propos d'un geste éloquent en travers de sa gorge.

— Pour nous, ça ne fait aucune différence, ajouta-t-il en haussant les épaules.

Francesca découvrit bientôt que le charretier n'opérait pas seul. A peine le chariot se fut-il ébranlé qu'un autre individu souleva la toile cirée et grimpa à l'arrière. Assise sur la paille et les sacs de toile vides, Francesca baissa la tête en tâchant d'afficher une posture accablée. Avec un peu de chance, son gardien relâcherait sa surveillance, la jugeant inoffensive.

Que ces hommes fussent des hors-la-loi ne faisait aucun doute pour elle. La pensée que c'était elle et elle seule qu'ils recherchaient lui faisait froid dans le dos. Que mijotaient-ils ? Le seul rayon d'espoir dans tout cela, c'était qu'ils ne se doutaient pas que Kristina était la fille de Tristan.

En dépit de la paille, chaque cahot se faisait durement sentir. Francesca tenta de suivre mentalement le parcours emprunté, essayant au moins d'imaginer à quel endroit de la route ils se trouvaient. Le chariot pencha d'un côté. Cela signifiait qu'ils avaient atteint le tournant juste après le corps de garde. Elle entendait les cris des mouettes et le grondement des vagues.

Soudain, le chariot fit halte. Francesca fronça les sourcils. Ils n'avaient pu aller bien loin, quelques centaines de mètres à peine. Le complice du charretier remua et elle remarqua alors qu'il tenait à la main un petit flacon. Francesca frissonna. Trop petit pour contenir du vin ou de la bière, l'objet ressemblait plutôt à ces fioles de médicaments qu'on achetait aux apothicaires. Une main sale se tendit vers elle. Elle recula dans un sursaut, heurtant du dos le flanc du chariot. Impossible d'aller plus loin !

Avant qu'elle n'ait compris ce qui se passait, l'homme lui agrippait brutalement le nez. C'était un individu grand et robuste et il lui fut aisé de la maîtriser. La poussant sur le dos, il usa de son genou pour la clouer sur le plancher de la carriole.

— Lâchez-moi ! Qu'est-ce que vous…

Sans répondre, il poussa le col du flacon entre ses lèvres.

— Ouvrez la bouche, ma jolie !

Francesca essaya de résister. Elle serra les lèvres, crispant les mâchoires, mais ne put tenir longtemps, le nez serré dans une étreinte impitoyable.

Je ne peux plus respirer…

Un sourire sardonique jouait sur les lèvres de l'homme. Francesca sentit une douleur fulgurante envahir ses poumons. Son cœur battait à se rompre, la tête lui tournait.

— Allons, ma jolie !

Le sourire s'élargit. Visiblement, la brute jouissait de cette scène.

— Vous buvez ou vous étouffez, c'est au choix !

Francesca lutta jusqu'à ce que ses poumons soient sur le point d'éclater. Des points noirs dansaient devant ses yeux… Elle inspira une goulée d'air et referma promptement la bouche. Trop tard. Un liquide épais, à la fois doux et amer, coula sur sa langue et dans sa gorge. Qu'était-ce donc ? Du jus de pavot ? Un breuvage coûteux, quoi qu'il en soit. De telles potions n'étaient pas à la portée du premier venu. Elle toussa derechef et sentit immédiatement la froide pression de la fiole contre ses lèvres.

Un rire cruel résonna dans la pénombre.

— Voilà, ma jolie.

Francesca aspira une nouvelle gorgée d'air et un peu plus de sirop glissa dans sa gorge. Un vertige s'empara d'elle. La paille bruissait sous son corps. Quelque chose cognait contre le plancher. Elle eut vaguement conscience que c'étaient ses talons.

Encore quelques minutes et sa vision se brouilla. Le tambourinement ralentit, les points noirs se fondirent les uns dans les autres et ses membres s'alanguirent, aussi lourds que du plomb. Puis l'obscurité l'engloutit.

Chapitre 13

De retour dans la cour, Tristan mit promptement pied à terre, aussitôt imité par Roparz. Tous deux avaient le cœur lourd. Ni les villageois ni les pêcheurs n'avaient vu trace de Kristina.

A peine Tristan eut-il touché le sol que le capitaine dévala les marches du corps de garde, le visage plissé par l'inquiétude.

— Des nouvelles, capitaine ? Avez-vous retrouvé Kristina ?

— Non, mon seigneur, je suis désolé. Nous avons passé le château plusieurs fois au peigne fin. Kristina n'est pas aux Iles.

Tristan vit l'homme hésiter. Il avait visiblement du mal à le regarder dans les yeux.

— Je crains d'avoir à vous annoncer une autre mauvaise nouvelle, mon seigneur. La comtesse Francesca a disparu.

Tristan sentit son sang se figer dans ses veines.

— Francesca, disparue ?

D'un geste machinal, il confia les rênes de Flint à Bastian et retira son heaume.

— Que voulez-vous dire ?

Le capitaine déglutit.

— Sa servante est venue nous dire qu'elle ne la trouvait nulle part.

Tristan le dévisagea, incrédule.

— C'est impossible, voyons !

Il tourna les yeux vers Roparz :

— Vous m'avez bien dit que vous lui aviez parlé avant de venir me rejoindre au village ?

— C'est exact. Je m'inquiétais pour Esmerée et j'ai demandé à la comtesse de lui tenir compagnie.

— Où se trouvait Esmerée ?

— Elle était dans la chapelle quand je suis parti.

Tristan interrogea le capitaine.

— Vous avez regardé dans la chapelle, je suppose ?

— Bien sûr, mon seigneur. C'est le premier endroit où nous avons cherché. Le père Paol ne l'a pas vue et dame Esmerée nous a assuré que la dernière fois qu'elle l'avait croisée, c'était ce matin dans le solarium. Il semblerait que dame Francesca ait quitté le château, mon seigneur.

Roparz jeta à Tristan un regard accablé.

— Bon sang, Tristan, que se passe-t-il ?

Tristan sentit un filet de sueur lui couler dans le dos. La peur, songea-t-il. D'abord Kristina, et à présent Francesca. Il se dirigea à grands pas vers le corps de garde, Roparz et le capitaine sur les talons.

— Les deux disparitions doivent être liées, déclara-t-il.

Francesca n'aurait jamais quitté les lieux sur un coup de tête. Elle avait été bouleversée et blessée qu'il ne lui ait pas parlé de Kristina et il n'était pas impossible qu'elle cherche maintenant à obtenir une annulation. Mais il la connaissait assez pour savoir qu'elle ne serait pas partie sans lui faire ses adieux.

— Je suis de cet avis, répondit Roparz. Mon Dieu, que faire ?

— Attendre, mon ami. Si ma supposition est juste, nous n'allons pas tarder à recevoir une demande de rançon.

Roparz jeta son heaume sur la table du corps de garde, puis se tourna vers lui.

— Vous croyez que ce Kerjean est derrière tout cela ?

— Il est impliqué, j'en jurerais, marmonna Tristan en arpentant la salle.

Où Francesca et Kristina avaient-elles été emmenées ? Se trouvaient-elles ensemble ? Saines et sauves ?

Conscient de la présence du capitaine, qui se tenait anxieusement à son côté, Tristan choisit ses mots avec soin.

— Ce que je ne comprends pas, Roparz, c'est comment ce Kerjean a pu savoir pour Kristina. Nous nous sommes montrés si prudents !

Roparz coula à son tour un regard au capitaine.

— C'est un mystère, pour sûr.

— Capitaine, ordonna Tristan, allez chercher la servante de la comtesse, voulez-vous ? Je voudrais lui parler.

— Oui, mon seigneur. La chambrière nous a dit que lorsqu'elle a laissé la comtesse dans la cour, quelqu'un était en train de livrer du vin.

Roparz fronça les sourcils.

— Du vin ? Je n'en ai pas commandé, les caves sont pleines.

Le capitaine s'éclaircit la gorge.

— Le charretier a dit aux gardes que c'était un présent, messire Roparz.

— Un présent ?

— Oui. Du comte Henri de Champagne.

Tristan proféra un juron.

— Ce vin ne vient pas du comte Henri, c'est Kerjean qui a manigancé tout cela. Capitaine, allez chercher Marie, voulez-vous ? Elle a peut-être remarqué autre chose.

— Tout de suite, mon seigneur.

— Conduisez-la dans le bureau du régisseur. Messire Roparz et moi l'attendrons là-bas. Venez, Roparz, nous avons des lettres à écrire.

— Vous allez alerter le baron Rolland ?

— Pas seulement lui. Il s'agit de bien plus que de l'enlèvement de deux êtres chers à mon cœur, je le crains. La paix du duché est à nouveau en danger. Nous devons rallier nos troupes. On ne peut pas laisser Kerjean allumer des incendies dans toute la Bretagne !

Francesca se réveilla, grelottante. Il faisait noir. Et froid, terriblement froid. Elle avait la chair de poule sur tout le corps.

Où suis-je ?

Probablement dehors, pensa-t-elle tout d'abord. Puis elle s'aperçut qu'une sorte d'auvent, au-dessus de sa tête, claquait dans la bise. Et l'obscurité n'était pas complète, elle apercevait des astres à travers la toile. Elle se trouvait dans un abri rudimentaire, sous une couverture en laine grossière.

Son pouls lui martelait les tempes et elle avait l'esprit embrumé. Lorsqu'elle porta la main à son front, la douleur s'intensifia. Etouffant un gémissement, elle ferma les yeux et resta immobile, en tâchant de se repérer. Le sol était dur. Bosselé. Un essai d'exploration lui révéla que les murs de l'abri étaient composés de blocs de pierres mal dégrossies et qu'à part l'auvent le toit était ouvert aux éléments. Apparemment, elle était seule.

Que m'est-il arrivé ?

Les événements remontèrent de sa mémoire en un flot douloureux. Kristina — la fille de Tristan ! — avait disparu. Le visage du charretier de Champagne lui revint à l'esprit. Etrangement, elle crut percevoir au même instant un léger relent d'oignon, d'ail et de sueur rance. L'homme se trouvait-il dans les parages ? Elle frissonna. Elle avait les mains libres, ce qui l'étonna. Ses ravisseurs avaient dû se fier aux effets de la drogue. Francesca s'humecta les lèvres. Elle avait encore sur la langue la saveur aigre-douce du liquide, la bouche amère et la gorge sèche.

Une âcre odeur de sel lui piquait les narines. Non loin de là, les vagues s'écrasaient sur les rochers et elle entendait le bruit des galets roulés par le ressac. Où qu'elle fût, elle pouvait au moins se dire que la mer était proche. Cette constatation lui redonna du courage. Peut-être n'était-elle pas si loin des Iles.

Elle fixait les étoiles au-dessus de l'auvent, quand une silhouette masculine traversa son champ de vision. Francesca tourna la tête. Les traits de l'homme étaient noyés par l'obscurité, mais elle devina de qui il s'agissait.

Elle se souleva, tâchant d'avaler sa salive.

— Messire Joakim ? interrogea-t-elle d'une voix rauque.

— Ah, dame Francesca, vous voilà réveillée ! J'avais hâte de renouer connaissance avec vous.

— Où est Kristina ? Qu'avez-vous fait d'elle ?

La silhouette se rapprocha.

— La gosse est derrière vous, dans le coin.

Rejetant la couverture, Francesca rampa dans le noir en toute hâte, réagissant à peine lorsqu'une pierre acérée lui entailla le genou. Enfin, sa main rencontra une autre couverture et une petite forme chaude. Kristina gisait, recroquevillée sur le flanc. Francesca la secoua doucement.

— Kristina ?

L'enfant ne bougea pas et n'émit pas même un murmure. Francesca s'assit, attira la fillette sur ses genoux et repoussa les cheveux qui lui balayaient le visage.

— Kristina ?

Pas de réponse.

Resserrant les bras autour de l'enfant de Tristan, Francesca adressa un regard furibond à messire Joakim.

— Que lui avez-vous fait ?

— Rien du tout, rétorqua Kerjean d'un ton nonchalant. Elle braillait de toute la force de ses poumons. Il a fallu que j'essaye sur elle un peu de la potion que j'avais achetée pour vous.

Francesca sentit la colère déferler en elle.

— Vous avez drogué une enfant ? Quelle est cette potion ?

— Du diable si j'en ai la moindre idée !

— J'aurais cru que vous seriez homme à vouloir savoir ce que vous achetez. Quel que soit le produit administré, on ne donne pas les mêmes doses à un enfant.

— Ah bon ?

— Vous auriez pu la tuer ! cria Francesca.

Elle effleura le visage de Kristina et sentit son souffle lent et régulier contre sa paume. Vivante, Dieu merci.

— Vous allez la renvoyer aux Iles ?

Elle avait encore les idées embrouillées, un effet de la drogue, supposa-t-elle. Surtout, elle ne devait pas oublier de tenir sa langue. Ce n'était pas le moment de trahir la véritable identité de Kristina.

— Votre homme m'a promis que vous la rendriez à messire Roparz et dame Esmerée si j'acceptais de le suivre. Eh bien, je suis là. L'honneur vous oblige à la relâcher.

Kerjean émit un ricanement amusé.

— Elle pourra retourner chez ses parents dès que vous aurez signé une lettre pour moi. Ce n'est qu'une formalité, en fait, puisque je possède déjà votre sceau.

Ma bague !

Le cœur étreint par l'angoisse, Francesca chercha à tâtons la chevalière de Tristan sur sa main. Elle ne se trouvait plus à son doigt. Kerjean lui avait dérobé sa bague !

— Vous êtes un voleur, messire !

Il rit méchamment.

— Bah, on m'a déjà gratifié d'insultes bien pires !

Son ton se fit soudain plus dur :

— Ma chère dame, vous allez signer cette lettre.

— Si vous possédez le sceau de mon mari, vous n'avez pas besoin de ma signature.

— Je veux que le seigneur Tristan, votre cher époux, soit certain que vous vous trouvez entre nos mains et que vous êtes vivante. J'ai une proposition à lui faire et je pense qu'il y répondra plus favorablement s'il se rend compte que vous êtes entièrement à ma merci.

C'était le bon sens même, hélas. Francesca déglutit convulsivement, la gorge rêche.

— Donnez-moi à boire !

Elle perçut un grognement et la silhouette s'écarta.

— Nous avons de la bière. Attendez un moment, déclara Joakim en quittant l'abri.

En son absence, Francesca rajusta la couverture de Kristina et déposa doucement la petite sur le sol. Avec un soupir, elle s'adossa au mur, frottant machinalement son annulaire dépourvu de la bague de Tristan. Elle l'avait portée chaque jour depuis leur mariage et se sentait nue sans elle. Perdue.

Kerjean s'éloigna en faisant crisser le gravier. Francesca leva les yeux vers le firmament. Si seulement elle pouvait retrouver des idées claires !

La voix de messire Joakim retentit, apportée par le vent.

— Biel ! Apporte de la bière et de quoi manger. Nous devons prendre soin de notre otage, elle a de la valeur.

Je suis donc un otage !

Les pas firent demi-tour, les étoiles disparurent et la silhouette sombre, pareille à un démon, s'accroupit devant elle. On entendit un claquement métallique et une pâle lueur éclaira le visage de messire Joakim. Il avait apporté une lanterne. La lumière illuminait ses cheveux jaunes, tirant également de l'ombre l'auvent au-dessus de sa tête — une voile de bateau. Francesca regarda fixement la toile. Une idée lui traversa l'esprit. Mais oui ! Elle savait exactement où elle se trouvait !

— Nous sommes sur une île dans la baie, déclara-t-elle.

Et posant la main sur le mur de pierres brutes :

— Ceci est le rocher de l'Ermite. Vous nous avez amenées ici en bateau, je suppose ?

— Futée, hein ?

— Vous êtes stupide si vous croyez vous en tirer comme cela. Sur combien d'hommes pouvez-vous compter ? Une demi-douzaine ? Douze au maximum ? Le seigneur Tristan possède une garnison entière. La plupart des villageois sont des pêcheurs — cette île sera encerclée en un rien de temps.

Kerjean secoua sa tignasse blonde.

— Non pas. Quand le comte comprendra que vous êtes notre honorable invitée, chère madame, je peux vous assurer qu'il se conformera à nos plans. Dans cette lettre, je lui demande de venir seul. S'il veut vous revoir vivante, il fera ce que je lui dis.

Messire Joakim bâilla.

— Cette conversation me fatigue. Tenez, ajouta-t-il en lui tendant une outre de bière. Buvez !

Otant le bouchon, Francesca renifla prudemment.

— J'ai pris assez de poison aujourd'hui. Comment puis-je savoir si vous n'avez pas drogué la bière ?

Avec un soupir excédé, Kerjean lui reprit la gourde d'un geste brusque et avala une longue gorgée.

— Vous voyez ? C'est sans danger.

Hochant la tête, Francesca saisit l'outre et but longuement. Le breuvage était étonnamment rafraîchissant et elle en absorba autant qu'elle put, ne sachant pas quand on lui en offrirait d'autres.

L'homme agita un rouleau de parchemin devant elle. Elle reboucha la gourde et la posa par terre.

— Signez ceci !

Le parchemin se déroula en craquetant. Francesca aperçut à l'extrémité une tache ronde et sombre, qu'elle tâta du doigt. De la cire à cacheter. Elle exhala un soupir.

— Vous vous êtes déjà servi de ma bague. C'est le sceau de Tristan.

— Signez, bon sang !

— Vous jurez sur votre honneur de chevalier que vous allez renvoyer la petite chez elle ?

Une double rangée de dents blanches étincela dans la pénombre.

— Chère madame, vous avez eu ma parole. On n'attend plus que votre coopération.

— Vous ne lui ferez aucun mal ?

— La gosse sera saine et sauve. Allez, signez maintenant !

Un pot d'encre et une plume avaient été disposés devant

elle. Francesca étala le parchemin sur ses genoux et griffonna son nom à côté du sceau de Tristan.

— Merci, chère madame, fit Joakim en lui reprenant le document. A présent, je vais vous demander de dénouer vos cheveux.

Francesca tressaillit.

— Quoi ?

— N'ayez crainte, je n'en veux pas à votre vertu. Une mèche de vos cheveux constituera la preuve ultime que vous êtes *entièrement* en mon pouvoir.

L'éclat argenté d'une lame brilla à la lueur de la lampe.

— Dépêchez-vous !

Francesca referma la main sur sa natte.

L'aube chassait peu à peu les ombres de la nuit. Francesca se tenait à l'entrée de l'ermitage en ruine, enveloppée dans une couverture pour se protéger du vent. Pendant la nuit, d'épais nuages avaient envahi le ciel, dissimulant à présent le soleil. A quelques pas de là, les vagues contournaient l'île minuscule en grondant, avant de poursuivre leur route vers le rivage. L'odeur de la fumée de bois se mêlait à l'âcre senteur de la mer. Les ravisseurs de Francesca avaient allumé un petit feu sous l'abri et un panache s'élevait dans l'air avant d'être emporté par le vent. Maintenant qu'on savait qu'ils détenaient la comtesse en otage, les hors-la-loi pouvaient se permettre une certaine audace.

Francesca contemplait les falaises au loin. La marée était haute et de l'écume blanche éclaboussait le bas de la roche. Plus haut, les murailles du château semblaient se fondre dans le gris du ciel. Il ne faisait pas encore suffisamment jour pour qu'elle puisse distinguer la bannière de Tristan.

A l'heure qu'il était, Kristina avait dû retrouver sa mère et Tristan devait se sentir soulagé.

Comment réagirait-il à la requête de messire Joakim ?

Kerjean semblait certain de son arrivée imminente, mais elle ne partageait pas cet optimisme. Il n'aurait pas été raisonnable de la part de Tristan de se mettre ainsi en danger.

Que va-t-il faire ?

Francesca tâta son annulaire nu en observant l'entrée du port. Elle n'osait pas penser à ce qui lui arriverait si Tristan ne venait pas, mais elle ne voulait pas qu'il commette une imprudence. Sûrement, il ferait preuve de bon sens en restant au château.

Le vent tourmentait les pans de sa couverture tandis qu'elle se tenait là, absorbée dans sa contemplation.

Peu après l'aube, un petit bateau de pêche pointa le nez hors du port et pénétra dans la baie, sa voile déployée.

Assis à la proue, Tristan gardait les yeux fixés sur le rocher de l'Ermite.

Qu'avaient-ils fait à Francesca ? Etait-elle saine et sauve ? D'un geste machinal, Tristan toucha l'aumônière qui contenait la mèche de cheveux noirs. Il avait d'abord remercié le ciel de lui avoir rendu Kristina en bonne santé, et l'instant suivant…

Oh ! Dieu tout-puissant ! Il avait connu bien des hauts et des bas dans sa vie, mais après avoir brisé le sceau de la lettre, quand il avait vu la boucle tomber du parchemin, il s'était effondré sur les genoux.

Kerjean détenait Francesca.

Ces immondes individus lui avaient-ils fait du mal ? *Oh ! Seigneur*, pria-t-il, *faites qu'elle soit sauve !*

Il avait galopé tout droit jusqu'au village, tiré deux pêcheurs — Ivon et Alan — de leur lit, en restant sourd à toutes les objections.

— Réfléchissez, Tristan, l'avait supplié Roparz. C'est un piège, de toute évidence. Il nous faut un plan. Aller vous jeter tout seul dans la gueule du loup ne résoudra rien.

Mais Tristan n'avait plus qu'une seule pensée :

— Je ne peux pas abandonner Francesca !

— Bon sang, personne ne vous demande de l'abandonner ! Le rocher de l'Ermite est sur une petite île, nous pouvons sûrement l'encercler. Il y a des quantités de bateaux au village et vous avez une troupe entière sous vos ordres. Capturer une poignée de hors-la-loi ne peut être qu'un jeu d'enfant.

Soudain, l'image de Francesca gisant immobile et ensanglantée sur la plage avait jailli dans l'esprit de Tristan. Il avait contemplé la boucle de cheveux avant de la ranger dans son aumônière.

— Kerjean veut négocier. Il la tuera si nous tentons quoi que ce soit d'autre. Je ne peux pas la mettre en danger. Il faut que j'aille le rencontrer seul.

Le problème, c'était qu'il ne savait que trop ce que cherchait Kerjean. L'homme se servait de Francesca dans le but de reconstituer l'alliance rebelle aujourd'hui dispersée. De toute évidence, il avait besoin d'argent pour tenir le coup jusqu'à ce qu'il persuade d'autres hommes de se rallier à sa bannière.

— Il n'est nul besoin de foncer tête baissée, avait conseillé Roparz. Je préconise la prudence. Vous avez envoyé un message à Rennes, il est donc raisonnable d'attendre l'arrivée de renforts, non ? A ce moment-là, nous pourrons négocier.

— Au diable le bon sens !

Tristan n'avait même pas écouté, il en était incapable. L'image de Francesca gisant sur la grève le hantait. Kerjean lui avait-il fait du mal ?

Et maintenant, il avait beau être conscient que ses actes étaient davantage dictés par la passion que par la raison, il n'en était pas moins là, assis dans le bateau d'Ivon, avec l'odeur du poisson montant à ses narines, tandis que les pêcheurs appareillaient.

— Il va y avoir un orage, marmonna Ivon, désignant de la tête un amoncellement de nuages sombres.

Tristan grogna, le regard toujours fixé sur l'île rocheuse au milieu de la baie. *Pourvu qu'il ne soit pas trop tard !* La voile se gonfla dans le vent et la petite embarcation fila sur les eaux grises agitées par la houle.

Après ce qui lui sembla une éternité, Tristan sauta du bateau et se dirigea vers le rocher de l'Ermite.

— Merci, mes amis. Attendez-moi ici, intima-t-il aux deux pêcheurs.

Puis il tira son épée.

Kerjean attendait devant l'ermitage en ruine, la main refermée sur le bras de Francesca. Tristan enveloppa la jeune femme d'un rapide regard. Dieu merci, elle ne semblait pas blessée, mais ses yeux paraissaient immenses dans son visage blême. Le soulagement déferla en lui. Il se dirigea vers eux en faisant crisser les cailloux sous ses bottes, les yeux toujours fixés sur Francesca. Le voile de la captive avait disparu et sa chevelure flottait comme une sombre bannière dans le vent. Elle lui lança un regard furibond.

— Vous n'auriez pas dû venir !

— J'ai profité de l'occasion pour vous montrer que je réponds toujours aux lettres que je reçois, rétorqua-t-il d'un ton léger.

Francesca ne put retenir un sourire.

— Il n'empêche que vous n'auriez pas dû !

Messire Joakim désigna du menton le bateau qui oscillait près du rivage, ballotté par les flots.

— Ces hommes ne sont pas armés, j'espère ?

— Ce sont des pêcheurs, ils possèdent des couteaux pour vider les poissons, c'est tout.

Et, soupirant d'impatience :

— Bon, vous avez une proposition à me soumettre, alors allez-y. Que voulez-vous ?

— C'est très simple, mon seigneur. Je veux que vous vous joigniez à nous.

Tristan avait cru qu'il devrait payer une rançon en échange

de la liberté de Francesca. Pris de court, il tâcha de dissimuler sa surprise.

— Vous ne voulez pas d'argent ?

— L'or est toujours bienvenu, mon seigneur. Si vous voulez nous soutenir de cette façon, je ne vous en empêcherai pas. Mais j'espérais vous persuader de rallier notre cause. Avec votre prestigieux appui, d'autres n'hésiteront plus à faire de même.

— Vous êtes fou, Kerjean. L'alliance est morte.

— Vous croyez ?

Tristan promena un regard éloquent autour de lui.

— Regardez donc la réalité en face ! Vous avez été chassé du continent. Tout ce qu'il vous reste, c'est un rocher nu à l'orée de l'Océan. Vous n'arriverez même pas à réunir une douzaine d'hommes. C'est une tentative désespérée. Elle échouera.

— Pas si vous vous joignez à nous !

Les doigts de Kerjean serraient le bras de Francesca avec tant de force qu'ils en étaient livides. Il devait lui faire mal. Tristan refréna sa colère, en priant pour sembler plus calme qu'il ne l'était vraiment. En fait, il observait Kerjean, guettant le moindre signe de défaillance.

— Et pourquoi diable me joindrais-je à vous ?

La chevelure jaune de Kerjean se souleva, rebroussée par le vent.

— Je suis certain que la chance tournera ainsi en notre faveur. D'autres hommes se rallieront à notre cause s'ils voient que vous êtes des nôtres.

— Quelle cause ?

— Celle de la liberté, Tristan le Beau !

Tristan crispa la main sur son épée. Il éprouvait de plus en plus de mal à réprimer sa fureur.

— La liberté ? Dites plutôt l'anarchie ! Votre prétendue alliance n'a jamais représenté plus qu'une bande de larrons. La duchesse Constance est mineure et vos amis et vous en profitez depuis des années.

— Nous n'avons rien contre la duchesse, Tristan le Beau.

Ce que nous remettons en question, c'est le gouvernement de ce roi étranger et de sa marionnette. A mon avis, vous faites une grave erreur en soutenant le baron Rolland.

— Je me moque de votre avis ! Je soutiens le gouvernement de la loi, ainsi que je l'ai toujours fait et le ferai toujours. Quelle que soit la façon dont vous justifiez la chose, vos acolytes et vous ne vous battez pour rien d'autre que pour vos intérêts. Vous êtes une bande de hors-la-loi.

Tristan sentit un muscle se contracter dans sa joue.

— Je travaille pour la Bretagne. Vous travaillez pour faire votre pelote sans vous soucier des autres. Vous et vos complices n'êtes rien d'autre qu'une meute de loups. Vous voulez dépecer le duché morceau par morceau. Mais vous ne réussirez pas.

Une mouette passa tout près d'eux, volant vers les falaises. Un sourire rusé retroussa les lèvres de Kerjean. Il déplaça son étreinte autour du bras de Francesca et lui saisit une poignée de cheveux, qu'il enroula autour de son propre poignet avec une lenteur délibérée.

— Je suis étonné que vous protestiez avec tant de véhémence, comte Tristan. J'espérais vraiment que vous vous joindriez à nous.

Tristan jeta un coup d'œil à Francesca. Ses yeux n'avaient jamais semblé aussi immenses ni son visage aussi pâle. Même drapée dans cette couverture en loques, elle restait la plus belle femme du monde et il ferait n'importe quoi pour la sauver.

— C'est de la folie, Kerjean. Pour l'amour du ciel, lâchez ma femme et laissez-la retourner dans l'ermitage. Nous pourrons tout aussi bien discuter pendant qu'elle est à l'abri.

— Je ne pense pas.

Tirant Francesca par les cheveux, Kerjean la rapprocha de lui jusqu'à ce que son corps touche le sien.

— Elle est garante de ma sécurité. Et de toute façon, j'aime l'avoir près de moi. Il est bien dommage que vous ne vous joigniez pas promptement à nous. Et moi qui pensais que vous suivriez l'exemple de votre père !

Tristan fronça les sourcils.

— De quoi parlez-vous ?

— Vous ne saviez pas ? Le comte Bedwyr était des nôtres. Il soutenait la cause.

L'espace d'un instant, tout sembla se figer alentour, comme si le vent lui-même avait cessé de souffler. Puis une autre mouette passa près d'eux avec un cri aigu et on entendit à nouveau le mouvement régulier des vagues. Une bourrasque souleva un pan de la couverture de Francesca.

Tristan prit une longue inspiration d'air salé.

— Ne soyez pas ridicule !

— Votre père était l'un de nos plus importants alliés.

— Et vous, messire, vous n'êtes qu'un menteur !

Cette fois, Tristan faillit sauter à la gorge de Kerjean et il dut faire appel à toute sa volonté pour se l'interdire.

— Bon sang, lâchez ma femme !

D'un geste provocateur, Kerjean passa un bras autour de la taille de Francesca, qu'il plaqua contre son flanc.

— En temps voulu, mon seigneur. D'abord, je voudrais connaître votre réponse. Vous joindrez-vous à nous ? Il me tarde d'en avoir fini avec cet épisode déplaisant.

— Mon père n'aurait jamais pris parti pour des brigands et des traîtres.

Joakim arqua un sourcil blond.

— Vous vous trompez, mon seigneur. Le comte Bedwyr a rejoint l'alliance peu après la mort de votre mère.

Cette déclaration ébranla Tristan. Son père n'avait plus été le même après le décès de sa femme, c'était un fait. Qui savait ce que pouvait faire un homme égaré par le chagrin ? Le doute s'insinua en lui — avait-il si bien connu son père, après tout ?

Kerjean en profita pour retourner le couteau dans la plaie.

— Jusqu'où votre précieux prince anglais vous ferait-il

confiance, s'il savait que vous êtes le fils d'un traître ? Pourriez-vous même garder votre comté ?

Horribles paroles… Cela ne pouvait pas être vrai. Et pourtant… Jamais Tristan n'aurait imaginé que son père se suiciderait. Néanmoins, c'était bel et bien ce qu'il avait fait. Se pouvait-il qu'il eût vraiment intégré l'alliance ?

Non ! Une chose pareille n'aurait jamais pu arriver.

— Vous bluffez, déclara-t-il d'une voix dure. Comment le sauriez-vous ? Vous êtes trop jeune, pour commencer. Je n'étais moi-même qu'un gamin quand mon père est mort et vous avez encore quelques années de moins que moi. Et je doute qu'il se trouve qui que ce soit d'autre dans votre prétendue alliance qui puisse se souvenir d'événements aussi lointains.

— Je le tiens d'une source fiable, mon seigneur.

Le vent rabattit les cheveux de Tristan dans ses yeux. Il les écarta avec impatience. Le sel les avait rendus poisseux.

— C'est ridicule, Kerjean. Moi, rallier votre cause ? La réponse est non. Relâchez ma femme !

— Oh ! Non, susurra Kerjean.

Il haussa soudain les épaules.

— Très bien, j'accepte que vous ne vous joigniez pas à nous. C'était beaucoup demander, je l'avoue. Mais vous pouvez aider d'une autre manière.

Tristan éclata de rire.

— Vous ne manquez pas d'audace, Kerjean, il faut vous reconnaître cela. Je ne vous aiderai d'aucune façon !

Avec un mince sourire, Kerjean modifia sa prise sur Francesca. Et soudain, un couteau jaillit dans sa main, menaçant la gorge de la jeune femme.

— C'est ce que nous verrons. Je veux un bateau. L'embarcation qui nous a amenés jusqu'ici est très bien pour serrer la côte, mais elle n'est pas apte à naviguer plus loin. Il nous faut un navire digne de ce nom.

Tristan se renfrogna.

— C'est vous qui vous êtes aventuré ici, vous pouvez bien y pourrir, pour ce que je m'en soucie.

— Un bateau, seigneur Tristan, ce n'est pas trop demander, insista messire Joakim avec un sourire onctueux. Pas quand j'ai votre épouse à ma merci… Olivier ! Biel ! appela-t-il.

Deux lascars surgirent de nulle part. Tristan sentit son sang cogner dans ses tempes. Francesca se tenait aussi immobile qu'une statue. Son visage était livide, mais elle restait calme. Dieu merci, elle n'était pas femme à perdre ses esprits.

— Relâchez mon épouse ! répéta-t-il en scandant ses mots.

— Donnez-moi un navire et vous n'entendrez plus parler de moi.

Tristan ne répondit rien.

Restez calme, mon cœur. Encore un moment et nous serons tirés d'affaire.

— Si vous n'êtes pas capable d'entendre raison, Tristan le Beau, je vais devoir vous faire changer d'avis.

Lâchant son couteau, Kerjean tira son épée du fourreau.

Sa propre rapière à la main, Tristan plongea en avant. Il devait agir avec circonspection. Francesca se débattait maintenant pour échapper à son ravisseur, mais celui-ci la tenait toujours par les cheveux. Elle ne pouvait pas se dégager, se trouvant trop près de l'épée de Kerjean.

Le cœur de Tristan cognait contre ses côtes. Il allait effectuer la manœuvre la plus difficile de sa vie et il lui faudrait de la précision dans le geste. Une extrême précision…

— Pardonnez-moi, mon cœur.

A la vitesse de l'éclair, il brandit sa lame et trancha les cheveux de la captive. Francesca poussa un cri et trébucha sur les rochers avant de s'éloigner en rampant. Pendant un instant, Tristan retint son souffle. La jeune femme gisait sur la berge, exactement comme il l'avait imaginée. Sauf qu'elle ne saignait pas, Dieu merci. Elle avait seulement subi un outrage, la tête dépouillée de sa superbe chevelure.

La bouche béant de surprise, Kerjean resta figé sur place,

une masse de cheveux noirs dans une main et son épée dans l'autre.

Oubliant un instant le spectacle de Francesca, qui passait sa main dans ses cheveux cisaillés, Tristan s'avança vers son ennemi.

— Vous avez le choix, Kerjean. Vous acceptez de m'affronter en loyal combat, ou vous vous rendez. Que préférez-vous ?

— Vous oubliez que nous sommes plus nombreux que vous.

— Très bien. Si c'est la bataille que vous voulez, je suis votre homme.

Francesca se releva, les jambes tremblantes, et tituba jusqu'à un énorme rocher, où elle s'appuya. Le regard bleu de Tristan étincelait, clair et décidé. Elle n'était pas experte en matière de combat, mais quand même elle pouvait voir que Tristan se tenait fermement campé sur ses jambes et que la main qui serrait l'épée ne vacillait pas. Messire Joakim et lui décrivaient lentement des cercles l'un autour de l'autre.

Kerjean semblait réticent à engager le combat. Chaque fois que Tristan le pressait de plus près, il esquivait d'un pas sur le côté. S'il continuait ainsi, il n'allait pas tarder à avoir les pieds dans l'eau, car il se rapprochait peu à peu du rivage.

— Biel ? appela-t-il d'une voix anxieuse.

Mais ses hommes s'étaient éclipsés.

— A moi ! Olivier ? Pierrick ?

Il jeta un regard traqué vers l'ermitage, mais nul ne se montra. Les acolytes de Kerjean, s'ils n'avaient pas déjà repris la mer, préféraient apparemment demeurer hors de vue. Kerjean grommela un juron et Tristan et lui reprirent leur inquiétante danse circulaire, se mesurant les yeux dans les yeux.

Tristan étant le plus grand des deux, cette différence de taille lui conférait sans doute un avantage en termes de portée. Plus large de carrure, il rayonnait d'assurance et de confiance en lui. Au bout d'un moment, il tenta une botte, que messire

Joakim esquiva, la sueur au front. L'un des talons de Kerjean frappa l'eau, soulevant des éclaboussures, et un nouveau juron s'échappa de sa bouche. Les vagues souffletaient ses mollets.

La barque de pêcheur dans laquelle était arrivé Tristan était demeurée tout près du rivage. De la main gauche, Tristan adressa un geste aux pêcheurs, qui saisirent leurs rames et déplacèrent l'embarcation de quelques mètres. Dieu merci, Tristan n'était pas seul, songea Francesca en retenant son souffle.

Mais ce n'était pas tout. De l'endroit où elle se tenait, la jeune femme avait une excellente vue sur le village et sur le port. Une flottille de bateaux de pêche se déployait dans la baie, en direction du rocher de l'Ermite. Mieux encore, les couleurs de Tristan flottaient à l'un des mâts. Francesca sentit un sourire affleurer à ses lèvres. Kerjean, qui tournait le dos à la mer, n'avait pas aperçu les embarcations. Mais Tristan, lui, les avait vues.

— Messire Roparz, l'entendit-elle murmurer.

Son épée fendit l'air et Kerjean fit un bond en arrière. Tristan leva sa lame à hauteur de la gorge de son adversaire.

— Vous ne surveillez pas vos arrières, c'est une faute, commenta-t-il, d'un ton si tranquille qu'il frisait l'insulte.

Kerjean émit un rire sardonique et frappa farouchement. L'acier claqua contre l'acier. Francesca pouvait à peine respirer. Balançant son épée de droite à gauche, Tristan pressait son ennemi, le repoussant inexorablement vers la mer. La flottille se rapprochait.

Tristan sourit.

— A votre place, Kerjean, je me rendrais. Enfant, j'ai joué sur ces îles. Ces rochers peuvent se révéler terriblement glissants.

— Allez au diable !

L'épée de Kerjean décrivit une large courbe. Une vague le fouetta, il perdit l'équilibre et bascula dans la mer écumante.

Chapitre 14

L'orage avait fini par éclater. Le tonnerre grondait dans le ciel, tandis que Francesca se hâtait de se mettre à l'abri à l'intérieur du château.

Tristan se tenait près d'elle, le visage fermé, si bien qu'elle ne savait ce qu'il éprouvait. Depuis qu'ils avaient quitté le rocher de l'Ermite, il ne l'avait pas perdue de vue un seul instant, allant jusqu'à la faire asseoir devant lui sur sa selle lorsqu'ils étaient revenus à cheval du village. Dès qu'ils avaient été de retour dans la cour sous la pluie battante, il avait ordonné à Roparz d'escorter messire Joakim jusqu'aux cachots souterrains. Puis il s'était occupé d'elle, se saisissant fermement de sa main pour l'emmener dans la grande salle d'un pas décidé.

Des serviteurs étaient en train de s'activer un peu partout quand ils y entrèrent, les uns portant des bûches, les autres du linge. Tous tournèrent les yeux vers eux, et un court silence s'installa dans la pièce. Jamais Francesca ne s'était sentie moins *dame* qu'en cet instant et elle prit grand soin d'éviter les regards. Ses vêtements étaient trempés, raides de sel, elle était gelée jusqu'aux os et sa peau la démangeait. De sa main libre, elle resserra autour d'elle la couverture qui lui servait de voile pour cacher sa tête. Sa chevelure massacrée et son allure dépenaillée allaient inévitablement susciter des questions et elle n'était pas prête à les affronter. Pour le moment, elle se sentait simplement soulagée d'être délivrée de Kerjean.

Tristan adressa un signe à une servante.

— Où est la chambrière de dame Francesca ?

— Je crois qu'elle se trouve dans le solarium, mon seigneur.

— Conduisez madame dans notre chambre à coucher. Puis vous préviendrez Marie que sa maîtresse a besoin d'elle. Mon épouse voudra du feu, ainsi que de l'eau chaude pour un bain.

La fille plongea dans une respectueuse révérence.

— Bien, mon seigneur.

Tristan effleura la joue de Francesca.

— Je vous rejoindrai dès que j'aurai vu Kerjean sous les verrous. A plus tard, madame.

En haut, Francesca se blottit sur un tabouret près de la cheminée jusqu'à ce qu'elle cesse de grelotter. Elle contemplait les flammes en écoutant l'orage, qui se déplaçait lentement vers le nord.

Marie fit irruption dans la chambre.

— Oh ! madame, Dieu merci, vous allez bien ! Je n'ai pas pu fermer l'œil tant je m'inquiétais pour vous. Que s'est-il passé et où étiez-vous ? Bastian assure que vous avez passé la nuit au rocher de l'Ermite.

S'arrêtant pour respirer, Marie grimaça à la vue de la couverture.

— Que faites-vous avec cette chose crasseuse sur la tête ?

Elle tira sur la couverture et une expression horrifiée se peignit sur son visage.

— Oh ! madame, vos pauvres cheveux !

Avec une moue, Francesca se passa la main dans ce qui restait de sa chevelure.

— C'est donc si terrible ?

Marie remua les lèvres avant de pouvoir articuler un son.

— Qu'est-il arrivé ?

Francesca avait gardé une image précise du moment où Tristan avait brandi son épée.

— On me retenait par les cheveux et le seigneur Tristan a dû me libérer.

Un frisson la parcourut à ce souvenir. La lame était passée

si près qu'elle avait senti un petit vent lui effleurer la gorge. Elle préférait ne pas y repenser. Si Tristan avait mal évalué la distance…

Marie se glissa derrière elle et Francesca sentit qu'elle tirait doucement sur ses mèches.

— Pas très féminin, grommela Marie. Beaucoup trop court. Et hirsute. Voulez-vous que j'arrange un peu cela ?

— Oui, merci. C'est hideux, je n'en doute pas.

— Ah, cet homme ! Il n'y avait pas d'autre moyen de vous délivrer ? Fallait-il vraiment qu'il vous tranche les cheveux ?

Francesca se surprit à sourire.

— Il a fait de son mieux. J'ai de la chance que Tristan soit un maître en matière d'escrime. Messire Joakim, lui, se moquait bien que je vive ou que je meure.

Marie se couvrit la bouche avec sa main, les yeux scintillants de larmes.

— Oh ! madame…

Francesca se leva de son tabouret et gratifia sa servante d'une rapide étreinte.

— Allons, Marie, il n'y a pas de quoi pleurer. Tristan et moi sommes tous deux sains et saufs et mes cheveux ne tarderont pas à repousser. Les serviteurs vont bientôt monter l'eau. Aidez-moi à me dévêtir, voulez-vous ? Je suis toute collante de sel.

Il lui restait bien des choses à résoudre avec Tristan. Celui-ci devait comprendre que s'il voulait un avenir pour leur mariage il devait surmonter son penchant pour les secrets. Mais d'abord, il y avait Kristina et Esmerée.

Tristan avait une fille. Francesca avait prié pour lui donner un héritier, mais durant le temps qu'ils avaient passé ensemble, elle n'avait pas conçu d'enfant. Elle ne s'en était pas vraiment inquiétée avant d'apprendre l'existence de Kristina. Cela lui avait parfois traversé l'esprit, certes, mais elle n'avait pas perdu confiance, persuadée qu'elle porterait un jour le bébé de Tristan.

Depuis qu'elle savait pour Kristina, sa relation avec Tristan lui apparaissait sous un jour différent. De toute évidence, Tristan n'éprouvait aucune difficulté pour engendrer. Alors ?

Les mêmes pensées la taraudaient à nouveau.

Et moi ? Suis-je stérile ? Si Tristan veut un enfant légitime, peut-être devra-t-il se trouver une autre épouse ?

La seule idée de Tristan contractant un autre mariage la rendait malade.

Francesca se redressa, offrant son dos à Marie afin que la servante puisse délacer sa robe. Tristan et elle avaient beaucoup à discuter et elle n'avait pas envie de l'affronter dans cet état. Elle voulait être présentable lorsqu'elle se retrouverait devant lui. Enfin, aussi présentable que possible, après le traitement qu'il avait fait subir à ses cheveux…

Après son bain, Francesca n'eut guère l'envie de regagner la salle commune. Oh ! Elle n'avait pas honte de son apparence, non. Mais en tant qu'épouse du comte Tristan, elle nageait dans l'incertitude, d'où sa réticence. Tant qu'elle ne saurait pas exactement où elle en était, elle ne se sentirait pas à l'aise avec les gens de Tristan. Aussi valait-il mieux qu'elle garde la chambre tant que Tristan et elle n'avaient pas mis les choses au clair.

Assise sur le tabouret devant le feu, elle trompa l'attente en bavardant avec Marie. Enfin, un pas vif se fit entendre dans l'escalier et la porte s'ouvrit. Tristan portait une gourde de vin dans une main et deux gobelets d'argent dans l'autre. Il les déposa sur la desserte.

Francesca congédia sa servante d'un sourire.

— Merci, Marie. Ce sera tout.

Tristan fit signe à Marie d'attendre un instant et se tourna vers elle.

— Adèle m'a dit que vous n'aviez rien mangé à midi. Voulez-vous que Marie vous fasse monter un plateau ?

— J'ai pris une pomme et un peu de pain tout à l'heure.

Il l'étudia, une légère ride entre les sourcils.

— Ce n'est pas très nourrissant.

— Je n'ai pas faim, merci.

Tristan adressa un signe de tête à Marie, qui sortit aussitôt.

— Et du vin ? En prendrez-vous un peu ?

— Oui, merci.

Francesca avait l'estomac retourné et le vin faciliterait peut-être la conversation. Prenant une profonde inspiration, elle entra dans le vif du sujet.

— Comment va Kristina après ses épreuves ?

— Elle semble parfaitement remise. La dernière fois que je l'ai vue, elle dévorait des brioches aux épices.

— Je me réjouis de l'entendre. Tristan, quand aviez-vous l'intention de m'avouer qu'elle était votre fille ?

Occupé à verser du vin, Tristan suspendit son geste.

— Je suis désolé, mon cœur. Je voulais vous en parler, mais j'ai pensé que vous aviez déjà assez à endurer avec la mort du comte Myrrdin. Il ne me semblait pas judicieux d'alourdir votre fardeau. Tenez, ajouta-t-il en lui tendant le gobelet.

— Merci.

Francesca sirota le vin, tandis que Tristan attirait le tabouret de Marie pour s'asseoir auprès d'elle. Francesca reposa alors sa timbale et le regarda dans les yeux.

— Tristan, la révélation sur Kristina m'a profondément bouleversée. Comment avez-vous pu me cacher son existence aussi longtemps ? Elle n'est plus un bébé, elle a dû naître durant la première année de notre mariage — ce qui fait plus de trois ans. Vous auriez pu me parler d'elle à de multiples occasions pendant ces trois années. Pourtant, vous n'en avez rien fait.

— J'avais mes raisons.

Francesca tapota le flanc de son gobelet.

— Vous craigniez que ces gens de l'alliance ne l'utilisent contre vous, s'ils apprenaient qu'elle était votre fille ?

— C'est exactement cela. Bon sang, Francesca, il fallait

que je garde son existence secrète. Vous avez vu par vous-même de quoi sont capables des hommes sans pitié. Les séides de Kerjean ont enlevé Kristina sans savoir qu'elle était ma fille. Imaginez ce qu'ils auraient pu lui faire s'ils avaient connu la vérité !

— Cependant, vous auriez dû me confier ce secret.

— Comment le pouvais-je ? Vous l'avez dit vous-même, si le bruit avait couru qu'elle était ma fille, elle aurait représenté une proie pour tous les hors-la-loi du duché.

— Vous ne m'avez pas fait confiance.

Tristan plissa le front.

— C'est faux. Bien sûr que j'ai confiance en vous !

Francesca déglutit, la bouche sèche malgré le vin. Elle avala une autre gorgée.

— Vous ne m'avez pas fait confiance au moment de sa naissance. Oh ! Je peux très bien comprendre. J'étais jeune, inexpérimentée et incroyablement naïve. Et nous étions pratiquement des étrangers l'un pour l'autre.

Elle se pencha vers lui pour lui toucher la main.

— Mais vous savez, le comte Myrrdin m'a transmis des valeurs, telles que l'honneur, la discrétion et la loyauté. Votre secret aurait été en sécurité avec moi.

Les doigts fermes de Tristan se refermèrent sur les siens.

— Je suis navré, mon cœur. De nouveaux mariés ont beaucoup à apprendre l'un sur l'autre. Cela prend du temps.

Carrant les épaules, Francesca retira sa main.

— Vous ne m'avez pas confié l'existence de Kristina lorsqu'elle est née, soit, mais vous ne m'en avez pas parlé davantage quand vous avez décidé de m'amener ici après la mort de papa. Tristan, nous avons fait tout ce trajet ensemble depuis la Champagne et j'ai pensé — j'ai espéré — que nous commencions enfin à nous comprendre. J'ai cru que notre mariage avait encore une chance. Comme je me trompais ! Rien n'a changé.

Tristan fronça ses sourcils sombres.

— Tout a changé ! Et cette histoire de lettres ?

Il semblait plus sincèrement perplexe qu'irrité et Francesca reprit courage. Pourtant, elle secoua la tête.

— Oubliez les lettres. Rien n'a changé en profondeur. Sinon, vous m'auriez parlé de Kristina. Vous vous défiez toujours de moi, voilà la vérité.

Tristan posa son gobelet sur le tapis et se pencha en avant, les coudes sur les genoux, son regard bleu plongé dans le sien.

— Francesca, j'ai confiance en vous. Je voulais vous mettre au courant pour Kristina, car je savais que ce ne serait pas bon pour vous d'arriver ici dans l'ignorance. Mais comme je vous l'ai dit, j'ai songé que vous aviez déjà assez à supporter avec la mort du comte.

Il grimaça avant d'ajouter :

— C'était déjà très difficile de vous parler d'Esmerée. Vous apprendre en plus que j'avais une fille aurait été trop d'un seul coup, j'en étais sûr. Et puis il y avait Kerjean. Mes craintes de le voir reconstituer l'alliance impliquaient que Kristina n'était plus en sécurité comme je l'avais cru.

Il se tut un instant.

— Francesca, je vous jure que j'avais l'intention de tout vous dire. En fait, j'étais sur le point de le faire à notre arrivée aux Iles. C'est Roparz qui m'en a dissuadé.

La lueur du feu jouait sur son visage, accentuant ses pommettes saillantes et ses mâchoires fermement dessinées. Avec un soupir, il se redressa et fouilla dans son aumônière. Une chevalière brilla dans sa paume — celle dont il lui avait fait présent le jour de leurs noces et que messire Joakim avait volée. Ses lèvres bien modelées s'incurvèrent, tandis qu'il contemplait l'anneau.

— Francesca, je suis désolé si vous pensez que je vous ai sciemment trompée. J'ai commis beaucoup d'erreurs dans ma vie et j'en commettrai d'autres, sans nul doute. Mais en ce qui concerne notre mariage, je n'éprouve aucun regret.

Il lui tendit alors la bague.

— Je voudrais que vous la remettiez à sa place.

Francesca le dévisagea. Elle brûlait de reprendre l'anneau, sa main lui semblait nue sans lui. Pourtant, Tristan n'avait pas prononcé le mot *amour*. Peut-être en était-il tout simplement incapable.

— Pourquoi ? murmura-t-elle.

— J'ai besoin de vous, Francesca.

— Vous avez besoin d'héritiers et vous avez décidé que je vous convenais, c'est cela ? Mais, Tristan, si j'étais stérile ? Y avez-vous pensé ? Si je ne peux pas vous donner un héritier, me voudrez-vous toujours pour épouse ?

— Sottises ! Vous n'êtes pas stérile.

— Vous n'en savez rien, rétorqua-t-elle.

Elle lui jeta un regard attristé :

— Vous avez eu une fille avec Esmerée. Mais vous et moi avons passé plus de temps ensemble et… Rien ! Que ferez-vous si je ne peux pas avoir d'enfant ?

— Vous êtes jeune, Francesca. Nous avons le temps.

— Tristan, vous ne pouvez pas écarter cette possibilité.

Il s'assit très droit, la bague luisant dans sa paume.

— Francesca, vous êtes à bout. Je ne crois pas un seul instant que vous soyez stérile et je refuse d'en discuter plus longtemps. Vous êtes ma femme, vous me plaisez, vous me plaisez même beaucoup.

Il haussa un sourcil noir et sa voix changea, soudain teintée de malice.

— En outre, vous devez savoir, depuis le temps, qu'essayer de vous faire un enfant m'a toujours paru une idée délectable.

Résistant au désir de lui caresser la joue, Francesca détourna promptement les yeux. Il était beaucoup trop séduisant, voilà la vérité ! Même s'il n'avait jamais été question d'amour de son côté à lui, elle n'aspirait qu'à une chose, se retrouver dans ses bras. Comment était-ce possible ?

— Je vous en prie, Tristan, ne faites pas cela.

— Quoi donc ?

— Vous essayez de me séduire et je ne vous le permettrai pas.

— Dommage !

— Il est vrai que le côté charnel du mariage ne nous a jamais posé de problème, admit-elle, s'obligeant à contempler les flammes pour ne pas rencontrer le regard de Tristan. Mais nous ne serons pas toujours jeunes. Qu'arrivera-t-il quand le désir se fera moins intense et que la passion diminuera ?

— Francesca, vous êtes mon épouse et les vœux de mariage durent toute la vie.

— Même si l'alliance avantageuse que vous aviez espéré forger avec Fontaine a été réduite à néant ? Je ne vous apporte pas de terres. Je ne suis personne, Tristan.

Il haussa les épaules.

— Vous êtes celle qu'il me faut, voilà tout.

Francesca déglutit, les yeux fixés sur la bague. Elle avait les idées en déroute — sauf une. Elle aurait tant aimé reprendre cet anneau ! Tristan semblait vraiment désireux de la garder pour femme. Mais à aucun moment il ne lui avait parlé d'amour.

— Je ne vous apporte pas de terres, répéta-t-elle. Je ne vous apporte rien du tout.

Elle retint son souffle et attendit. Qui sait ? S'il l'aimait, son absence de fortune et son humble origine ne revêtaient peut-être aucune importance pour lui.

Souriant, il secoua la tête.

— Vous m'apportez votre personne et c'est tout ce que je désire. Tenez...

Lui ôtant le gobelet des mains, il glissa fermement la bague à son doigt.

— Vous êtes mon épouse. Je n'en aurai aucune autre.

Francesca sentit sa gorge se serrer et ses yeux s'embrumèrent. Ce n'était pas exactement la déclaration d'amour qu'elle attendait. Etait-ce une base suffisante pour un mariage ? Cillant pour chasser ses larmes, elle concentra son regard sur les traits sombres de Tristan. Le front creusé d'une ride, il semblait presque anxieux. Voyons, ce ne pouvait être pour lui une simple question d'amour-propre, il fallait bien qu'il y eût autre chose…

Tristan tient à moi. Vraiment. Mais il ne sait pas l'exprimer.

— Vous porterez ma bague ? interrogea-t-il d'une voix rauque. Et vous resterez ici ?

— Oui, je vais rester.

Le visage de Tristan s'éclaira comme par magie. Francesca espérait de tout son cœur avoir pris la bonne décision. Il l'aimait, il devait l'aimer, seulement il ignorait comment le lui dire.

Elle serra les doigts autour de la bague.

— Mais il y a une condition, reprit-elle.

— Laquelle ? Dites-moi.

— Plus de ces grands secrets !

Il souleva sa main et la baisa.

— D'accord, plus de secrets.

Il l'attira vers lui pour l'asseoir sur ses genoux et enfouit le visage dans son cou.

— Je vais devoir vous parler de la véritable armée de maîtresses qui m'attendent à Rennes.

Elle lui jeta un regard choqué, mais vit une lueur pétiller dans ses prunelles bleues et comprit qu'il la taquinait. Tristan lui avait déjà affirmé qu'il lui avait été fidèle durant leur séparation et elle le croyait. Elle le croyait aussi lorsqu'il prétendait avoir eu l'intention de lui parler de Kristina dès leur arrivée aux Iles. Il avait un sens aigu du bien et du mal et n'était pas homme à mentir. Son erreur, la concernant, c'était de ne pas lui avoir ouvert son cœur, même si elle comprenait pourquoi. Son éducation lui avait appris à se taire et à ne compter que sur lui-même.

En un sens, elle aurait dû se sentir flattée qu'il ait bien voulu finalement lui parler de Kristina. C'était un début.

Etait-ce suffisant pour qu'elle prenne le risque de souffrir si elle venait à le perdre à nouveau ?

Oui. Elle l'aimait, et s'il restait la plus infime chance de trouver le bonheur avec lui, elle devait essayer.

— Dieu, que me dites-vous là ? Une armée de maîtresses ? Vous devez en avoir appris un rayon sur l'art d'aimer. J'espère que vous me raconterez tout.

Effleurant sa joue d'une longue caresse, Francesca porta ses lèvres à hauteur de celles de son époux, en espérant qu'elle ne se leurrait pas sur la vraie nature des sentiments de Tristan pour elle. Il devait l'aimer, il le fallait !

A un moment, elle allait devoir l'informer qu'elle détestait l'idée que son ancienne maîtresse demeure aux Iles. Et que comptait-il faire au sujet de Kristina ? A présent que ces hors-la-loi étaient sous clé, allait-il la reconnaître publiquement ? Bien des défis les attendaient. La seule certitude de Francesca, c'était que leurs problèmes ne se résoudraient pas en un jour.

Oubliant tout pour un instant, elle pressa sa bouche sur la sienne.

Francesca avait accepté de reprendre sa bague ! Soulagé, Tristan tâchait d'ignorer le malaise qui l'habitait depuis l'accusation de Kerjean, dont les paroles ne cessaient de résonner dans sa tête :

« Le comte Bedwyr était l'un des nôtres. Il soutenait notre cause. »

Kerjean devait mentir. Son père n'était pas un traître. Tristan supportait à peine cette pensée et pourtant elle ne cessait de le hanter depuis qu'ils étaient revenus du rocher de l'Ermite. Se pouvait-il qu'il se fût trompé sur son père ? Le comte avait-il vraiment rejoint l'alliance ?

Bedwyr s'était suicidé, c'était indéniable. Mais Tristan s'était demandé pourquoi pendant des années, tant cela semblait incompatible avec le caractère de son père. Etait-il possible que le comte ait commis quelque chose sur une impulsion pour le regretter tout de suite après ? Avait-il soutenu l'alliance et le remords l'avait-il conduit au désespoir ?

— Embrassez-moi, Tristan, chuchota Francesca, penchée vers lui.

Elle lui mordilla la lèvre, pressant ses seins contre son torse. Une distraction bienvenue !

Tristan plongea dans les beaux yeux gris et ses soucis s'éloignèrent. Il songerait plus tard à la possible implication de son père dans le complot contre le duché. Pour l'instant, il tenait Francesca dans ses bras, sa bague avait retrouvé sa place au doigt de la jeune femme et tout allait s'arranger entre eux. Elle avait accepté de rester et désirait qu'il l'étreigne. Eh bien, cela, il pouvait le faire !

Les craquements du feu s'estompèrent, tandis que leurs bouches se rencontraient. Francesca devait être à bout de forces et avait besoin de repos après les épreuves qu'elle venait de traverser. Tristan ôta les épingles qui retenaient son voile, et même le grondement des vagues en contrebas parut s'atténuer. Le feu n'éclairait plus autant. Seule Francesca existait. Son voile glissa sur le sol. La vue de sa chevelure sombre retombant en courtes mèches brillantes autour de son visage lui provoqua un choc. Dieu merci, il ne l'avait pas blessée !

Francesca tâta aussitôt ses cheveux d'un geste inconscient.

— Marie trouve que ce n'est pas féminin. Je dois ressembler à un page, non ?

— Sûrement pas ! Vous êtes bien trop jolie et féminine pour qu'on vous confonde avec un page.

Il lui saisit le menton pour lui tourner la tête d'un côté à l'autre.

— Je suis vraiment désolé, mon cœur.

Une idée soudaine le fit sourire.

— Au moins, nous pouvons être sûrs que personne ne vous retiendra prisonnière par les cheveux avant un certain temps !

— Marie les a égalisés et coiffés.

— Je vois. Elle a fait du bon travail.

La tendresse envahit Tristan tandis qu'il lui passait les doigts dans les cheveux pour sentir leur texture. Ils avaient le lustre et la douceur de la soie. Il se pencha vers elle et sentit la tension qui l'habitait se dissoudre. Ses cheveux exhalaient son odeur à elle, mêlée à une légère fragrance de jasmin, deux parfums qu'il associerait toujours dans sa mémoire.

— Ils sont plus bouclés que quand ils étaient longs. C'est assez joli, je trouve.

Elle écarquilla les yeux.

— Vous aimez ?

— Oui. Peut-être allez-vous lancer une mode ?

Elle pouffa.

— Flatteur !

Et déposant un baiser sur son nez :

— Je remercie simplement le ciel que vous soyez si habile à l'épée, mon seigneur.

— Moitié instinct, moitié entraînement. Il fallait que je vous arrache à cet homme.

Il la serra farouchement, et la voyant tressaillir, relâcha aussitôt son étreinte.

— Qu'y a-t-il, mon cœur ?

Francesca se frotta le bras.

— C'est un peu meurtri.

Tristan étouffa un juron.

— Il vous a fait mal ? Laissez-moi voir.

La repoussant de son giron, il se leva et déboucla la ceinture de Francesca. Elle ne protesta pas tandis qu'il la dépouillait de ses habits — ceinture, robe, et enfin chemise. Lorsqu'il l'eut entièrement dévêtue, il déglutit convulsivement. Elle était si ravissante, la peau crémeuse et légèrement parfumée… Le jasmin, encore. La douce fragrance de Francesca. L'ecchymose sombre sur le haut de son bras attira son regard. Il embrassa la meurtrissure, tandis qu'elle nouait les bras autour de son cou.

— Un instant, ma chérie…

Reculant d'un pas, il la fit pivoter, examinant chaque pouce de son corps, d'une beauté à couper le souffle — la douce courbe de ses fesses, le léger creux au bas du dos, les longues jambes minces.

— Je ne vois pas d'autres contusions.

— Il n'y en a pas.

— Dieu merci !

Voyant qu'elle baissait les yeux, les joues empourprées par la pudeur, il la conduisit vers le lit.

— Vous n'avez pas dû beaucoup dormir la nuit dernière, je présume.

— On m'avait droguée. Il a fallu un moment pour que l'effet du somnifère se dissipe.

Tristan serra les dents. Meurtrie. Droguée.

D'un geste brusque, il repoussa les couvertures.

— Au lit ! Il est impératif que vous vous reposiez maintenant.

— Mais il est midi, Tristan !

— Il faut vous reposer, répéta-t-il fermement.

Francesca représentait vraiment son point faible. Bien que ce fût effectivement le milieu de la journée, il avait envie de la tenir de nouveau dans ses bras. Elle avait besoin de sommeil, certes, mais lui avait tout autant besoin de sentir son corps contre le sien, bien en sécurité.

Malgré l'intensité de son désir, pour aujourd'hui, il se contenterait de cela. Il veillerait sur elle jusqu'à ce qu'elle s'endorme. C'était étrange combien le réflexe de vouloir la protéger l'emportait en lui sur des instincts plus primitifs.

Tandis que Francesca s'enfonçait sous les couvertures, il fut saisi d'une pensée soudaine.

— Francesca ?

— Oui ?

— Kerjean ne m'a pas encore expliqué comment vous étiez tombée entre ses mains. Roparz a évoqué une livraison de vin.

Marchant jusqu'à la fenêtre, il tira les volets et la lumière diminua d'intensité. Francesca se reposerait mieux dans la pénombre.

La jeune femme bâilla.

— J'attendais Marie dans la cour quand le charretier est venu me parler. J'ai cru comprendre qu'il était à ma recherche.

Tristan jeta un regard vers le lit et ne vit plus que le sommet d'une tête brune pointant hors du nid douillet des couvertures.

— C'était vous personnellement qu'il cherchait ?

— Oui, je pense.

Un nouveau bâillement. Les draps bruissèrent.

— Il m'a affirmé que Kristina était entre leurs mains. Je n'ai pas pu supporter la pensée de la savoir terrorisée, alors j'ai suivi l'homme.

— On ne vous a pas forcée ? s'étonna Tristan, le regard toujours fixé sur la forme enfouie sous les couvertures.

Voilà pourquoi les gardes sur le chemin de ronde n'avaient rien remarqué d'anormal. Il n'y avait pas eu de lutte — Francesca était partie de son plein gré.

— Vous auriez fait la même chose, j'en suis sûre.

Secouant la tête, Tristan vint s'allonger sur le lit et écarta les couvertures pour prendre la jeune femme dans ses bras.

— C'était très courageux de votre part. Et follement imprudent.

Et cela vous ressemblait du tout au tout ! ajouta-t-il à part lui.

Francesca avait été blessée d'apprendre que Kristina était sa fille, et pourtant elle s'était volontairement livrée à des hors-la-loi pour sauver la petite. Il se reprit. Non, cela ne lui rendait pas justice. Francesca n'était pas montée dans le chariot parce que Kristina était sa fille, elle aurait fait la même chose pour n'importe quel enfant.

Elle exhala un bref soupir et il l'embrassa sur le front. Il ne fallut guère de temps avant qu'elle ne se détende dans ses bras. Le vent secouait les volets et les rideaux se gonflaient sous un léger souffle d'air. Le feu projetait des ombres mouvantes sur les murs. Tristan observait leur danse. Il ne resterait pas longtemps, juste assez pour s'assurer que Francesca dormait profondément.

Il écoutait le vent et le grondement des vagues, tout en se

livrant à ses réflexions. Francesca avait été droguée et menacée parce qu'elle avait voulu sauver Kristina. Cela ne signifiait pas pour autant qu'elle apprécierait de vivre sous le même toit qu'Esmerée et sa fille.

Mais que pouvait-il faire ? Roparz était son bras droit, son meilleur chevalier. Il était le plus qualifié pour gérer les Iles et Tristan savait depuis toujours, car le seigneur Morgan aussi bien que son père le lui avaient inculqué, que le régisseur de votre principal château tenait un rôle primordial — il était votre alter ego, votre indéfectible soutien.

Je ne peux pas perdre Roparz.

Il pressa un nouveau baiser sur le front de Francesca. Renvoyer Roparz serait absurde. Militairement parlant, ce serait une grande erreur.

Tristan soupira. Peut-être pourrait-il éviter cela s'il informait Esmerée ? Oui, quand Esmerée saurait que Francesca s'était délibérément mise en danger pour sauver Kristina, elle en éprouverait sans aucun doute de la gratitude. Qui sait ? Peut-être même les deux femmes deviendraient-elles amies ?

Il parlerait à Esmerée dès que possible. Ensuite, il interrogerait Joakim Kerjean. Dès qu'il lui aurait fait admettre qu'il avait inventé de toutes pièces le prétendu ralliement de son père à l'alliance, il expédierait l'homme au baron Rolland, à Rennes.

Le comte Bedwyr n'était pas un traître !

Seule au sommet de la tour, juste au-dessus de leur chambre, Francesca contemplait la mer, appuyée à la balustrade. C'était marée basse et les rochers de la baie semblaient plus grands que d'ordinaire, abrupts et hérissés d'aspérités. Des algues sombres flottaient dans les eaux basses. Il avait cessé de pleuvoir depuis des heures, mais le ciel restait couvert et une masse de nuages s'amoncelait à l'ouest. Une brise vivifiante soulevait le voile de Francesca, faisant courir des frissons sur sa nuque.

Derrière elle, la porte grinça et dame Esmerée s'avança vers la balustrade.

— Excusez-moi, dame Francesca. Puis-je vous parler ?

— Bien sûr !

Son voile ondulant au vent, dame Esmerée vint se placer à côté d'elle. Jetant un bref coup d'œil au rocher de l'Ermite, elle posa sa main sur celle de Francesca.

— Je suis venue vous remercier, madame. Le seigneur Tristan m'a appris que vous vous étiez mise en danger pour que Kristina nous soit rendue saine et sauve.

Francesca sourit.

— Ne me remerciez pas. N'importe qui en aurait fait autant.

Dame Esmerée secoua lentement la tête.

— Je ne crois pas, surtout quand on pense aux circonstances de sa naissance. Vous êtes l'épouse du comte Tristan. Cela a dû être un choc pour vous de découvrir que nous avions eu une fille ensemble.

Francesca se raidit.

— Je ne le nierai pas. J'en ai été bouleversée.

— Malgré cela, vous avez suivi ces hors-la-loi pour sauver Kristina.

La voix d'Esmerée tremblait d'émotion. Elle se laissa tomber sur les genoux et inclina la tête.

— Je vous en suis infiniment reconnaissante, madame. Kristina m'est plus chère que ma propre vie.

— S'il vous plaît, dame Esmerée, non ! pria Francesca, l'obligeant à se relever. Tristan m'a assuré que votre fille s'était très bien remise. Il a même été question de brioches aux épices.

Un sourire incurva les lèvres d'Esmerée.

— Kristina les adore. Elle en dévorerait des quantités déraisonnables si on la laissait faire !

Francesca lui pressa la main.

— Je suis heureuse que votre fille soit indemne, déclara-t-elle d'un ton enjoué. S'il vous plaît, n'en parlons plus.

Hochant la tête, dame Esmerée tourna les talons.

— Dieu vous bénisse, madame. Vous êtes la générosité même.

Parvenue à la porte, elle hésita et se retourna. Ses yeux scintillaient de larmes et elle semblait profondément embarrassée.

Francesca sentit son cœur se serrer.

— Il y a autre chose, n'est-ce pas ?

Esmerée se tordait les mains… Elle était l'image même de la détresse.

— Dame Esmerée ?

— Je me sens affreusement coupable, madame. Votre bravoure m'humilie. Vous avez sauvé mon enfant, alors que…

Sa voix se brisa.

— Je vous ai causé un si grand tort !

Francesca fut parcourue d'un frisson qui n'avait plus rien à voir avec le vent.

— De quoi s'agit-il ? Qu'avez-vous fait ?

Esmerée baissa la tête.

— Je me suis confessée au père Paol et il m'a conseillé de vous avouer la vérité. J'ai tellement honte !

Une rafale de pluie mouilla le voile de Francesca.

D'un geste calme, elle désigna la porte.

— Rentrons, madame, il recommence à pleuvoir. Nous pouvons continuer cette conversation dans le solarium.

Chapitre 15

Francesca débordait de questions, les nerfs tendus à se rompre. Elle n'en retint pas moins sa langue jusqu'au moment où dame Esmerée et elles se retrouvèrent assises devant la cheminée du solarium. De quoi voulait donc lui parler Esmerée ? Qu'avait-elle fait ? Et Tristan était-il au courant ?

— Vous m'intriguez, dame Esmerée, commença-t-elle en s'adossant contre un coussin. Parlez, je vous en prie.

Dame Esmerée essuya une larme et croisa les mains dans son giron.

— Comme il vous plaira, madame. Ma famille vivait au village, voyez-vous. Je connais le comte Tristan depuis toujours.

— Et vous êtes devenue sa bonne amie. Sa maîtresse.

Les joues écarlates, Esmerée baissa les yeux vers le tapis.

— Oui. C'est arrivé peu après la mort de mon père.

Elle releva le menton.

— C'était un péché, et pourtant je n'avais pas honte. J'étais fière d'être la *bonne amie* du seigneur Tristan, comme vous dites. Il prenait soin de moi et ne me rabaissait pas. Jamais il n'a pris d'autres maîtresses.

— Vous l'aimiez ?

— Je le croyais, bien que je n'aie jamais osé le lui dire. Vous savez combien il peut se montrer distant.

Francesca hocha la tête, attendant la suite.

Dame Esmerée leva vers elle un regard morne.

— Tout est allé très bien jusqu'au jour où Tristan m'a

appris qu'il projetait de se marier. Une alliance politique, m'a-t-il expliqué. Ma liaison avec lui était terminée. J'étais accablée. Ce n'est qu'après votre mariage que j'ai découvert que je portais son enfant.

— Alors messire Roparz vous a épousée.

— Oui.

L'expression d'Esmerée s'adoucit.

— Roparz a demandé ma main. S'il vous plaît, essayez de comprendre, madame. Ce n'est qu'après la naissance de Kristina que j'ai commencé à apprécier les qualités de mon époux.

Elle grimaça.

— Avant cela, j'étais terriblement jalouse. J'éprouvais beaucoup d'amertume et de rancune contre le seigneur Tristan et vous.

— Vous vous sentiez lésée.

— Oui.

Francesca se raidit. Elle commençait à comprendre qu'une femme aussi peu conformiste que dame Esmerée, fille de marchand qui avait ouvertement pris un amant noble en dépit des difficultés que cela avait dû lui créer dans un petit village où tout le monde la connaissait, n'était pas du genre à rester passive quand elle s'estimait lésée.

— Qu'avez-vous fait ?

Dame Esmerée détourna les yeux.

— Quand le comte Tristan a été appelé au loin pour le service du duché, il vous a écrit. Ses lettres transitaient par les Iles.

Francesca saisit en un éclair.

— Vous avez intercepté nos lettres. Vous les avez détruites.

Esmerée, très pâle, coula un regard vers les flammes.

— Oui, madame. J'ai honte de devoir l'avouer.

Francesca sentit une nausée lui tordre l'estomac. Tout ce chagrin, tous ces mois d'attente vaine à espérer une réponse de Tristan ! Tout ce temps à se poser des questions sur sa propre situation… Et elle n'avait pas été la seule à souffrir — Tristan lui-même en était venu à croire qu'elle lui avait tourné le dos. Il s'était imaginé qu'elle ne lui faisait pas suffisamment confiance pour s'appuyer sur lui dans la détresse.

— Comment vous en êtes-vous emparée ? Et qu'en avez-vous fait ?

— J'ai persuadé le sergent Jagu — celui qui commande le corps de garde — de me les remettre. Mais il ne faut pas l'en blâmer, madame, je lui avais affirmé que je les donnerais à Roparz.

— Et ensuite ?

Esmerée déglutit et prit un air coupable tout en jetant un œil vers le feu.

— Je les ai brûlées.

— Toutes ?

— Oui.

Esmerée se mordit la lèvre, tandis qu'une larme glissait lentement sur sa joue.

— Pouvez-vous me pardonner, madame ?

Francesca se frotta le front.

— Je… Je ne sais pas.

Elle s'enfonça les ongles dans les paumes. En fait, elle avait envie de frapper cette femme. Elle n'en ferait rien, bien entendu, mais la tentation la taraudait bel et bien.

— Dame Esmerée, êtes-vous consciente de tout le trouble que vous avez causé ?

— Je suis vraiment désolée, madame.

— C'est très difficile à accepter, déclara Francesca.

Les mains sur les hanches, elle réfléchissait. Quelque chose ne collait pas dans la confession d'Esmerée et elle était déterminée à résoudre ce mystère.

— Vous aimez messire Roparz ?

— Beaucoup, madame.

— Mais pas au début. A quel moment exactement avez-vous eu conscience que vous l'aimiez ?

— Cela a pris un certain temps. Roparz se montrait gentil avec Kristina. Je pensais qu'il la rejetterait, mais il ne l'a jamais fait. Au contraire, il l'a idolâtrée depuis le jour de sa naissance et elle, en retour, l'adore. Moi, j'ai mis plus longtemps à lui rendre son amour.

Esmerée sourit avec tristesse.

— Roparz s'est montré très patient. Il m'a fallu deux ans pour apprendre à l'aimer.

Francesca procéda à un rapide calcul. Sa dernière lettre à Tristan datait de l'automne de l'année précédente, il aurait dû la recevoir, et tel n'avait pas été le cas.

— Vous auriez pu cesser de faire disparaître nos lettres, puisque vous aviez trouvé l'amour. Pourtant, vous avez continué. Pourquoi ?

Un regard peiné rencontra le sien.

— Comme j'avais commencé à les brûler, il me fallait continuer. Les dernières faisaient de nombreuses allusions aux premières. Si vous aviez pris connaissance des plus récentes, le comte Tristan ou vous n'auriez pas manqué de comprendre que quelque chose n'allait pas.

— Ainsi, vous n'avez pas seulement détruit notre correspondance privée, vous l'avez d'abord lue ! Et ensuite, vous ne pouviez plus arrêter parce que vous aviez peur d'être démasquée.

— Exactement. Je suis vraiment navrée, madame. Pouvez-vous me pardonner ?

Francesca exhala un lourd soupir.

— J'essaierai.

— Merci. Mais s'il vous plaît, madame, ne punissez pas le sergent Jagu. Ce qui est arrivé est entièrement de mon fait.

— Le sergent ne recevra aucun blâme.

— Merci.

Esmerée se leva.

— Je ne suis guère en position de vous demander des faveurs, j'en suis bien consciente, mais je vous supplie tout de même de ne rien dire de tout cela au comte Tristan. Cela risquerait d'empoisonner sa relation avec Kristina.

Francesca se raidit.

— Je n'imagine pas un seul instant que Tristan puisse être assez mesquin pour faire porter à votre fille le poids de vos fautes.

— Peut-être, mais je préférerais tout de même qu'il continue à ignorer ce que j'ai fait. Il en parlerait peut-être à mon mari et cela, je ne pourrais pas le supporter. Contre toute attente, j'ai trouvé le bonheur avec messire Roparz. Je craindrais qu'il ne me pardonne pas d'avoir agi d'une façon aussi déloyale.

— Vous demandez beaucoup, dame Esmerée. Je n'aime pas faire de commérages, mais la perte de ces lettres a causé bien des souffrances, elle a failli détruire mon mariage. Tristan doit être mis au courant.

Esmerée gémit.

— Oh ! madame, s'il vous plaît ! Si Roparz apprend ce que j'ai fait, il me méprisera.

— J'en doute.

Francesca se redressa.

— Dame Esmerée, j'ai la ferme conviction qu'on ne doit rien se cacher entre mari et femme. J'évoquerai l'histoire des missives auprès du comte Tristan. Mais je lui demanderai de n'en rien dire à Roparz, vous avez ma parole.

Esmerée joignit ses mains.

— Le ciel vous bénisse, madame.

— Merci pour votre confession, cela n'a pas dû être facile, observa Francesca.

Elle ajouta, regardant Esmerée droit dans les yeux :

— Je suis sûre que le comte Tristan respectera votre désir de discrétion et ce que vous raconterez ou non à votre époux vous regarde, bien entendu. Néanmoins, je vous recommande vivement de tout lui avouer.

Et de conclure avec un sourire :

— C'est une démarche que le père Paol approuverait, j'en suis certaine.

Tristan avait tant de détails militaires à régler que Francesca l'entrevit à peine ce jour-là. La conversation privée qu'elle escomptait dut attendre qu'il la rejoigne dans la chambre à coucher et elle était déjà au lit quand il entra sans faire de bruit.

— Tristan ?

Il lui adressa un sourire préoccupé et commença à se déshabiller.

— Je suis désolé de vous avoir réveillée.

— Je ne dormais pas.

D'un geste machinal, Francesca enroula une de ses mèches sur un doigt. Cela lui faisait bizarre d'avoir les cheveux si courts et il lui faudrait un certain temps pour s'y habituer.

— L'interrogatoire de messire Joakim progresse-t-il ? Allez-vous l'envoyer au baron Rolland à Rennes ?

Tristan retira sa tunique et secoua la tête.

— Pas encore. L'homme est aussi fermé qu'une huître. Sur l'île, il a prétendu que mon père avait soutenu l'alliance rebelle. Je répugne à le livrer tant qu'il ne m'a pas tout dit.

— Peut-être essayait-il de vous déstabiliser.

Tristan avait les yeux cernés. De toute évidence, les remarques de Kerjean sur le comte Bedwyr l'avaient atteint au vif.

Il soupira.

— Je prie pour que ce soit le cas. Mais assez de Kerjean ! J'en ai eu mon content aujourd'hui.

Il éteignit les chandelles, laissant la seule lueur du feu éclairer la pièce. Le matelas ploya sous lui tandis qu'il grimpait dans le lit et tendait les bras vers Francesca.

Il bâilla longuement.

— Vous aviez quelque chose à me dire ?

Francesca déposa un baiser sur son torse.

— Vous êtes fatigué, cela peut attendre.

Une grande main lui ébouriffa les cheveux.

— Allons, je devine à votre ton que c'est important. Dites-moi.

— D'abord, je voudrais que vous me promettiez de ne pas souffler mot à Roparz de ce que je vais vous confier.

Tristan lui saisit le menton pour la regarder dans les yeux.

— Que s'est-il passé, Francesca ?

— Promettez-moi d'abord !

— D'accord, je promets. Je ne sais pas de quoi il s'agit, mais je n'en dirai rien à Roparz.

— C'est au sujet de nos lettres égarées.

Elle sentit les doigts s'immobiliser dans ses cheveux.

— Vous avez découvert ce qui s'est passé ?

— Oui.

Calant sa tête sur l'épaule de Tristan, Francesca lui rapporta sa conversation avec dame Esmerée.

Tristan écarquilla les yeux dans la pénombre.

— Esmerée ? Esmerée a détruit notre correspondance ?

— Oui.

Tristan se laissa rouler sur le dos, fixant d'un regard absent le mur opposé.

— Il est vrai que toutes les lettres sont passées par les Iles, mais j'ai du mal à croire qu'elle ait pu faire une chose pareille.

Sa poitrine se souleva, tandis qu'il ajoutait :

— Bon sang, Francesca, vous m'avez sidéré, je l'avoue. Jamais je ne l'aurais crue capable d'une telle forfaiture. Mais à présent que vous le dites, je comprends à quel point elle devait être furieuse.

Francesca l'attira de nouveau vers elle.

— Elle vous aimait. Je crois qu'elle espérait le mariage.

— Je n'aurais jamais pu épouser Esmerée.

La gorge de Francesca se noua.

— Elle n'était pas noble et ne vous aurait pas apporté de dot, c'est cela ?

Tristan lui enserra le visage dans ses deux mains.

— Chut, Francesca ! Esmerée est charmante, mais elle n'est pas vous. Il n'y a aucune comparaison possible.

Francesca le regarda, en priant de tout son cœur pour que ce qu'il éprouve pour elle soit de l'amour. Même épuisé, Tristan restait d'une beauté ravageuse — le seul homme sur la Terre à posséder ces yeux si bleus bordés de cils noirs et cette chevelure d'ébène.

— Tristan, vous m'avez épousée pour ma dot. Sinon, vous n'auriez jamais songé à moi.

Il lui tira doucement les cheveux.

— Peut-être, mais maintenant que je vous ai épousée, je n'ai aucune intention de vous laisser partir. Vous êtes ma femme et c'est vous et vous seule que je veux. Vous m'avez fait découvrir que je n'avais nul besoin d'une épouse noble et richement dotée.

Il la fit pivoter sur le dos et posa ses lèvres chaudes sur les siennes.

— Vous ne devez jamais douter de moi, mon cœur. Jamais.

Il l'embrassa sur la bouche et s'y attarda, touchant sa langue avec la sienne avant de faire pleuvoir les baisers sur ses joues et ses paupières. Il embrassa même ses cheveux courts avant de lui incliner la tête pour nicher un autre baiser dans son cou. Puis il descendit lentement — sa gorge, le creux de son épaule, ses seins…

Parvenu là, il releva un instant la tête.

— Ne doutez pas de moi, Francesca.

— Non, murmura-t-elle dans un souffle, tandis que les lèvres de Tristan continuaient leur sensuel voyage à même sa peau.

Mais elle mentait, car elle doutait bel et bien de lui. Les caresses de Tristan avaient beau lui incendier les veines, une étreinte glacée lui serrait le cœur. « Ne doutez pas de moi. » Qu'entendait-il par là ? Qu'il l'aimait ? Alors pourquoi ne le lui disait-il pas ? S'il éprouvait de l'amour pour elle, ne lui dirait-il pas *je vous aime*, tout simplement ?

Des jambes puissantes se pressèrent contre les siennes.

Avec la plante des pieds, elle caressa les mollets musclés, jouissant de sentir contre elle cette force si masculine. Le contact de leurs corps, la pulsation rythmique qui les unissait, Dieu, qu'elle aimait cela ! Son beau mari était le meilleur des amants, il savait comment chasser de son esprit toutes les pensées intempestives. Toutes, sauf une.

Tristan avait beau lui affirmer qu'il la désirait et avait besoin d'elle, rien n'avait changé. Il la gardait pour épouse parce qu'il était un homme d'honneur jusqu'au bout des ongles et ne voulait pas briser ses vœux de mariage. Mais pas une seule fois il ne lui avait dit qu'il l'aimait. Son cœur n'était pas vraiment engagé dans leur histoire.

Francesca vécut les quelques jours suivants dans une totale incertitude. Tristan semblait l'éviter et elle ne comprenait pas pourquoi. C'était affreusement décourageant. Il avait repris ses vieilles habitudes — en clair, à peine s'étaient-ils un peu rapprochés l'un de l'autre qu'il se retranchait déjà derrière ses devoirs. D'une façon ou d'une autre, elle devait trouver un moyen de briser ce schéma.

Tout en réfléchissant à ce que Tristan pouvait bien attendre du mariage, elle entreprit un matin d'explorer son nouvel univers avec Marie. Le château des Iles ne leur était pas encore familier et Marie et elle se perdirent plusieurs fois en essayant de se repérer dans le labyrinthe des corridors.

Enfin, elles parvinrent à une petite terrasse ménagée entre les murailles. Elle avait été transformée en jardin et des plantes en pots étaient disposées autour d'un banc solitaire. Du côté ouest, des meurtrières donnaient sur l'Océan. Francesca interrogea une servante, qui lui apprit qu'elles se trouvaient là dans le jardin de la mère de Tristan. A en juger par l'ordre des pots, impeccablement alignés, et l'absence de mauvaises herbes, le lieu était soigneusement entretenu. Dans les fentes entre les pavés poussaient des touffes de serpolet, dont les minuscules fleurs roses oscillaient dans la brise.

Les visages des gens de Tristan lui devenaient familiers et elle commençait à mémoriser les noms. Il y avait Paskella, qui œuvrait au fournil — c'était elle qui confectionnait les brioches si prisées de Kristina. Antoine et Guirec travaillaient aux écuries. Le père Paol se tenait généralement dans la chapelle. Il y avait aussi Nazaire, le forgeron — la liste s'allongeait de jour en jour.

Francesca et Marie découvrirent que la cave à vins qui se trouvait sous la grande salle avait été creusée dans le roc. Francesca jugeait important d'assimiler la topographie des lieux, mais en fait, elle aurait préféré, et de loin, apprendre à connaître son mari. Lorsqu'il avait volé à son secours au rocher de l'Ermite, tout lui avait paru si prometteur ! Elle avait eu la certitude que Tristan et elle allaient enfin développer cette profonde intimité qui dépasse la simple union physique.

Malheureusement, il n'en était rien. Après lui avoir passé de nouveau la bague au doigt et avoir promis qu'il n'y aurait plus de secrets entre eux, Tristan était redevenu comme avant. Il se montrait froid et distant. Guerrier efficace, toujours, et loyal serviteur du duché. N'y avait-il donc pas de place pour elle dans son cœur ? Elle avait pourtant cru un moment qu'il pourrait un jour devenir le mari aimant dont elle avait tant besoin.

La nuit, au lit, Francesca s'accrochait désespérément à cet objectif. Soir après soir, Tristan la tenait dans ses bras et déposait un baiser sur son front avant de lui enjoindre de dormir. Mais hélas, il ne se confiait pas à elle, et excepté ce chaste baiser pour lui souhaiter une bonne nuit, il ne la touchait plus. Même la passion qu'ils avaient autrefois partagée semblait s'être dissipée telle une fumée dans le vent.

Chaque soir, pourtant, elle se surprenait de nouveau à

espérer. Dès que Tristan aurait fini d'interroger messire Joakim, songeait-elle, il trouverait du temps pour elle. Il voulait des héritiers, elle le savait. Et même si Francesca ne se satisfaisait plus de la seule passion, elle en venait à se dire que si c'était là tout ce que Tristan avait à lui offrir, elle tâcherait de s'en contenter.

Ne lui avait-il pas affirmé que les vœux de mariage duraient toute la vie ? Il semblait décidé à lui être fidèle. Avait-elle tort d'attendre davantage de lui que le simple désir ? Elle avait recherché l'âme sœur en lui. Et en dépit de ses tenaces espoirs, il devenait clair que la conception que se faisait Tristan d'un bon mariage ne correspondait pas à la sienne et ne lui correspondrait peut-être jamais.

Chaque matin, à l'aube, elle se réveillait pour constater que Tristan avait déjà quitté la chambre, et quand elle demandait à Roparz :

— Où est le seigneur Tristan ?

Elle recevait toujours la même réponse :

— Il interroge messire Joakim, madame.

Elle réprimait alors un froncement de sourcils.

— Il ne peut pas être *encore* en train de l'interroger ?

— Je crains que si, madame.

Après avoir été confrontée plusieurs jours de suite à la même déception, Francesca prit une décision. Il fallait faire comprendre à Tristan que son obsession à débarrasser la Bretagne de ses derniers hors-la-loi relevait d'une forme de fuite. S'il n'attendait pas autre chose de la vie, leur mariage était bel et bien fini.

Parce que je suis d'un rang très inférieur au sien, il croit que je vais tout accepter de lui. Eh bien, il est temps de le détromper.

D'un pas décidé, elle pénétra dans le bureau du régisseur.

— Messire Roparz, je voudrais parler à mon époux.

— Il est occupé avec les hors-la-loi, madame.

— J'ai besoin de m'entretenir avec lui tout de suite, rétorqua Francesca d'un ton ferme. Où est-il ?

— En bas, dans les cachots souterrains.

— J'aimerais que vous m'y conduisiez.

Roparz haussa les sourcils.

— C'est impossible, madame.

— Et moi, je suis sûre que vous le pouvez.

— Ce n'est pas un endroit pour une dame.

— Je vous demande néanmoins de m'y conduire, répliqua Francesca en tapant du pied. Tout de suite, s'il vous plaît.

Messire Roparz la dévisagea d'un air perplexe, puis acquiesça.

— Très bien. Il fait froid au sous-sol. Je vous conseille de prendre un manteau.

L'entrée des cachots était située sous le corps de garde. La porte en chêne noircie par l'âge et bardée de fer semblait assez solide pour soutenir l'attaque d'une horde de Vikings. Messire Roparz échangea quelques mots avec les gardes postés de chaque côté du seuil et on lui tendit une grosse clé.

Francesca frissonna.

— Le comte Tristan s'est enfermé dans le sous-sol ?

— Il ne veut pas prendre le risque de laisser s'évader Kerjean.

La porte s'ouvrit en grinçant. Francesca s'exhorta au courage. Elle n'avait jamais pénétré dans une prison et se demandait ce qu'elle allait découvrir. Elle ignorait aussi à quoi s'attendre de la part de Tristan. Tout ce qu'elle savait, c'était qu'il était un loyal guerrier du duché et que messire Joakim et ses acolytes y semaient le trouble depuis des années.

Une volée de marches grossièrement taillées plongeaient dans la pénombre. Francesca jeta un coup d'œil et vit briller tout en bas la faible lueur d'une torche.

— Suivez-moi, madame, fit Roparz. Mais prenez garde, les degrés sont glissants.

Au pied de l'escalier, un tunnel s'enfonçait suivant la

déclivité du sol — les cachots avaient été creusés dans le roc sur lequel s'élevait le château. Les murs sombres luisaient. Roparz et Francesca passèrent devant une enfilade de portes cloutées... Le lieu contenait une incroyable quantité de cellules. Les torches fixées aux murs sifflaient et crachotaient. Ainsi que Roparz l'en avait prévenue, l'air était glacé.

A l'extrémité du corridor, ils trouvèrent une porte entrouverte. Roparz s'arrêta devant le seuil. Tristan parlait à l'intérieur, on entendait résonner sa voix entre les murs de roche.

— Kerjean, si vous refusez de me fournir une preuve, vous pourrirez ici jusqu'au Jugement dernier.

— Allez au diable, Tristan le Beau ! Je vous l'ai dit mille fois, je ne détiens pas de preuve. On m'a simplement affirmé que votre père servait l'alliance.

— C'est votre dernier mot ?

— C'est tout ce que je peux vous dire. Bon sang, à quoi rime tout cela ? L'alliance n'existe plus, vous êtes bien placé pour le savoir.

— Très bien, vous allez rester ici en ce cas. On vous apportera de la nourriture et de l'eau, mais vous ne reverrez plus jamais la lumière du jour. Sauf si vous me donnez enfin une réponse, bien entendu.

— Qu'est-ce que cela peut me faire ? fit Kerjean d'un ton morne. Je suis un homme mort, de toute façon.

Francesca s'avança sur le seuil. Messire Joakim était étendu sur un rebord de pierre, les poignets et les chevilles enchaînés. Sa barbe avait poussé, il était sale et mal peigné, mais ne semblait pas avoir été frappé. En fait, il paraissait même étonnamment bien portant.

Tristan se tourna vers elle et son visage se figea.

— Que faites-vous ici ? Ce n'est pas un endroit pour vous, madame !

Et lui enserrant le poignet d'une main d'acier, il la ramena dans le tunnel.

— Qu'est-ce qui vous a pris de l'amener ici ? demanda-t-il à Roparz d'une voix furibonde.

Francesca se dégagea d'une secousse.

— Ne vous en prenez pas à messire Roparz, c'est moi qui ai insisté pour qu'il me conduise ici.

— Vous ne devriez pas être là !

Francesca désigna la cellule du regard.

— Ni messire Joakim, argua-t-elle. Tristan, votre rôle dans cette affaire est terminé. Envoyez Kerjean au baron Rolland et laissez celui-ci s'en occuper.

Tristan lui lança un regard si froid qu'elle en frémit.

— Kerjean et ses hommes resteront ici jusqu'à ce que j'en aie terminé avec eux.

Francesca sentit l'effroi s'emparer d'elle. Elle savait, pour l'avoir entendu dire, jusqu'où certains hommes étaient capables d'aller pour soutirer des informations à leurs ennemis. Les prisonniers étaient fouettés avant de subir le supplice du chevalet. Tristan n'allait tout de même pas recourir à la torture ? Pas lui !

— Je voudrais vous parler, Tristan. Pas ici, si possible.

— Très bien. Roparz, refermez derrière nous, s'il vous plaît.

Le ton était bref. Pressé.

Francesca se hâta le long du corridor, puis dans l'escalier.

— Où allons-nous ? s'enquit Tristan.

Francesca n'hésita pas. Le soleil brillait et il leur fallait un lieu où ils pourraient parler sans être interrompus.

— Dans le jardin de votre mère.

Elle continua d'un pas vif, traversant la cour avant de s'engager dans l'allée qui montait entre les murailles jusqu'au jardin en terrasse. Tristan la suivait en silence. Elle n'avait nul besoin de regarder en arrière pour savoir qu'il était surpris qu'elle eût découvert ce lieu prisé par sa mère.

Parvenue à la porte creusée dans le mur, Francesca tira les verrous, tourna la clé et sortit dans le vent. Au-dessus d'elle, les mouettes tournoyaient en criant.

Tristan lui emboîta le pas, le visage dur. Mais l'ardeur avec laquelle il aspira une longue goulée d'air frais le trahit. Secrètement, il devait être soulagé de se retrouver loin des cachots.

Il tapota un pot de menthe du bout de sa botte.

— J'avais oublié cet endroit.

— On m'a dit que votre mère l'appréciait beaucoup.

— C'est vrai.

S'avançant vers lui, Francesca posa une main sur sa manche.

— Tristan, que faites-vous dans ces cachots ?

Il se renfrogna, ses cheveux d'ébène ébouriffés par le vent.

— Ce que je fais ? Vous le savez parfaitement. Kerjean a accusé mon père d'avoir été un rebelle et moi je veux prouver qu'il ment.

— Je croyais que leur cause était morte et que Kerjean et ses hommes n'étaient rien d'autre que des hors-la-loi.

Tristan haussa les épaules.

— C'est exact, jusqu'à un certain point. Disons qu'il faudrait que Kerjean dispose de beaucoup d'argent pour ressusciter l'alliance des rebelles.

— Et aussi du soutien d'hommes puissants. C'est pourquoi il voulait vous rallier à sa cause.

Il hocha la tête.

— Tristan, messire Joakim a proféré cette accusation pour vous atteindre au point sensible. Et il a réussi.

Un muscle palpita dans la joue de Tristan, mais Francesca passa outre.

— Ses allégations vous ont profondément blessé, je le vois. Mais vous devriez accepter l'idée que vous ne saurez jamais la vérité.

— Mon père était un homme froid, mais ce n'était pas un traître. Je ne laisserai pas ce bandit calomnier.

Francesca plongea les yeux dans le regard assombri de son époux.

— Même au risque d'y perdre votre âme, Tristan ?

Il se raidit.

— Que voulez-vous dire ?

— Cela fait des jours et des jours que vous interrogez cet homme et vous n'avez rien pu en tirer.

— Il craquera, c'est une question de temps. Tout le monde finit par craquer.

Francesca s'écarta, les sourcils froncés.

— Et comment vous y prendrez-vous ? Vous l'avez entendu, il n'a rien à perdre. Messire Joakim sait qu'il va être accusé de trahison et qu'il n'existe qu'un châtiment pour cela.

— La mort.

— Exactement. Même s'il en sait plus qu'il n'a voulu vous le dire, il est évident qu'il n'a aucune intention de vous aider. Avez-vous dans l'idée de lui infliger le supplice du chevalet ?

— Quoi ?

Dieu merci, la question l'avait choqué. Ce qui signifiait qu'il n'avait pas projeté d'utiliser la torture.

— Eh bien, il me semble que vous êtes sur ce chemin, non ?

— Au nom du ciel, Francesca, je ne vais pas torturer cet homme !

— En êtes-vous sûr ? Vous refusez de l'envoyer au baron Rolland et lui, de son côté, refuse de parler.

Francesca écarta les mains.

— Cela ressemble à une impasse, non ?

— Francesca, il faut que je découvre la vérité au sujet de mon père. C'est humain, n'est-ce pas ?

Elle se pencha vers lui.

— Pourquoi ? Pourquoi voulez-vous savoir ?

Il la regarda comme si elle était tombée sur la tête.

— C'est évident, non ? Cela touche à mon honneur.

— Vous voulez dire que si votre père a pris parti pour l'alliance, c'est votre honneur à vous qui en pâtit ?

— Précisément.

— Je ne vois pas pourquoi vous porteriez la responsabilité des actes de votre père.

— Vous êtes une femme, vous ne pouvez pas comprendre.

La colère monta en elle, brûlante.

— Non, je ne comprends pas, en effet. Tristan, je suis sûre que vous êtes un homme d'honneur.

Elle prit une profonde inspiration avant d'ajouter :

— Et je vous aime.

Tristan s'empara de sa main et une profonde émotion se peignit dans son regard. Le désir ? La nostalgie ?

— Francesca…

— Laissez-moi finir, s'il vous plaît. Je vous ai aimé depuis le premier instant où je vous ai vu, je pense vous l'avoir dit.

— C'est vrai, admit-il d'une voix rauque.

La flamme qu'elle vit briller dans ses yeux ranima le courage de Francesca. Et fit renaître l'espoir en elle.

— A cette époque-là, mon amour n'avait jamais été mis à l'épreuve, poursuivit-elle. Nous ne nous connaissions pas très bien. Aujourd'hui, je vous aime d'un amour plus authentique. Je sais que vous êtes un homme honorable. Vous êtes honnête et actif — un peu trop pour mon goût, parfois, ajouta-t-elle avec un petit sourire d'excuse, mais c'est votre caractère et je l'accepte. Je vous aimerai toujours et mon amour ne changera pas, quoi que nous découvrions sur le passé de votre père.

Elle leva la main pour lui effleurer la bouche.

— Tristan, vous dites que vous voulez me garder pour épouse. Pourtant, vous ne savez rien de ma famille. Et si un jour vous deviez découvrir que ma mère était une voleuse et mon père un meurtrier ? Voudriez-vous toujours de moi ?

Tristan lui encercla la taille et l'attira étroitement contre lui.

— Ce qu'étaient vos parents m'importe peu. *Vous* n'êtes ni une voleuse ni une meurtrière. Vous êtes Francesca. Vous êtes mon cœur.

Un sentiment de triomphe envahit Francesca. Oui, Tristan l'aimait ! Il n'était pas encore prêt à l'admettre, sa préoccupation obsessionnelle de l'honneur paternel le rendant aveugle à tout le reste. Mais il l'aimait, elle en avait la certitude. Si elle arrivait à le tranquilliser au sujet de son père, ils pourraient rester mariés.

— Tristan, condamneriez-vous un homme pour les péchés de son père ?

— Non, bien entendu.

— Alors vous devriez adopter la même attitude envers vous-même ! Quoi qu'il ait pu faire, vous n'êtes pas votre père.

Un léger sourire passa sur les lèvres de Tristan.

— J'ai épousé une femme futée, à ce que je vois !

Cessant de sourire, il appuya son front contre le sien.

— Mon cœur, je reconnais le bien-fondé de vos paroles. Mais je ne goûterai pas de repos tant que je n'aurai pas découvert les liens réels de mon père avec l'alliance.

Chapitre 16

Incapable de détacher son regard de Francesca, Tristan voyait scintiller les paillettes d'or et d'argent dans ses yeux. Le sourire qui illuminait son visage rayonnait d'une chaleur qui lui était tout spécialement réservée, il le savait. Il lui suffisait de la contempler pour que ses incertitudes à propos de son père passent à l'arrière-plan. Son épouse était une sorcière, une intelligente et séduisante sorcière, et il bénissait le jour où elle était devenue sa compagne. Il aurait pu si aisément s'en trouver une autre ! Mais cette femme-là, qui ne lui avait rien apporté d'autre que sa ravissante personne, détenait la clé de son cœur.

C'était un pur hasard s'il l'avait choisie. Dieu, quelle chance il avait eue ! La seule pensée de la vie, d'un avenir sans elle, lui semblait tout bonnement insupportable. Une torture. Il ignorait comment elle s'y prenait, mais être simplement en sa présence résolvait tous ses problèmes. Etait-ce une faiblesse de désirer sa compagnie tout autant que son corps ? C'était ce qu'il avait toujours pensé.

La voix de Francesca le tira de ses réflexions.

— Et les complices de messire Joakim ? Sont-ils aussi enfermés dans les cachots ?

— Naturellement.

— Les avez-vous questionnés ?

— Non. Je me suis concentré sur Kerjean.

— Et il n'est guère enclin à parler, à ce que je vois ?

— Non, en effet.

Francesca prit un air songeur.

— Quand nous avons quitté l'île, j'ai remarqué que l'un des hors-la-loi semblait un peu plus âgé que les autres. Peut-être sait-il, lui, jusqu'à quel point votre père était — ou n'était pas — impliqué dans l'alliance. Pourquoi ne pas l'interroger ?

Tristan tressaillit.

— C'est une excellente idée !

— Je m'étonne que vous n'y ayez pas pensé vous-même.

— Je l'aurais fait si je n'avais été aveuglé par la colère.

Il lui effleura la joue, lui dédiant un sourire malicieux.

— Je voulais absolument prouver la culpabilité de Kerjean, afin qu'il soit châtié pour avoir eu la témérité de planifier votre enlèvement. Vous êtes ma faiblesse, mon cœur !

Francesca éclata de rire.

— Moi ? A vous entendre, on dirait que je suis une sorte de fléau !

Il lui saisit la main.

— Peut-être bien. Quand je songe à ce qui aurait pu vous arriver si je n'étais pas allé à cette maudite fête du Mai, mes pensées s'affolent. Cela ne devrait pas ! Je veux être le maître de mon esprit. Vous êtes mon talon d'Achille, ajouta-t-il avec un haussement d'épaules.

Francesca porta une main à ses seins et ses yeux pétillèrent.

— Tristan, vous savez vraiment courtiser une femme, dites-moi !

Il la dévisagea, surpris. Contre toute attente, ce qu'il venait de dire semblait la ravir. Mais quelle dame pourrait se réjouir d'apprendre que son mari songe tellement à elle qu'il en perd toute maîtrise sur ses propres pensées ? Ah, les femmes ! Elles resteraient toujours un mystère.

Décidé à se concentrer sur l'affaire en cours, Tristan prit une profonde inspiration. Sauf que… Au diable ! Quand Francesca lui souriait ainsi, sa tête s'emplissait d'images qui n'avaient rien à voir avec l'interrogatoire des hors-la-loi et tout à voir, en revanche, avec le désir de la prendre dans ses bras et de l'embrasser jusqu'à en oublier le monde entier.

Il s'éclaircit la gorge.

— Je vais questionner tout de suite les autres rebelles.

— Parfait. Je viens avec vous.

Tristan fronça les sourcils.

— Francesca, je ne vais pas recourir à la torture, vous avez ma parole.

— Je le sais, nigaud !

S'emparant de sa main, Francesca entrelaça ses doigts aux siens.

— C'est quelque chose d'important pour vous et j'aimerais y assister.

Il secoua fermement la tête.

— Vous n'allez pas retourner dans ce souterrain !

— Dieu merci ! Cette seule idée me donne la chair de poule.

— Un cachot n'est pas fait pour être plaisant, mais pour dissuader.

Le regard gris le scruta, songeur.

— Que diriez-vous de les faire monter dans le solarium ? Je suppose que vous avez suffisamment de gardes pour les escorter ?

— Francesca, je n'ai jamais dit que vous pourriez assister à l'interrogatoire.

La jeune femme plissa le front.

— Il faut que je sois présente.

— Pourquoi cela ?

Elle porta la main de Tristan à ses lèvres pour y déposer un baiser.

— Parce que je vous aime.

Que répondre à cela ? Sans y songer, Tristan se retrouva en train d'accéder à la requête de Francesca.

— Je ne crois pas que le solarium soit le bon endroit. Le bureau du régisseur conviendra beaucoup mieux.

Redressant la tête, Francesca lui dédia un sourire à couper

le souffle. Et Tristan comprit alors que, si son épouse désirait quelque chose et qu'il était en son pouvoir de le lui donner, il ferait toujours en sorte qu'elle soit satisfaite. Il ne pouvait rien lui refuser, semblait-il. Oui, celle en qui il puisait sa force était aussi sa faiblesse !

Des particules de poussière dansaient dans le rayon de lumière qui filtrait par les fenêtres. Tristan était assis derrière le bureau du régisseur avec Francesca à sa droite et Roparz à sa gauche, plume en main.

Devant eux, lourdement enchaîné et entouré de gardes, se tenait le plus âgé des hors-la-loi. Il devait friser la cinquantaine et son visage ainsi que sa tête rasée montraient de nombreuses cicatrices. Mais ce n'étaient pas tant ces stigmates que l'absence d'expression dans les yeux de l'homme qui témoignaient d'une vie remplie de violence et de rêves brisés. Il affirmait se nommer Albin.

— Et vous avez assisté à cette rencontre avec mon père ? lui demanda Tristan.

Il se réjouissait d'avoir suivi l'avis de Francesca et fait monter Albin ici. L'interrogatoire durait déjà depuis une demi-heure et ce que le prisonnier lui avait révélé avait enfin soulagé son esprit. Mais il voulait une confirmation devant témoins.

— Cela a dû se passer il y a bien des années. J'étais encore page quand mon père est mort.

La plume de Roparz crissait avec diligence sur le parchemin. Tout ce qui était en train de se dire était soigneusement noté.

— Oui, mon seigneur, cela fait des années. Le père de messire Joakim, messire Gregor, croyait qu'on pourrait persuader le comte Bedwyr de se joindre à nous. Il se trompait, votre père n'a rien voulu entendre.

Merci, mon Dieu ! Tristan échangea un bref sourire avec Francesca avant de se tourner de nouveau vers le hors-la-loi.

— Y a-t-il eu d'autres témoins du refus de mon père ?

— Aucun qui soit encore en vie, mon seigneur.

— Comme vous le voyez, Albin, mon régisseur retranscrit tout ce que vous dites. Etes-vous prêt à répéter vos paroles devant le baron Rolland ?

Albin cligna des paupières.

— Qu'est-ce que cela me rapportera ?

Messire Roparz leva les yeux.

— Qu'est-ce que cela me rapportera, mon seigneur ? repéta-t-il.

Tristan arqua un sourcil.

— Vous avez de la famille, Albin ?

— Une épouse, monseigneur. Pas d'enfants.

— Je ne peux pas vous promettre la liberté, ce sera au baron Rolland d'en décider. Mais je peux vous donner ma parole qu'on prendra soin de votre femme.

— Merci, mon seigneur.

Albin se mordit la lèvre, hésitant.

— Il y a autre chose ?

— Oui.

— Alors parlez !

Albin remua, faisant tinter ses chaînes.

— Je vous le dirai, à condition que vous demandiez ma grâce. Sinon…

Il haussa les épaules, serrant les lèvres.

Tristan soutint son regard.

— Je vous ai déjà dit que je parlerais en votre faveur. Et je m'assurerai que votre épouse aura toujours de quoi vivre décemment. Je ne peux pas faire plus.

S'adossant à son siège, Tristan ajouta :

— Albin, plus vous m'aidez à ce stade, plus je saurai me montrer persuasif pour défendre votre cause. Et plus généreuse sera l'assistance que j'apporterai à votre femme.

Les yeux fixés sur Tristan, le prisonnier recula prudemment d'un pas. Ses chaînes cliquetèrent.

— C'est… C'est au sujet de la comtesse Suzanne, mon seigneur.

Tristan fronça les sourcils.

— Ma mère ?

— Elle n'est pas morte de maladie.

Tristan bondit aussitôt et contourna la table en un éclair. Roparz se leva aussi en faisant racler son siège, tandis que Francesca poussait une exclamation de surprise. Mais Tristan les entendit à peine.

— Bien sûr que si, elle est morte de maladie ! tonna-t-il en foudroyant le prisonnier du regard. Ma mère avait pris froid !

L'homme secoua sa tête grisonnante.

— Non, mon seigneur.

— Que dites-vous là ?

— La comtesse Suzanne a été assassinée, fit Albin d'une voix rauque.

Il s'humecta les lèvres.

— Certains membres de l'alliance pensaient que votre père avait besoin d'être un peu « persuadé » avant de se rallier à leur point de vue.

Tristan luttait pour trouver ses mots.

— Ma mère a été tuée ? répéta-t-il.

C'était impossible. Albin devait mentir. Sa mère avait attrapé froid et était morte peu après, tout le monde savait cela. Oui, il mentait sûrement !

— Mon seigneur, la comtesse Suzanne a été assassinée, s'obstina l'homme.

Tristan le dévisagea d'un regard étincelant, mais il ne le voyait pas vraiment. Il réfléchissait, essayant de se souvenir du peu qu'on lui avait raconté sur la mort de sa mère.

— Le seigneur Morgan m'a dit qu'elle avait succombé à une fluxion de poitrine.

— Non, mon seigneur. Elle a été empoisonnée.

Le cerveau de Tristan travaillait à toute allure.

— Quelqu'un aurait pénétré aux Iles, c'est ce que vous essayez de me dire ?

Et, empoignant Albin par le devant de sa tunique :

— Bon sang, comment ont-ils fait ?

— Je… Je ne sais pas exactement. A l'époque, j'étais le sergent de messire Gregor, et l'un de mes camarades et moi avons surpris une conversation. Votre mère a été tuée, parce qu'on voulait forcer la main au comte Bedwyr pour qu'il se joigne aux rebelles. C'est tout ce que je sais.

Albin déglutit.

— Benedig, mon camarade, avait la langue trop longue, il est mort peu après et je me suis toujours demandé pourquoi. Cela ne m'étonnerait pas qu'il ait essayé de se servir de ce qu'on avait entendu pour arrondir son revenu.

— Il aurait été réduit au silence ?

L'homme haussa les épaules.

— J'imagine. En tout cas, sa mort m'a fait réfléchir. Jusqu'à aujourd'hui, je n'ai jamais soufflé mot à personne de cette histoire.

Tristan était sidéré. La pensée qu'on avait pu tuer sa mère pour tenter de forcer son père à rejoindre les rebelles ne lui serait jamais venue à l'esprit.

— Kerjean sait-il que son père était impliqué dans la mort de ma mère ?

— Non, mon seigneur. Messire Gregor a emporté ce secret dans la tombe.

Tristan pivota sur les talons en exhalant un lourd soupir. Francesca semblait aussi stupéfaite que lui et son regard gris brillait de compassion. Il sentit sa gorge se nouer.

— Roparz ?

— Oui, mon seigneur ?

— J'ai besoin de réfléchir. Raccompagnez cet homme dans son cachot, voulez-vous ?

— Tout de suite, mon seigneur.

— Et faites-lui servir un repas décent.

— Bien sûr.

En proie au plus total désarroi, Tristan sortit du bureau à grands pas.

Francesca attendit un long moment avant de partir à sa recherche. Elle n'eut pas de mal à le trouver, devinant à quel endroit il avait dû aller. Et il était bien là, assis sur le banc de pierre dans le jardin de sa mère. Francesca ignorait ce qu'elle allait bien pouvoir lui dire, mais s'il avait besoin de réconfort, elle voulait simplement être à ses côtés.

Il leva vers elle un regard morne.

— Si vous préférez être seul, je peux revenir plus tard ?

Lentement, il secoua la tête.

— S'il vous plaît, restez.

Traversant la terrasse, elle alla s'installer près de lui sur le banc. Elle sentit flotter jusqu'à elle une odeur de romarin. Tristan en avait arraché un brin, qu'il tourmentait entre ses doigts. Jetant la brindille, il saisit la main de Francesca et leurs doigts s'enlacèrent.

— Je suis vraiment désolée, Tristan.

Il esquissa un sourire contraint et darda sur elle son regard bleu, comme pour lire jusqu'au tréfonds de son âme.

— Je dois avouer que la révélation d'Albin concernant ma mère… Dieu sait que je ne m'attendais pas à cela !

— Comment vous sentez-vous ?

— Je ne sais pas trop.

Sa poitrine se souleva.

— Ma mère… Assassinée. Je n'arrive pas à y croire et pourtant… D'une certaine façon, c'est absolument logique, aussi terrible que ce soit.

Francesca posa la tête sur son épaule. Une abeille, bousculée par le vent, bourdonnait autour d'un pot de ciboulette. Tandis qu'elle regardait l'insecte aller de fleur mauve en fleur mauve, Francesca fut frappée par une pensée surprenante — une pensée qui éclairerait d'un jour nouveau la difficile relation entre Tristan et son père.

— Tristan, vous est-il venu à l'idée que la mort de votre mère expliquait peut-être pourquoi votre père vous a tenu à distance ?

Il se raidit.

— Comment cela ?

— D'après Albin, la mort de dame Suzanne faisait partie du plan de messire Gregor pour attirer le comte Bedwyr dans ses filets.

Tristan la regarda, intrigué.

— Continuez.

— Et s'il y avait encore autre chose ? Si votre mère avait été tuée pour montrer à votre père tout ce qu'il avait à perdre s'il ne se ralliait pas à messire Gregor ?

Tristan eut un rire amer.

— Qu'avait-il encore à perdre ? La mort de ma mère l'a anéanti. Elle représentait le monde entier pour lui.

Francesca pressa sa main.

— Je n'en doute pas. J'ai entendu parler de l'adoration que lui vouait votre père. Pourtant, je pense qu'il avait encore davantage à perdre, ajouta-t-elle dans un souffle.

Tristan émit une exclamation excédée.

— Pour l'amour du ciel, exprimez-vous clairement !

— Il lui restait *vous*, Tristan.

Tristan resta figé, les yeux rivés aux siens. L'abeille butinait toujours le serpolet, une mouette cria au-dessus des falaises, mais lui se contentait de la regarder sans mot dire. Francesca se cala contre lui.

— La vraie cible, c'était vous, j'en suis sûre. En tuant dame Suzanne, messire Gregor avertissait le comte Bedwyr de ce qui arriverait s'il ne se pliait pas à leurs vues. Vous, son héritier, seriez tué à votre tour.

Elle marqua une pause, observant l'abeille et écoutant les mouettes au-dessus de sa tête.

Enfin, Tristan exhala un soupir.

— Cette version des événements est plausible. Mais comme il n'existe pas d'autre témoin qu'Albin, je crains que nous ne puissions jamais la vérifier.

— Votre père a été anéanti par la mort de votre mère, certes, mais de plus il craignait pour vous. Pas étonnant qu'il ne vous ait pas laissé assister à ses funérailles !

Tristan lui jeta un regard aigu.

— Il pensait que je serais plus en sécurité à Vannes, c'est cela ?

— Exactement. En vous tenant à distance, il espérait vous protéger.

Tristan jura entre ses dents.

— Le problème, c'est que nous ne saurons jamais avec certitude ce qu'il avait en tête.

Francesca sourit avec tristesse.

— C'est vrai. Mais cela peut vous aider, de comprendre que l'apparente froideur du comte était peut-être une preuve d'amour et non d'indifférence.

— L'amour..., murmura Tristan, fixant d'un regard trouble le pot de romarin.

Il aspira une longue goulée d'air avant d'ajouter :

— Francesca, nous venons d'apprendre que ma mère a été assassinée et que mon père a été menacé par des rebelles et des hors-la-loi. Cela pourrait jeter une autre lumière sur son suicide — son péché mortel.

Elle lui sourit tendrement.

— Je me demandais quand vous en viendriez à cette conclusion. Il est fort possible en effet que votre père, menacé de tous les côtés, ait décidé que la meilleure façon de vous protéger, c'était de disparaître lui-même.

Tristan blêmit.

— Mon père serait mort pour me sauver ? Il se serait sacrifié ? ajouta-t-il en se frottant le front. Dieu, quelle révélation ! Je n'aurais jamais cru cela possible. Et pourtant, c'est vraisemblable.

Francesca lui embrassa le dos de la main.

— Votre père vous aimait, Tristan, j'en suis sûre. Malheureusement, nous ne connaîtrons jamais vraiment ses motivations. On ne peut pas tout savoir.

— Non. Pendant toutes ces années, je l'ai cru indifférent…

— Vous allez devoir reconsidérer tout cela à la lumière de ce que l'on vient de nous raconter. Moi, je crois que votre père vous aimait autant qu'il aimait votre mère.

Glissant un bras autour de son cou, Francesca l'attira vers elle et déposa un baiser sur sa joue.

— Il est difficile de ne pas vous aimer, murmura-t-elle.

Mais la déclaration d'amour qu'elle espérait si ardemment en retour ne vint pas. Au lieu de cela, Tristan l'enveloppa d'un regard interrogateur.

— Francesca ?

Réprimant un soupir, elle laissa retomber sa main.

— Oui ?

— Et vous, vous êtes-vous jamais posé des questions sur vos parents — vos vrais parents ?

— Oh ! Oui ! Après l'arrivée de Claire à Fontaine, je n'ai pas cessé de m'interroger. Je me suis demandé qui ils étaient, quelle sorte de vie ils avaient menée et s'ils se trouvaient encore en vie. Mais ces derniers temps, j'avoue n'avoir plus guère songé à eux.

Elle pressa de nouveau sa bouche sur la joue de Tristan et une vague de mélancolie déferla en elle.

— Depuis votre apparition à Provins, j'ai eu bien autre chose en tête.

— Faire vos adieux au comte Myrrdin… Je sais que cela a été un crève-cœur pour vous.

— Oh ! C'est très douloureux, en partie parce que je me sens coupable d'être restée si longtemps absente. Mais depuis notre arrivée aux Iles, j'apprends à penser de nouveau à lui comme à mon père. Il semble que j'avais oublié cela en m'enfuyant à Paimpont !

— Le comte Myrrdin est parti paisiblement après vous avoir revue. Il vous aimait, Francesca, et je suis sûr qu'il vous a toujours considérée comme sa fille.

Francesca cilla. Incroyable ! Tristan en train de parler d'amour… Son cœur se mit à battre follement, d'espoir et d'attente. Allait-il enfin reconnaître qu'il l'aimait ?

— Le comte Myrrdin ne vous a pas engendrée, Francesca, mais il était un véritable père pour vous. Tout ce qui est important, c'est lui qui vous l'a appris.

— Vous voulez parler de mon éducation ? Tenir un manoir, veiller au bien-être des serviteurs et mettre les visiteurs à l'aise ?

— Rien d'aussi mondain, je vous assure.

Passant un bras puissant autour de sa taille, Tristan l'attira contre lui, dans la chaleur de son corps.

— Il vous a enseigné ce qu'il a toujours su faire lui-même à la perfection, inspirer aux autres de l'amour et du dévouement.

— Les autres ?

— Prenez Marie. Elle adore la Bretagne et pourtant elle vous a suivie jusqu'en Champagne pour rester à vos côtés. Marie vous aime. Claire, votre nouvelle sœur, vous aime aussi. Tous ceux qui vous rencontrent apprennent à vous aimer.

Franscesca le regarda au fond des yeux.

— Tout le monde ?

Il esquissa un sourire.

— Oui, tout le monde, répéta-t-il d'un ton ferme. Moi compris. Francesca, je vous aime de tout mon cœur.

Francesca sentit sa gorge se serrer et sa vision se brouilla sous l'afflux des larmes. A l'aveuglette, elle leva la tête vers lui et des lèvres souriantes rencontrèrent les siennes.

Le temps parut s'arrêter. Absorbée dans ce baiser, elle ne sentait plus la brise salée jouer avec son voile. Les mouettes avaient cessé de crier et les abeilles de bourdonner. Plus rien n'existait au monde que la chaleur de Tristan et la force de ses bras étroitement noués autour d'elle. Elle n'aurait voulu être nulle part ailleurs en cet instant.

Tristan m'aime !

Lorsqu'elle releva enfin la tête pour respirer, le sourire n'avait pas quitté ses lèvres.

— C'est bon de vous entendre dire que je représente un peu plus pour vous qu'une faiblesse. Redites-le, s'il vous plaît !

La bouche de Tristan s'incurva en un chaleureux sourire. Un sourire d'amour.

— Francesca, je vous aime.

Avec un soupir, elle glissa les doigts dans sa chevelure sombre ébouriffée par le vent.

— Il y a si longtemps que j'attends ces paroles…

Tristan lui jeta un regard perplexe.

— Comment cela ? Cela fait des années que je vous les répète.

— Pas du tout !

— Mais si, *mon cœur* !

Mon cœur… Elle cilla. Alors c'était cela ! Sa gorge se serra.

— Grand Dieu, je n'avais jamais saisi… Vous auriez dû vous montrer plus clair.

Mais, tout en prononçant ces mots, elle comprit que l'austère éducation de Tristan avait rendu impossible tout aveu plus explicite de sa part. L'apparent rejet dont il avait souffert de la part de son père l'avait induit à penser que l'amour était une faiblesse. Elle, Francesca, avait incarné pour lui cette faiblesse.

— Nous avons failli nous perdre l'un l'autre, murmura-t-elle. J'étais persuadée qu'il vous fallait une alliance politique. Vous m'avez épousée parce que vous croyiez que je vous apporterais en héritage les terres du comte Myrrdin, avouez-le !

— Je ne saurais le nier. A cette époque-là, je m'imaginais que c'était important pour moi.

Tristan secoua la tête, un sourire contrit aux lèvres.

— Même si j'avais possédé tout le duché, cela ne m'aurait

pas semblé suffisant. A cause de la mort de mon père, voyez-vous. Je ressentais une telle honte, une telle culpabilité…

Francesca le dévisagea, songeuse.

— Vous pensiez qu'un accroissement de responsabilités vous aiderait à expier le péché de votre père, n'est-ce pas ?

— C'est exactement cela.

Penchant la tête vers elle, il enfouit le nez dans son cou.

— Mon ange gardien devait veiller sur moi, car ce désir de rachat m'a conduit droit à vous. Francesca, vous comptez bien plus pour moi que n'importe quel domaine. Je rends grâce au ciel que nous nous soyons rencontrés.

— Et moi aussi. Je prie pour que rien ne vienne plus nous séparer. Jamais.

Un chaud baiser vint se poser sur son menton.

— Alors vous ne retournerez pas à Provins, près de votre amie ?

— Je ne crois pas. Si vous êtes toujours d'accord, je vais inviter Helvise aux Iles.

— Elle y sera la bienvenue.

— Merci, murmura Francesca.

Mais, tandis qu'elle prononçait ce mot, l'image de dame Esmerée s'imposa à son esprit. Elle se rembrunit, le regard posé sur le romarin.

D'un doigt ferme, Tristan l'obligea à tourner la tête vers lui.

— Pourquoi ce soupir ?

Elle haussa les épaules.

— Je pensais à dame Esmerée. Son enfant ne va pas tarder à naître, je pense.

Tristan se raidit.

— Et vous ne voulez pas qu'elle reste aux Iles ?

Elle sourit en lui effleurant la joue.

— Cela, c'était quand je vous croyais encore un cas désespéré.

Les sourcils sombres se froncèrent et elle retint un éclat de rire.

— Inutile de vous renfrogner ! Pendant longtemps, j'a

cru que vous ne pourriez jamais penser à rien d'autre qu'au service du duché, tant vous sembliez désintéressé de l'amour. Par une ironie du sort, c'est dame Esmerée et votre façon d'agir avec elle qui m'ont donné de l'espoir. Vous l'avez considérée comme une femme, non comme un simple devoir, et vous ne vous êtes pas contenté de l'écarter, ainsi que beaucoup d'hommes de votre condition n'auraient pas hésité à le faire. Et puis, comment pourrais-je vous demander de renvoyer messire Roparz ?

Tristan lui pressa la main.

— Merci, mon cœur, vous êtes la générosité même.

Et prenant une longue inspiration :

— Il y a quelque chose que vous devez savoir concernant Kristina.

— Oui ?

— Comme vous le savez, mon vœu le plus cher est que vous et moi puissions avoir des enfants. Cela, c'est Dieu qui en décidera. Néanmoins, Kristina restera toujours ma fille, même si elle n'a jamais la préséance sur nos propres enfants.

— Vous souhaitez la reconnaître ?

— Oui. La rébellion est terminée et il n'y a plus de raison de cacher la petite. Je lui donnerai un lopin de terre, un manoir bien séparé de mes autres propriétés. Ce qui signifie que nos enfants à nous n'auront pas de droits sur son domaine. Légalement, je n'ai pas besoin de votre accord pour cela, mais je serais tout de même heureux que vous me le donniez.

Francesca ne put s'empêcher de sourire.

— Bien sûr que je vous le donne ! Comment pourrais-je refuser ? Après tout, papa m'a bien permis de garder Saint-Méen !

— C'est vrai.

Le cœur débordant de bonheur, Francesca passa la main dans les mèches noires de son époux, mesurant leur longueur. Puis elle fronça les sourcils.

— Tristan, vos cheveux ont grand besoin d'être coupés. Vous rendez-vous compte qu'ils sont plus longs que les miens ?

Dans un grand éclat de rire, Tristan l'attira sur ses genoux.

— Francesca des Iles, je vous adore !

Vous avez aimé ?
Retrouvez tous les tomes de votre série
« Chevaliers des terres de Champagne »,
dans votre collection Les Historiques.

Retrouvez prochainement, dans votre collection

Les Historiques

Au secours du Viking, de Jenni Fletcher - N°912

SÉRIE : LES GUERRIERS D'ODIN - TOME 4

Royaume de Maerr, Norvège, IXe siècle

Grièvement blessé, Danr gît au milieu des membres de son clan sauvagem assassinés par l'ennemi. À présent que son père, le roi Sigurd, n'est plus que ses frères se sont lancés à la poursuite des meurtriers, il n'a plus auc raison de s'accrocher à la vie. Et alors qu'il s'apprête à rejoindre le Valh où reposent les guerriers Vikings, il est secouru par une créature sembl tout droit sortie d'un songe. Une jeune femme aussi sauvage que les te de Norvège et aussi belle que la déesse Freyja. Bien qu'envoûté, Danr ref pourtant de penser à autre chose que la vengeance. Une résolution de p en plus difficile à tenir à mesure qu'il apprend à connaître sa sauveus que la perspective d'une vie loin de la guerre s'impose peu à peu à lui..

Promise à un Highlander, de Millie Adams - N°913

Écosse, 1 818

Penny est horrifiée : son père a décidé de d'accorder sa main à Lachlan B un ancien serviteur de sa famille devenu un héros de guerre décoré et fortu Car cette union de convenance a pour seul et unique but de rembourser dettes dont son père est criblé. Déterminée à tirer son épingle de ce jeu uniquement par des hommes brutaux et peu sensibles à son épanouissem personnel, Penny entreprend alors de se rapprocher de Lachlan, dans l'es de faire naître l'étincelle de l'amour entre eux. Aussi insensible et mépri puisse-t-il se montrer envers elle, elle parviendra à briser le masque de froic de celui qu'elle appelle désormais son époux...

La jouvencelle et le chevalier, de Nicole Locke - N°914

France, XIIIe siècle

Déterminée à secourir sa sœur retenue prisonnière dans la forteresse Warstone, Biedeluue parvient à se faire passer pour une des employée cuisine du château. À son grand dam, sa mission est mise à mal par Lo un ténébreux mercenaire lui aussi infiltré chez les Warstone. Quelles soient les raisons qui l'ont poussé à venir ici, elles ne doivent aucunement tomber sa couverture, pense Biedeluue, en proie à la panique. Mais plutôt de dénoncer Louve, elle a une bien meilleure idée : elle fera de lui son a Car qui de mieux qu'un chevalier pour l'aider à délivrer sa sœur et la prot au cas où le danger viendrait à elle ?

La tentation de lord Tintagel, de Bronwyn Scott - N°915

SÉRIE : SEIGNEURS DE CORNOUAILLES- TOME 3

Cornouailles, 1 824

Audevere Brenley… Ce nom, jamais Inigo ne l'oubliera. Car la jeune femme a causé la mort de son meilleur ami, avec qui elle était alors fiancée. Et aujourd'hui, voilà qu'elle s'apprête à lier son destin à celui d'un autre homme. Poussé par son désir de vengeance, Inigo est résolu à briser les nouvelles fiançailles de son ennemie. Peu importe les sentiments qu'il éprouve pour elle depuis qu'il l'a rencontrée. C'était compter sans les révélations de la belle Audevere, qui le supplie de la protéger des malversations de son père, le seul autre individu ayant eu un rapport conflictuel avec son défunt meilleur ami… Soudain en proie au doute, Inigo s'interroge : se pourrait-il qu'Audevere soit en réalité innocente ?

La prisonnière du Viking, d'Harper St. George - N°916

Angleterre, IXe siècle

Prenez-la… Ces mots hantent les pensées de Merewyn. Comment sa belle-sœur a-t-elle pu la livrer aux guerriers vikings qui attaquaient leur manoir, simplement pour protéger la récolte ? Depuis ce jour funeste, Merewyn mène une vie de captive et a dû faire une croix sur sa noble ascendance pour servir le fils du seigneur viking. Heureusement, malgré la réputation sanguinaire et la carrure impressionnante de son nouveau maître, Eirik ne la traite pas comme une esclave. Au contraire, il lui assure qu'il ne lui fera aucun mal, et se montre… protecteur. Mais peut-elle faire confiance à un homme qui l'a brutalement arrachée aux siens ?

L'insoumise des Highlands, de Ruth Langan - N°917

Écosse, 1 315

Sauvageonne éprise de liberté, Meritt Lamont voit sa vie basculer quand sa famille est décimée par une attaque féroce du clan ennemi des Campbell. Devenue chef de clan du jour au lendemain, elle apprend à manier l'épée et se bat comme une lionne pour faire vivre ses vassaux. Un jour, elle sauve un homme tombé dans une embuscade et le soigne avec dévouement… jusqu'à ce qu'elle découvre que leur hôte n'est autre que le frère cadet du chef des Campbell. Furieuse, elle prépare sa vengeance, mais sa jeune sœur, secrètement amoureuse du blessé, s'oppose à ses plans…

Aliénor

Authentique. Exquise. Intrépide.

Portée par des auteurs français,
Aliénor vous propose de vous glisser
dans les pas d'héroïnes
de caractère, le temps d'une
excursion dans les régions françaises
qui ont forgé notre Histoire !

2 romances inédites à découvrir tous les deux mois.

OFFRE DE BIENVENUE !

Vous êtes fan de la collection Les Historiques ?
Pour prolonger le plaisir, recevez gratuitement

1 livre Les Historiques gratuit
et 1 cadeau surprise !

◆

fois votre colis de bienvenue reçu, si vous souhaitez continuer à recevoir nos ns Les Historiques, cela se fera automatiquement. Vous recevrez alors chaque 2 romans inédits de cette collection au tarif unitaire de 7,10€ (Frais de port e : 2,69€).

LES BONNES RAISONS DE S'ABONNER :

cun engagement de durée ni de minimum d'achat.

◆

ıcune adhésion à un club.

◆

romans en avant-première.

◆

La livraison à domicile.

➡ ET AUSSI DES AVANTAGES EXCLUSIFS :

Des cadeaux tout au long de l'année.

◆

Des réductions sur vos romans par le biais de nombreuses promotions.

◆

Des romans exclusivement réédités notamment des sagas à succès.

◆

Des points fidélité échangeables contre des livres ou des cadeaux.

GNEZ-NOUS VITE EN COMPLÉTANT ET EN NOUS RENVOYANT LE BULLETIN !

'abonnée (si vous en avez un) ☐☐☐☐☐☐☐☐ H1ZEA2

❐ Mlle ❐ Nom : .... Prénom : ....

esse : ....

☐☐☐☐☐ Ville : ....

: .... Téléphone : ☐☐☐☐☐☐☐☐☐☐

il : ....

de naissance : ☐☐ ☐☐ ☐☐☐☐

oyez cette page à : **Service Lectrices Harlequin – CS 20008 – 59718 Lille Cedex 9 - France**

OFFRE DÉCOUVERTE !

Vous souhaitez découvrir nos collections ? Recevez **votre 1er colis gratuit** **1 cadeau surprise !** Une fois votre colis de bienvenue reçu, si vous so continuer à recevoir nos livres, cela se fera automatiquement. Vous recevre vos livres inédits** en avant-première.

Vous n'avez aucune obligation d'achat et cette offre est sans engagement de

*1 livre offert + 1 cadeau / 2 livres offerts pour la collection Azur + 1 cadeau.
**Les livres Ispahan, Sagas, Gentlemen et Hors-Série sont des réédités.

☛ COCHEZ la collection choisie et renvoyez cette page au
Service Lectrices Harlequin – CS 20008 – 59718 Lille Cedex 9 – Fran

Collections	Références	Prix colis*
❏ **AZUR**	Z1ZFA6	6 livres par mois 29,39€
❏ **BLANCHE**	B1ZFA3	3 livres par mois 24,15€
❏ **LES HISTORIQUES**	H1ZFA2	2 livres par mois 16,89€
❏ **ISPAHAN**	Y1ZFA3	3 livres tous les 2 mois 23,85€
❏ **PASSIONS**	R1ZFA3	3 livres par mois 25,59€
❏ **SAGAS**	N1ZFA3	3 livres tous les 2 mois 28,26€
❏ **BLACK ROSE**	I1ZFA3	3 livres par mois 25,59€
❏ **VICTORIA**	V1ZFA3	3 livres tous les 2 mois 26,19€
❏ **GENTLEMEN**	G1ZFA2	2 livres tous les 2 mois 17,35
❏ **HARMONY**	O1DFA3	3 livres tous les mois 20,16€
❏ **ALIÉNOR**	A1ZFA2	2 livres tous les 2 mois 17,35
❏ **HORS-SÉRIE**	C1ZFA2	2 livres tous les 2 mois 17,85

N° d'abonnée Harlequin (si vous en avez un) |_|_|_|_|_|_|_|_|

Mme ❐ Mlle ❐ Nom : ____________________

Prénom : ____________________ Adresse : ____________________

____

Code Postal : |_|_|_|_|_| Ville : ____________________

Pays : ____________________ Tél. : |_|_|_|_|_|_|_|_|_|_|

E-mail : ____________________

Date de naissance : ____________________

Date limite : 31 décembre 2021. Vous recevrez votre colis environ 20 jours après réception de ce Offre soumise à acceptation et réservée aux personnes majeures, résidant en France métropolitaine, la limite des stocks disponibles. Prix susceptibles de modification en cours d'année. Vous pouvez dema à accéder à vos données personnelles, à les rectifier ou à les effacer. Il vous suffit de nous écrire en indiquant vos nom, prénom et adresse à : Service Lectrices Harlequin CS 20008 59718 LILLE Cedex 9. Service Lectrices disponible du lundi au vendredi de 9h à 17h : 01 45 82 47 47.